# A Saga do Cangaceiro Nardinho

Rui Antonio Amorim

**CAPA E ILUSTRAÇÃO:**
Gaby Firmo de Freitas
**REVISÃO:**
Lia Clara Stefani Zaccaroni
**DIAGRAMAÇÃO:**
Gaby Firmo de Freitas
**LEITURA CRÍTICA:**
Mário Custódio



**Dados Internacionais da Catalogação (CIP)**
Amorim, Rui Antonio
A Saga do Cangaceiro Nardinho/ Rui Amorim. – São Paulo: independente, 2019.
260 p.
ISBN 978-65-900249-2-3
1. Literatura Brasileira, 2. Crônica, 3. Ficção, I. Título

# DEDICATÓRIA

*Ofereço este livro aos meus netos, minha riqueza e minha vida:*
*Raphael Domingues Amorim*
*Laura Domingues Amorim*
*Pietro Patarello Amorim*

# AGRADECIMENTOS

*Agradeço a meu Senhor Deus que me inspirou para a realização dessa obra e a todos que colaboraram com este meu sonho.*

*Agradecimento especial a Maria Jose Amorim Batista e Nilza de Souza Correa pelos insistentes incentivos para que eu escrevesse. Tributo de muita afeição.*

*Agradeço a Sra. Lia Clara Stefani Zaccaroni pela revisão deste livro.*

*Agradeço a Gaby Firmo de Freitas pela ilustração da capa.*

*Agradeço a Mário Custódio pelas críticas construtivas.*

As crônicas do autor refletem uma narrativa em que a ficção e o imaginário embasam-se nos fatos históricos, dando a impressão do todo harmônico e inexorável. Nelas há o diálogo narrativo da Literatura e da História, misturando-se e completando-se diante de um possível presente-futuro real e a realidade pragmática do passado.

Diante dos fatos históricos, o autor trabalha suas ideias, suas emoções e concepções, trazendo ao leitor uma possível narrativa da realidade a ser contemplada, por uma concepção crítica possível tanto em adversidade quanto em harmonia.

O importante é que a leitura traga, ao leitor, certas considerações e reflexões filosóficas; caso contrário, ela não cumpriu seu papel e importância: uma visão crítica da realidade.

# CAPÍTULO 1 — SUA FAMÍLIA

Quando Raimundo Matoso, vulgo Mundinho, um dos chefes mais destemidos e corajosos, assim como confiáveis, do grupo de Corisco, que pertencia ao bando de Virgulino Ferreira da Silva, vulgo Lampião, conheceu Bernardo Cardoso, apelidado de Nardinho, porque nasceu no dia deste Santo, que é o dia vinte de agosto, este tinha apenas sete anos de idade e foi, também, quando Miriam Cardoso, apelidada de Mira, completou dois aninhos, filha de José Cardoso e Josefina Gomes, lá nos fundões de Pernambuco, divisa com o noroeste da Bahia. Raimundo comprava animais dos pais de Bernardo para alimentar o bando de Lampião.

Josefina Gomes, de diminutivo Fina, vivia com José Cardoso, vulgo Zeca, há mais de dois anos, quando teve Miriam Cardoso. Bernardo, seu filho, foi fruto de um estupro. Na época, tinha apenas quatorze anos, ainda menina, porém de grande beleza facial, quando um grupo de volantes apareceu no sítio onde morava com seus pais. Neste dia, oito volantes entraram no casebre da família de Josefina, amarraram e amordaçaram seus pais, Manfrido Gomes e Almerinda, e dois deles levaram a menina para fora do casebre e a estupraram, sem o menor constrangimento e pudor, ainda que seus gritos ecoassem pelo vale suplicando por piedade, por clemência, para que não a machucassem. Mesmo tendo a garota um corpo aparentando dez anos, os homens brutos da volante não se sentiram consternados ou pudicos. Simplesmente desfrutaram da virgindade dela diante da sua indefesa, provocando dores físicas e sentimentos morais incalculáveis à menina e a seus pais. Assim eram alguns homens brutos do sertão brasileiro, desalmados e abjetos, desprezíveis, uns despicientes. Depois de comerem o pouco que tinha de alimentos, foram embora deixando Manfrido Gomes, Almerinda e sua filha machucados e amarrados junto ao chão. Depois deste episódio triste e lamentável, a família de Manfrido mudou-se para a Vila "Pé de Vento" e tiveram que conviver com as dores deste tormento. Sr. Manfrido Gomes passou a trabalhar ora como meeiro nas roças, ora como ajudante geral, ora como prestador de serviços nas residências. Lutava muito para levar o sustento para sua casa, pouco, mas honesto.

Até conhecer José Cardoso, Josefina viveu com seus pais que cuidavam dela e da criança. Ela, apesar da fragilidade aparente de seu corpo, era uma jovem mulher inteligente, ágil e trabalhadora, considerada muito bonita pelos traços morenos da raça, com uma moldura facial que despertava a atenção das pessoas. Em razão disto, esta beleza era conhecida e comentada no povoado em que morava, não obstante a menina jovem ter comparecido poucas vezes no centro do povoado, pois vivia somente com os pais no pequeno casebre, na periferia. Trabalhava em casas de famílias como empregada doméstica e o seu salário era entregue nas mãos de sua mãe, que ajudava na alimentação da família. Diante da pobreza generalizada na Vila, as duas casas em que trabalhava eram de famílias de classe média para a região, mais abastadas que a grande maioria e pagavam somente meio salário mínimo pelo seu trabalho mensal de faxina.

Antes de conhecer Josefina, José Cardoso trabalhava como tropeiro mascate no interior dos sertões baiano e pernambucano, juntamente com seu pai, Justino Cardoso, conhecido por "seu" Tino, e mais dois irmãos maiores em idade. Tinha vinte anos de idade, uma feição da estirpe dos baianos, pele morena queimada pela exposição diária ao sol e, também, um corpo forte e musculoso. As moças dos lugares por onde ele passava, olhavam-no com muito carinho, na esperança de que ele correspondesse aos seus anseios, mas Zeca não se sentia preparado para arrumar namorada, pois seu trabalho era de muita responsabilidade, seu pai dependia muito do seu empenho. Era considerado pelo pai como muito inteligente, pois tinha tino para o negócio da família, mascatear roupas e outros objetos no sertão do noroeste da Bahia e sudoeste de Pernambuco. Além da facilidade com os números, tinha uma conversação de convencimento fácil, mas nunca enganava seus clientes, pois os valores morais transmitidos e cobrados por seu pai eram nobres, eram religiosos. Nunca se permitia que as dívidas assumidas pelos seus compradores dificultassem a alimentação deles, para tanto, parcelava as compras a perder de vista, sem juros consideráveis, apenas pequena correção do dinheiro. A facilidade que demonstrava nos cálculos financeiros fez com que seu pai o encarregasse de negociar tanto com os fornecedores quanto com os clientes, moradores do sertão, independentemente se da casa grande ou dos casebres por onde passava.

Justino Cardoso mascateava como tropeiro havia, pelo menos, duas décadas de labuta, sempre percorrendo os mesmos caminhos já conhecidos e, assim, cativou uma clientela fiel e expressiva. Sua fama como mascate era muito grande por onde passava. Os moradores, seus clientes, tinham muita confiança na qualidade de seus produtos e na justeza dos preços. Justino Cardoso não explorava os clientes mais pobres, compensava-o os seus clientes mais abastados, que, para tanto, vendia a estes os melhores produtos da cidade grande com maior margem de ganhos, enquanto os produtos de menor qualidade e preço eram vendidos aos moradores pobres com pouco lucro. Seus produtos eram adquiridos na cidade de Senhor do Bonfim, cidade grande da região norte do estado baiano. Certo dia, Justino Cardoso disse a seu filho, José Cardoso:

— Zeca, meu filho. Preciso que você vá cobrar os moradores do Vale "das Cunhas", temos quase dois mil réis para receber por lá. Leva o nosso caderno, ou melhor, copia as folhas dos nossos clientes de lá, assim não extravia o nosso caderno de fiado e cobra os devedores. Você sabe que deveríamos ter passado por lá no mês passado, mas como as vendas por lá estão fracas, não fomos nestes meses todos, mas precisamos receber as dívidas. Amanhã, você parte para aquela região. Como são de oito a dez dias de viagem, é bom você levar consigo o Bino, pois ele é de confiança e sabe manejar bem o revólver. Ele vai te proteger.

— Sim, pai. Farei como o senhor quer. Vou agora avisar o Bino que partiremos amanhã de madrugada, para não perder tempo.

José Cardoso saiu e foi se encontrar com o empregado. Felisbino, cujo diminutivo é Bino, forma usual da região de tratar as pessoas de relacionamento, no seu diminutivo, estava cuidando dos afazeres da guarda dos animais e das mercadorias empacotadas que deveriam seguir viagem.

— Bino, amanhã de madrugada, você prepara duas mulas, com mercadorias desta lista, que vamos até o Vale "das Cunhas" e mais dois cavalos para montarmos. Meu pai ordenou que devemos fazer esta viagem.

O empregado perguntou:

— "Seu" Zeca, o que vamos fazer lá?

— Nós vamos cobrar uns devedores e levar alguns produtos encomendados.

— Então, é bom eu carregar várias balas a mais, pois, até lá, o caminho fica mais perigoso se viajamos só nós dois.

— Faça o que tem que ser feito e prepare os animais bem cedinho. Devemos sair lá pelas cinco horas, no mais tardar.

— Está certo, "seu" Zeca.

Para esta viagem, José Cardoso aproveitou a ocasião e carregou duas mulas com produtos para serem vendidos durante o trajeto. Eram produtos encomendados para serem vendidos aos moradores de baixa renda, pois havia escolhido um itinerário mais curto e não passaria por fazendas de clientes mais abastados. Precisava chegar ao destino rapidamente, para tanto, calculou dezoito dias de viagem, entre ida, estada e volta. Portanto, combinou com seu pai, Justino Cardoso:

— Pai, vou levar duas mulas com produtos encomendados pelos moradores da região do Vale "das Cunhas" e do nosso trajeto. São produtos baratos e que foram solicitados na nossa última viagem por lá, conforme as minhas anotações no caderno.

— Está certo, Zeca. Leva estes produtos e venda-os da melhor forma que você achar. Confio em seu negócio. Tenha cuidados com os bandidos durante a viagem, sempre que possível, durma nas casas de pessoas conhecidas.

— Sim, pai. Vou seguir seu conselho. Durante a viagem vou

estudar melhor o itinerário e vou descansar nas casas de nossos clientes.

— Zeca, quando você retornar, estaremos na fazenda de seu Antônio Batista, lá no Morro "do Chapéu". Vamos ficar naquela região até você voltar.

— Está certo, pai. Volto para aquelas bandas.

— Vá com Deus, meu filho, e que Ele te proteja e guarde.

— Amém, pai. Que Deus guarde o senhor também.

Depois de uma semana de viagem, já chegando à fronteira com o estado de Pernambuco, José Cardoso dormia, assim com seu companheiro Felisbino. Era noite adentro quando seis homens apareceram, agredindo e espancando os dois. Roubaram e achacaram o jovem José Cardoso. Este apanhou muito, assim como seu companheiro que não teve a chance de sacar o revólver para se defender. A ação dos bandidos foi tão rápida e violenta que não puderam fazer muita coisa, apenas correram para um dos lados, o lado em que estavam os animais e as mercadorias, mas o tempo não foi suficiente para chegar até os animais e entraram em luta. Durante a ação dos meliantes, nas lutas corpóreas, Felisbino conseguiu sacar sua arma e atirar na barriga do homem que o segurava por trás, mas não percebeu que os dois à sua frente estavam com espingardas em mãos. Estes deram dois tiros no peito de Bino que caiu para trás, ofegando. Diante desta cena chocante e triste, José Cardoso, que estava ajoelhado com um bandido segurando suas mãos atrás da cabeça, não pode fazer nada, apenas suplicava por suas vidas.

— Por favor, por amor à Santíssima Virgem, não nos matem! Por favor, não me mate!

Os bandidos bateram muito no rapaz e depois o soltaram. E um dos bandidos disse:

— Nós não vamos matar você, vamos só judiar. Se você conseguir fugir, então vai viver. Kkkk.

Assim que o soltaram, José Cardoso saiu correndo pela mata adentro e, como a lua brilhava um pouco, conseguiu se safar e se esconder em uma moita de arbustos, depois de ter corrido por meia hora, capengando. Na manhã seguinte, depois de verificar que não havia bandidos por perto, tomou o caminho de volta. Retornou arrastando a perna direita pelos chutes sofridos. Depois de quinze dias, Zeca conseguiu se reunir com seu pai, quase morto de cansaço, sede e fome.

Assim que seu pai o viu, desfigurado, saiu ao seu encontro, gritando:

— Zeca! Zeca, meu filho! O que aconteceu com você?

Depois de abraçá-lo, segurá-lo em seus braços, perguntou novamente:

— Meu filho, o que aconteceu com você?

— Pai, fomos atacados por bandidos na região "dos Grãos Verdes". Eram muitos homens e eu mais Bino não conseguimos nem nos defender. Bino está morto, não tive condições de enterrá-lo. Caíram em cima de nós, à noite já avançada, quando estávamos dormindo. Nem fogueira tínhamos feito para não chamar a atenção. Acho que eles estavam nos seguindo, apesar de tomarmos todos os cuidados para não sermos seguidos, como a gente sempre faz e estamos acostumados a fazer.

— Está certo, filho. Agora você precisa descansar e curar estas feridas e machucados, procure o "seu" Tomé para ele cuidar dos machucados e ferimentos. Depois de descansado, conversaremos a respeito. Fica sossegado, eu não o responsabilizo por nada. Sou seu pai e estou aqui para te ajudar neste momento doloroso para você.

— Obrigado, pai. Sinto muito por não ter conseguido cumprir seu mando.

— Esqueça, meu filho. Depois iremos lá cobrar os nossos clientes devedores, vamos ter que passar lá pertinho, daqui a seis meses e receberemos nessa ocasião. Fique tranquilo quanto a este assunto. Não há problemas. O importante agora é você se recuperar, sarar de seus machucados.

José Cardoso precisou de uma semana para melhorar dos machucados mais graves. Ficou mancando da perna direita por muito tempo depois. Neste período, ficou fora dos negócios do pai. Não obstante seu pai não o ter responsabilizado, José Cardoso tomou a decisão de sair desta vida perigosa, ainda que lucrativa. Em uma conversa franca e direta com o pai, José Cardoso disse:

— Pai, pensei muito sobre a minha vida, o meu futuro e decidi que vou sair do seu negócio, não vou mais mascatear com o senhor. Decidi visitar o nosso tio Zacarias para ver se ele arruma alguma coisa para mim.

— Oh! Meu filho. Sei que você sofreu uma grande violência, mas você decidir sair do meu negócio é muito ruim tanto para mim quanto para você. Estamos acostumados a trabalhar juntos, sabemos negociar com os nossos clientes, eles gostam tanto de você! Pensa melhor, acho bom você ficar comigo. Não gostaria de perder a sua parceria. O que aconteceu com você foi um acidente, não é normal acontecer em coisas deste jeito. Pensa melhor, gostaria que você continuasse comigo. Você é o meu braço direito em tudo, preciso de você.

— Pai, pensei muito nestes dias que estou descansando e me recuperando. Decidi mudar minha vida, quero algum negócio que eu possa formar família, ficar estabelecido, sem perambular por aí.

— Está certo, filho. Não vou contra a sua decisão, apesar de não concordar com você. Dou minha bênção para esta sua nova vida. Desejo, do fundo do meu coração, que você consiga vencer na vida, fazer sua vida prosperar, porque talento você tem. Você é um homem bom, de muita competência, vai vencer no que for fazer.

Passados alguns dias, por volta de uma semana, José Cardoso foi procurar por seu tio, Zacarias Cardoso, na região de Cabrobó, no oeste pernambucano, no povoado de "Cabo Antão". Por intermédio de seu tio, Zacarias Cardoso, José Cardoso conseguiu um contrato de meeiro em uma terra muito boa, quase a totalidade plana e, nos fundos, passava um pequeno riacho, possuindo doze alqueires de área. O clima era bem ameno e, principalmente, com pouca estiagem, seu contrato era para plantar algodão e deveria repartir com o patrão. Depois de ter preparado a terra, plantou as sementes de algodão, foram sementes de ótima qualidade, fornecidas pelo próprio patrão, Diogo Teixeira. Este lhe disse:

— "Seu" Zeca Cardoso, separei estas terras para você plantar algodão em meia comigo. São terras muito boas; já fiz outras plantações com ótimo resultado nas colheitas. Quero algodão porque o governo está comprando com bom resultado financeiro para o agricultor. O mercado está propício ao algodão.

— Sim, "seu" Diogo. Fico contente que poderemos ter bom

resultado nas vendas do algodão. Devemos plantar aquilo que dá retorno para nós, agricultores.

— Esta quantidade de terra, "seu" Zeca, dá para você trabalhar sozinho, sem precisar de ajuda. Talvez vá precisar no tempo da colheita, aí a gente vê como vamos fazer.

— Está certo, "seu" Diogo. Vou me esforçar muito para dar conta da plantação e da colheita.

— Você vai conseguir, "seu" Zeca. Outra coisa, eu compro as sementes, você não precisa se preocupar. Já pesquisei e já escolhi o tipo de semente que vamos plantar. É a mais procurada pelos compradores do governo.

— Ótimo, "seu" Diogo. Vou continuar limpando a terra até as sementes chegarem. Fico aguardando o senhor disponibilizar as sementes para plantar.

— Vai demorar, no máximo, uns vinte dias, vamos por aí umas três semanas, segundo a loja que encomendei.

Para realizar a limpeza da área, José Cardoso pegou emprestada uma mula e um arado do proprietário, já combinado quando do acordo firmado. A plantação demorou dois meses para findar, isto contando com o total empenho e esforço de José Cardoso. Certo dia, depois de ter terminado a plantação das sementes, José Cardoso rumou para a pequena cidade de Santa Luzia, ao sul de Cabrobó, era a mais próxima das suas terras, para fazer compras de algumas ferramentas e utensílios para a colheita do algodão. Para tanto, usaria parte do dinheiro doado por seu pai para começar sua vida própria. Nesta viagem à cidade de Santa Luzia, José Cardoso passou por um povoado chamado "Pé de Vento", por estar situado ao cume de um grande morro e sofria de ventos mais fortes do que a planície e o vale, onde conheceu Josefina Gomes, com dezenove anos e Bernardo, com quatro anos. Ao parar em um dos casebres da vila para tomar um pouco de água, parou na casa de Manfrido Gomes, pai de Josefina. Esta lhe serviu água em uma caneca de lata de massa de tomate e os olhares se encontraram, misturaram-se, os dois se encantaram. Como José Cardoso era um rapaz de conversa fácil, habilidade que aprendeu quando trabalhava com o pai, assim trocaram prosa entre si e na volta de sua viagem carregou Josefina, mais o garoto Bernardo, para seu casebre. A conversa entre José Cardoso e Josefina se deu assim:

— Bom dia, moça.

— Bom dia, moço.

— A moça pode me arranjar um pouco de água, estou com muita sede e este calor está muito forte.

— Sim, moço. Desmonta para beber a água e se refrescar.

José Cardoso desmontou da mula e esticou as pernas já doloridas de muitas horas em cima do animal. Pouco depois, Josefina apareceu com uma moringa de água e uma caneca de metal, encheu-a com água e passou para José. Enquanto bebia a água, José Cardoso puxou conversa com Josefina, perguntou dos pais dela, do menino que estava brincando perto de uma árvore e a distância que faltava para chegar à cidade:

— Meu nome é Zeca Cardoso. E o da moça?

— Meu nome é Fina.

— Então, Fina, você é casada ou mora com seus pais?

— Moro com meus pais. Meu pai se chama Manfrido Gomes e minha mãe Almerinda. Os dois estão trabalhando na roça, agora.

— O menino é seu irmão?

— Não, é meu filho, Nardinho.

— A moça é casada? É compromissada?

— Sou livre, "seu" Zeca. Não tenho homem, não.

— Humm. Está certo. Santa Luzia está muito distante? Quantas horas para chegar lá?

— "Seu" Zeca, devem faltar uns dez quilômetros, não passa disso. Talvez uma hora de viagem e chegará na cidade.

José Cardoso puxou, ainda, vários outros assuntos, assuntando a moça sobre sua família e sobre a cidade. José gostou do jeito da garota, de seu jeito de falar, de suas maneiras de gesticular, de seu rosto e de seus contornos físicos. Para Josefina, José pareceu também ser uma pessoa confiável, de feições agradáveis, enfim, gostou do rapaz pelo jeito de tratá-la. Depois de muito "prosiê", ele disse:

— Moça, você encantou os meus olhos. Tenho interesse em ter você na minha vida, morando na minha casa. Vou até a cidade de Santa Luzia comprar algumas ferramentas para usar na minha plantação e, na volta, passo aqui e te levo. Devo demorar só um dia, amanhã estarei de volta, no mais tardar, se tudo der certo em encontrar o que preciso.

— Está certo, "seu" Zeca. Fico esperando pelo moço.

No dia posterior, no horário do almoço, José Cardoso desmontou de sua mula e amarrou-a juntamente com outra mula que estava carregada de ferramentas. Como Josefina já havia conversado com seu pai, Manfrido Gomes, sobre as intenções do rapaz, isto facilitou em muito para o jovem José Cardoso. Deste modo, quando Manfrido Gomes viu José Cardoso apear-se e amarrar os animais, ele disse:

— "Seu" Zeca, bom dia. Você chegou na hora do almoço. Lava as mãos e venha almoçar conosco.

— Bom dia, "seu" Manfrido. Estou terminando de amarrar os animais, vou dar água a eles e já vou lavar as minhas

mãos. Obrigado pelo convite do almoço. Aceito de bom grado.

No almoço, José Cardoso comeu com muito gosto, pois há três dias só comia carne salgada e seu estômago já havia reclamado, há muito tempo, a falta de algo mais saboroso, de melhor degustar, e comer uma galinhada, só veio a satisfazer o seu gosto. Durante o almoço, Manfrido perguntou vários assuntos a José Cardoso:

— "Seu" Zeca, o moço está plantando o quê?

— "Seu" Manfrido, estou plantando algodão como meeiro nas terras do Dr. Diogo Teixeira.

— E as terras dele são boas para plantar algodão?

— "Seu" Diogo garantiu que são boas. Ele mesmo comprou as sementes porque vai vender para o governo, então precisam ser sementes especiais. O "seu" Diogo é um homem muito sabedor, conhece as coisas do mercado.

— E você sentiu confiança nele pelo acordo feito?

— Meu tio, Zacarias Cardoso, conhece ele muito bem e me disse que o homem é de confiança e respeito.

— Então, está certo. Você vai receber a sua parte inteira. E as ferramentas que você foi comprar, o fazendeiro não podia te emprestar?

— "Seu" Manfrido, o doutor já me arranjou muitas ferramentas e animais, não tenho mais jeito para pedir mais coisas. Ele tem sido muito bom para mim.

— Está certo, "seu" Zeca.

Depois de terminado o almoço, José Cardoso disse ao Manfrido.

— "Seu" Manfrido, muito obrigado pelo almoço oferecido, estou muito satisfeito. Agora, preciso fazer um pedido ao senhor. Sou um homem solteiro, não tenho mulher nem filho, por este mundo afora. Tenho um bem querer para com sua filha Fina. É de meu gosto ter sua filha como esposa e viver com ela em minha casa. Peço permissão ao "seu" Manfrido para poder levar a moça.

Josefina estava terminando seu almoço, estava comendo em uma panela o restante que havia de arroz, feijão, farofa e carne de galinha cozida. Ela estava esperando pelo momento em que José Cardoso fosse pedir ao seu pai que a levasse consigo. Seu coração estava palpitando de emoção, angustiado por este momento tão crucial em sua vida. Fortes emoções irradiavam de seu corpo, seus hormônios estavam alastrados por todo o corpo, queimavam e coçavam por todo ele. Não sabia o que fazer, para onde olhar, que postura ter diante de uma situação desta. Por fim, depois de alguns instantes, que para o José Cardoso foram uma eternidade, pois não sabia das intenções do velho, Manfrido Gomes disse:

— Zeca, minha filha tem um filho, o Nardinho, meu orgulho. Ela foi abusada por um homem inescrupuloso, um pecador doente, mas é uma moça muito boa, nunca me deu preocupação ou insatisfação. Quero que você a honre, que a faça feliz, porque se for para fazê-la infeliz, é melhor deixá-la aqui comigo. Se, por acaso, eu souber que você a maltratou, que a espancou, vou buscá-la de volta para morar comigo e você nunca mais a verá novamente.

— "Seu" Manfrido, vou fazer sua filha feliz. Se for da vontade dela também em viver comigo, o senhor pode ter a certeza absoluta que ela vai ser feliz comigo, assim como o filho dela, o Nardinho. Vou tratar o menino como se fosse meu filho. O senhor tem a minha palavra de honra que tratarei bem sua filha e seu neto. Meu pai nunca tocou em minha mãe, logo não há o costume das mulheres de minha família serem torturadas e machucadas. O Sr. Manfrido pode ficar tranquilo sobre isto, muito pelo contrário, eu a farei feliz. Ela terá honra em viver comigo e com seu filho.

— Está certo, "seu" Zeca. Se for nestas condições, vocês têm a minha bênção para viverem juntos.

— "Seu" Manfrido, muito obrigado pela confiança na minha pessoa. Diante de suas autorização e bênção, vou levar sua filha para viver comigo.

O coração de Josefina se acalmou neste momento da conversação entre seu pai e seu futuro marido. Assim que seu coração se acalmou, o sorriso começou a aparecer em seu rosto lindo. Apressou-se em apanhar seus pertences que já estavam amarrados em uma pequena trouxa de pano, assim como os do menino Bernardo. José Cardoso carregou consigo a jovem Josefina e seu filho, Bernardo. José teve uma vida familiar muito boa com ela e com o menino. Após um ano de convivência familiar, Josefina engravidou de Miriam, apelidada de Mira. Gravidez complicada em razão do seu estado de saúde, por ser uma mulher pequena, miúda, magra e desnutrida, logo, de útero pouco desenvolvido, apesar de já ter tido um parto. Mesmo assim, a gravidez foi completa e Miriam conseguiu vingar, nascendo em boas condições físicas.

José Cardoso plantava algodão em parceria com seu patrão, mas cultivava também hortaliças, pomar, criava peixes em uma represa que fez ao fundo do sítio, própria para isso, assim como criava animais, cabras, galinhas e coelhos, tudo dentro de cercados próprios e serviam para alimentar sua pequena família. Enquanto José Cardoso rumava todo dia para trabalhar na plantação de algodão, Josefina cuidava muito bem da criação. Bernardo amava dar alimentos aos animais, assim como brincava de montar nas cabras e bodes, pois estes eram muito mansos, eram acostumados desde pequenos a conviverem amiúde com seus donos.

José Cardoso conseguiu formar um galinheiro muito apreciável, mais de duzentos frangos e galinhas, fora os pintainhos. As aves e os ovos eram vendidos para ajudar no orçamento da família. Josefina era quem controlava os animais e as vendas. À noite, depois da lida do dia, José Cardoso fazia o registro das contas das vendas e já programava as compras junto aos mercados, quando de sua ida ao povoado ou à cidade.

Quando Bernardo completou sete anos, sua mãe lhe passou a tarefa de cuidar das cabras e cabritos, sempre presos no cercado. A princípio era diversão, mas, depois que passou a ser obrigação, a diversão acabou. Bernardo tinha muito jeito para cuidar dos animais, nunca os espancava, lidava com zelo e os animais sentiam-se confiantes na presença do garoto, afinal era a comida que o menino dava que contava. Sua mãe lhe disse:

— Nardinho, a partir de amanhã, você vai cuidar das cabras e dos cabritos, não vou mais tratar deles. Você já está grandinho para cuidar deles. Assim vou ter mais tempo para cuidar dos outros animais e da Mira, ela está precisando de mais atenção minha. Está certo?

— Está certo, mãe. Vou cuidar das cabras para a senhora descansar um pouco e, também, para cuidar mais da Mira.

— Nardinho, você não pode se descuidar deles, precisa colocar as rações, a água e fazer a limpeza geral dos cercados e dos cochos. Seu pai não gosta de sujeira dentro dos cercados.

— Sim, mãe. Não vou esquecer de tudo isto.

Raimundo, cangaceiro do bando de Lampião, costumava comprar animais do sitiante José Cardoso para alimentar o bando. A cada quinze dias, Raimundo viajava até o sítio de José Cardoso para comprar, geralmente, trinta galinhas e muitos ovos e, uma vez por mês, comprava dois cabritos gordos. Raimundo pagava parte em dinheiro e parte em farelo de milho que servia de alimento aos animais. O cangaceiro tomou gosto do jeito honesto e trabalhador de José Cardoso e de sua esposa Josefina e, desde então, tem sido comprador contumaz de seus animais. Raimundo dava preferência em comprar de José Cardoso, pois aprendeu a admirar sua forma de ser, de sua conduta, de sua personalidade, de ele negociar seus animais, de estar sempre de prontidão para satisfazer as suas compras. Raimundo começou a se relacionar com José Cardoso quando aquele, em uma de suas viagens para cumprir mando de seu chefe Corisco, passou diante do casebre deste, parou e pediu água para beber. José Cardoso estava em casa, pois era horário de almoço e satisfez a sede de Raimundo e de seu grupo. Houve uma prosa entre os dois, quando Raimundo perguntou do que José Cardoso vivia. Este explicou que era meeiro de algodão e vendia animais também.

— "Seu" José, do que o moço vive?

— Estou fazendo uma roça de algodão, em meeiro com o

fazendeiro, Dr. Diogo. Mas, também, vendo cabras, galinhas e coelhos. Por acaso, "seu" Mundinho não precisa destes animais para comer?

— "Seu" José, sim, preciso destes animais. Tenho comprado de dois amigos sitiantes, mas posso passar a dar preferência ao moço, claro que se ele estiver disposto a me vender.

— E quanto o "seu" Mundinho costuma comprar?

— Geralmente compro trinta galinhas e os ovos por quinzena, mais dois cabritos por mês. É possível o moço me vender esta quantidade?

— Sim, "seu" Mundinho. Tenho condições de lhe oferecer esta quantia. Gostaria que o senhor desse preferência a mim quando for comprar novamente.

— Está feito, "seu" José. Passarei a comprar do moço.

— Neste caso, "seu" Mundinho, gostaria de receber metade em dinheiro e outra metade em farelo de milho. Pode ser?

— Sim, posso fazer deste seu jeito.

Raimundo se tornou um cliente querido de José Cardoso, pois este tinha muita simpatia pelas pessoas de Lampião e do Padre Cícero, ícones para Raimundo. Raimundo passou a ter um carinho pela família de José Cardoso, onde via Josefina sempre labutando com os animais, assim como também via José Cardoso trabalhando diariamente no cultivo do algodão com muito afinco e dedicação. Seus filhos Bernardo e Miriam estavam sempre bem cuidados pelos pais. Tudo isso causou uma boa impressão no coração de Raimundo. Pelo menos, uma vez por mês, Raimundo trazia um brinquedo, uma lembrança para as crianças de Josefina. Era uma forma carinhosa de mostrar amizade e apreço. Certa feita, em uma das visitas de Raimundo, este disse:

— "Dona" Fina, boa tarde. Está tudo bem por aqui?

— "Seu" Mundinho, boa tarde. Tudo está bem por aqui. Zeca está na plantação, o senhor precisa falar com ele?

— Não, "dona" Fina. Não preciso falar com ele. Vim só comprar alguns animais e ovos.

— Quais animais o senhor quer?

— "Dona" Fina, quero dois cabritos e trinta galinhas e todos os ovos que a "dona" tem.

— "Seu" Mundinho, vai escolher os dois cabritos e os frangos, enquanto eu mais Nardinho vamos ajeitar os ovos com panos e folhas de mamona nos seus bornais.

— Sim, "dona" Fina. Vamos escolher os animais.

Depois de duas horas, Mundinho estava de partida com seus jegues carregados de cabritos e frangos, mais os bornais cheios de ovos. Ele havia pagado à Josefina o valor devido, parte em espécie, os réis, e parte em sacos de farelos de milho. Esta era a forma combinada por alguns anos de negociação. Raimundo sempre estava atento às necessidades da família de José Cardoso. Uma vez ou outra, Raimundo trazia algo diferente para presentear José Cardoso e Josefina, assim como medicamentos para diversas doenças. Era uma forma de cativar a amizade e a confiança do casal. Estas coisas eram compradas pelo próprio bolso de Raimundo quando fazia uma visita aos povoados e achasse algo de valor e representativo ao casal.

José Cardoso era um homem religioso, gostava de ler panfletagens e livrescos sobre Padre Cícero, sobre Antônio Conselheiro, este era homem também religioso. Sua fé era tamanha que, toda noite, se ajoelhava e rezava aos santos e ao Senhor Jesus. José Cardoso não trabalhava aos domingos, era dia santo e de descanso religioso.

# CAPÍTULO 2 — O INÍCIO DA VIDA DE CANGACEIRO

Quando Bernardo completou onze anos, certo dia de domingo, um grupo de volantes invadiu seu casebre e matou José Cardoso depois de muito espancamento, só por diversão. Agrediram Josefina com estupro e pancadaria. Agrediram Bernardo que chegou a desmaiar em razão da pancadaria, e dois de seus dedos da mão esquerda foram quebrados, só por maldade. Miriam foi abusada também, apanhou menos, algumas escoriações pelo corpinho, mas não chegou a quebrar qualquer osso. Tanto Josefina quanto José Cardoso suplicaram por misericórdia, para que seus filhos não sofressem maldades e espancamentos, mas não foram atendidos, os homens gostavam de sadismo, malvadeza e de sexo.

Dois dias depois, Raimundo e seu grupo chegaram ao sítio de José Cardoso e encontraram o sítio devastado, os animais estavam soltos e o casebre em silêncio. A algumas centenas de metros da casa, Raimundo percebeu que havia algo errado e invadiu a casa de armas em punho. Encontrou José Cardoso estirado no chão, morto a tiro, depois de ter sido muito espancado, seu rosto e seu tórax muito ensanguentados. Josefina estava morta também, com a garganta cortada e, também, espancada. Procurou pelas crianças e foi encontrá-las distante da casa, encolhidas junto ao pé de jaca. As duas crianças estavam deitadas no chão, dormindo, muito machucadas pelo espancamento brutal que sofreram. Acordou as crianças e retornaram para casa. Ordenou a seus homens que sepultassem o casal, pegou vários animais e partiu levando as crianças. Raimundo disse:

— Dois de vocês providenciem as covas para o casal e os enterrem, com muito respeito. O resto vem ajudar-me a pegar alguns animais para a gente levar para o acampamento e você, Bira, fica cuidando das crianças.

Depois de três horas, partiram de volta, rumo ao esconderijo do bando de Lampião. Pelo caminho, Raimundo disse a Bernardo:

— Menino, a partir de hoje vou ser seu padrinho, vou cuidar de você. Você vai viver na minha tenda com minha mulher e eu. Você vai fazer parte da minha família, já que não tenho filho, então você vai fazer a vez de nosso filho. Tá certo?

Bernardo respondeu todo envergonhado, quase chorando, pois as dores da mão ainda eram muito fortes:

— Está certo, "seu" Mundinho. Muito obrigado por me acolher e amparar.

Dois dias depois, Raimundo e seu grupo chegaram ao esconderijo, deixaram os animais e, também, Bernardo. Este ficou aos cuidados de Mirtes, companheira do cangaceiro. Mirtes cuidou dos ferimentos do garoto passando vários unguentos nas feridas, assim como cuidou da mão machucada, amarrando os dois dedos, depois de esticados e aprumados, em uma pequena madeira, de maneira a imobilizá-los. Mirtes deu vários chás de ervas para aliviar as dores do menino. Raimundo e mais três amigos cangaceiros seus pegaram a Miriam e levaram-na para um casal de amigos, distante sete léguas, para cuidar dela.

Bernardo chegou ao esconderijo de Lampião e não falava nada, ou melhor, muito poucas palavras foram ouvidas de sua boca, nem tampouco choro. Bernardo dormia próximo a Raimundo, em sua tenda, juntamente com a Mirtes; Raimundo havia se declarado seu padrinho, responsável por sua vida. A cada três ou quatro horas, Mirtes dava um remédio para Bernardo, era para reduzir as dores, um analgésico de ervas. Somente depois de mais de um mês, foi que Raimundo perguntou o ocorrido na casa de seu pai, José Cardoso. Depois de muita conversação, Raimundo conseguiu que o menino soltasse a língua e relatasse o ocorrido. Assim que Bernardo terminou de contar a história, Raimundo prometeu-lhe a cabeça dos assassinos de seus pais:

— Nardinho, vou assuntar por aí e descobrir quem fez esta malvadeza, depois vamos caçá-los e vingar-nos do que fizeram com seus pais. Esta é uma promessa que faço a você, meu filho. Pode demorar o tempo que for, mas vou descobrir quem fez e vamos fazê-los sofrerem.

Bernardo respondeu vergonhosamente:

— Obrigado, padrinho. Fico contente que o padrinho se importa com meus pais, comigo e com minha irmã. Sei que o padrinho vai me ajudar até eu crescer.

— Nardinho, eu e minha Mirtes vamos cuidar bem de você, até você ficar bem grande. Até lá, você vai viver comigo e com a Mirtes. Fique tranquilo que vamos cuidar também de sua irmã Mira, ela está vivendo com um compadre meu, um grande amigo de seu padrinho. Ela está contente e vai ficar bem, assim como você. Um dia vou levar você até ela, para vocês se verem.

— Muito obrigado, padrinho. Sei que o senhor é um homem direito, de respeito.

Alguns meses depois, Bernardo suplicou a Raimundo que o ensinasse a atirar. Assim, Raimundo arrumou uma espingarda Mauser e trinta cartuchos e passou a ensinar o menino a atirar. No início, Bernardo tinha dificuldades em segurar o tranco da arma, então, depois de muitos tiros dados e alvos não atingidos, Raimundo fez um acordo com ele, que só voltaria a atirar quando completasse treze anos, pois assim teria mais corpo para aguentar o tranco da arma. Enquanto isso, ele deveria aprender a ler e a escrever para ajudar o chefe Lampião nesta parte burocrática. No grupo das mulheres, havia uma dama que sabia ler e escrever muito bem, assim como, fazia contas também. Então Lita, vulgo de Carmelita, passou a ensinar Bernardo a ler e a escrever e, também, fazer contas todos os dias. Carmelita era uma mulher muito severa, gostava que as suas coisas e afazeres fossem cumpridas corretamente. Para tanto exigia muito das pessoas ao seu redor. Carmelita lhe disse:

— Nardinho, vou ensinar você a ler e a escrever. Quero que você mostre muita boa vontade para aprender comigo, não gosto de menino mal-educado, preguiçoso e debochado. Então, já estou falando antecipadamente que quero o melhor de sua parte. Vamos estudar bastante, porque, até agora, você não aprendeu nada sobre a escrita e a leitura dos livros. Quero muita dedicação sua, caso contrário, vou devolver você a Lampião, aí então você vai ter que se explicar a ele.

Esta repreensão causou mal-estar ao menino, pois o nome de

Lampião fazia muita gente tremer de medo e Bernardo sabia muito bem disso, pois já vira muitos homens mijarem de medo só em ouvir falar que Lampião ia ficar sabendo de alguma coisa malfeita. Então, imediatamente, respondeu:

— "Dona" Lita, vou estudar bastante, vou aprender a ler e a escrever conforme a "dona" quer. Por favor, não me entregue ao "seu" Lampião.

— Isto vai depender somente do seu esforço no aprendizado. Se eu vir que você está se saindo bem, então não tem o porquê contar ao "seu" Lampião.

— "Dona" Lita, a senhora pode ter a certeza absoluta que vou me esforçar para aprender. Não quero que conte ao "seu" Lampião sobre mim, tenho muito medo dele. Ele vai me matar, assim como mataram os meus pais.

— Nardinho, "seu" Lampião não faz estas coisas. Você pode ficar tranquilo, ele não faz isto.

No prazo de menos de dois anos, Carmelita conseguiu que o menino praticamente aprendesse a ler e a escrever, assim como a fazer contas para o chefe, de forma muito satisfatória, pois o ensinamento foi feito com muita disciplina e dedicação, de ambas as partes. Passavam muitas horas do dia na aprendizagem das letras e dos números. Carmelita ficou muito contente com o aprendizado do garoto e, certo dia, comentou com Raimundo:

— Mundinho, seu garoto tem jeito para a leitura e a escrita, em pouco tempo conseguiu aprender muita coisa. Tenho muito apreço em ensinar a este menino, ele tem jeito, ele tem vontade de aprender as coisas. Ele é muito curioso e dedicado. Este menino é muito bom aluno.

Raimundo respondeu:

— "Dona" Lita", fico muito agradecido da sua disposição em ensinar ao meu afilhado. Nardinho é uma criança muito sofrida, mas também é muito inteligente e eu quero fazer dele um homem de bem. Tenho uma grande estima pelo garoto, pois gostava muito de seus pais. Estes eram pessoas honestas, trabalhadoras e só queriam o bem de todo mundo. Fizeram uma grande malvadeza com os pais dele e eu me sinto em dívida para com o garoto, portanto vou criá-lo como se fosse meu filho. Mirtes também tem muita estima pelo menino, já o chama de filho. Isso faz um bem muito grande a ela, pois Mirtes não conseguiu gerar nenhum filho. Tenho uma grande dívida para com a "dona" e qualquer coisa que a senhora precisar é só me chamar que pode considerar já feito.

— Mundinho, não precisa agradecer, pois o prazer em ensinar a este garoto é muito grande para mim. Só em ensiná-lo já posso me considerar recompensada. Também tenho muita estima pelo Nardinho, pois ele mostra muito respeito para com todas as pessoas daqui. Este menino tem algo dentro dele que me chama muito a atenção, ele tem uma força interior grande e determinada. Sei que ele também te ama e respeita, assim como à Mirtes. Vocês tiveram muita sorte em ter este menino junto a vocês. Ele trará muitas alegrias.

Bernardo praticava tiro ao alvo há, pelo menos, um ano, desde seus treze anos e alguns meses mais e, a cada dia, a distância do alvo aumentava do bico do cano da sua espingarda. Toda vez que Raimundo ia ao povoado, era obrigado a trazer muita pólvora, estopa, escorvas e projéteis. Certa vez, Raimundo comprou trezentos cartuchos e passou todos a Bernardo para recarregar. O garoto tinha muito jeito para isso, pois recarregava os cinquenta cartuchos seus e mais os do seu padrinho. Todo dia, o garoto treinava cem tiros ao alvo e, cada vez mais, o alvo distanciava-se dos seus olhos. Muitos homens do grupo de Raimundo e, também, seus amigos, homens feitos, disputavam tiro ao alvo com Bernardo, isto estimulava ainda mais o garoto, que se esmerava na pontaria certa. Poucas vezes houve atirador com melhor pontaria. Bernardo ganhava sempre as disputas de tiro onde os alvos eram as cabaças com água.

Bernardo estudava com Carmelita todos os dias, assim como treinava tiro ao alvo, depois recarregava os cartuchos seus e de seu padrinho e ainda lia cartas e fazia contas para o chefe. Havia poucos garotos e garotas no acampamento e Bernardo não gostava de ter muito contato com eles, pois se sentia deslocado da vida em comunidade, no grupo de Lampião. Sua preocupação era aprender a ler e a escrever e praticar tiro. A pedido de uma das mulheres do grupo de Lampião, ele passou a cuidar de algumas galinhas em um cercado e, também, de algumas cabras soltas. Assim, as crianças do bando teriam leite e ovos para se alimentarem. Maria Bonita, mulher de Lampião, certa feita, lhe disse:

— Nardinho, precisamos criar os animais aqui no acampamento. Sei que é perigoso, mas já estamos sitiados faz cinco anos e ainda continuamos aqui. Então, precisamos de leite e carne para nos sustentar. Portanto, vamos criar algumas cabeças de cabras e galinhas, assim teremos leite, carne e ovos para colocar na mesa.

— Sim, "dona" Maria. Eu posso cuidar dos animais. Tenho tempo para fazer isso. Preciso só do cercado, dos animais e dos alimentos para eles.

Maria lhe respondeu:

— Vou pedir para seu padrinho, Mundinho, arrumar estes animais e os alimentos.

Bernardo tinha muito jeito para a escrita e, também, em cuidar dos animais, mas o que mais gostava era de praticar tiro ao alvo. Para cada atividade havia um horário pré-estabelecido para ele executar. Quando completou quinze anos, Raimundo passou a levá-lo, juntamente com seu grupo, para fazer compras no povoado ou ir a outros sítios ou, ainda, para matar "macacos" ou outro "cabra" qualquer, a mando do chefe. Toda vez que faziam emboscadas, Raimundo dava o primeiro tiro a Bernardo, pois sabia que este não falhava. Tiro dado, homem furado.

Certa vez, Raimundo soube, por outro cangaceiro do bando de Lampião, que em uma fazenda importante da região, distante treze léguas do acampamento, havia uma volante sitiada, que estava protegendo a fazenda de um coronel, a mando do Governador. Raimundo reuniu seu grupo todo, doze homens e mais Bernardo, e rumaram para caçar os "macacos". Três dias depois, chegaram à fazenda do coronel, ao anoitecer. Antes de terminar o dia, Raimundo fez reconhecimento da área da casa grande e organizou o ataque para a madrugada do dia seguinte. Destacou dois cangaceiros para, durante a noite, matar os vigias e soltar os animais, sem rebuliço e sem barulho. O trabalho foi feito à faca e três soldados deixaram esta terra, depois eles foram arrastados e levados para longe da casa e largados, mas, antes, recolheram suas armas. Os animais foram soltos em silêncio e espalhados distantes da casa grande. Depois se juntaram ao grupo no cercamento da casa grande e esperaram a madrugada chegar. Assim que raiou o dia, dois integrantes da volante saíram da casa para se lavarem e renderem os companheiros. Entretanto, tombaram à porta.

Todos os homens do grupo de Raimundo eram considerados, dentro do bando de Corisco, os melhores no tiro. Ficaram amotinados esperando o restante do grupo da volante aparecer, isto é, saírem da casa. Assim que ficavam à vista, um tiro arregaçava ou o peito ou a barriga do infeliz. Bernardo era o que atirava primeiro, pois estava postado à frente da porta principal da casa grande, junto a Raimundo. Toda vez que alguém ficava na mira, seu tiro era certeiro. Antes do meio dia, já havia dado oito tiros e derrubado oito homens, talvez fossem todos homens. Ao cair da tarde, houve um rebuliço dentro da casa grande e os soldados começaram a sair de vez, foi tiro para todo lado, tanto da parte dos soldados que atiravam para qualquer lugar que identificassem que havia cangaceiro, quanto da parte dos homens de Raimundo. Depois de cinco minutos de tiroteio, o silêncio abraçou o lugar, não se ouviu mais um tiro sequer, sem gritos, sem alvoroço. Foi como se uma tormenta houvesse passado e a paz voltasse a reinar. Um silêncio total, nem as aves piavam. Uma hora depois, uma bandeira branca apareceu à porta da casa grande e um homem vestido com roupas normais apareceu à porta, sinalizando com a bandeira, agitando-a muito por demonstrar medo e covardia. Assim que andou uns dez passos da porta e vendo que ainda estava vivo, falou:

— Sou empregado do coronel Marco Antônio. Não sou soldado, sou apenas um empregado da casa. O coronel pede que o chefe do bando venha falar com ele, sem tiro, sem matança.

Então, Raimundo disse:

— Quantos soldados ainda estão dentro da casa?

— Todos os soldados saíram e foram mortos. Não há soldados dentro da casa.

— Quantos soldados havia antes? Quantos morreram?

— Quinze soldados, acho que todos os quinze estão mortos agora. Raimundo disse:

— Peça para o coronel Marco Antônio sair para conversar.

O empregado retornou para dentro da casa. Depois de dez minutos, o coronel Marco Antônio saiu agitando a bandeira branca, nervoso e trêmulo. Então, Raimundo disse:

— Coronel Marco Antônio, por que a volante estava dentro de sua casa?

— Com quem eu falo?

— O coronel fala com Raimundo, do bando de Lampião.

— "Seu" Raimundo, a volante estava em minha casa para proteger minha família. Tivemos vários casos de assaltos e espancamentos por grupo de bandidos e salteadores e a volante veio para proteger a mim e à minha família.

— O coronel deveria ter pedido ajuda a Lampião, assim o coronel não precisaria mais temer os bandidos. Lampião é o protetor desta região.

— "Seu" Raimundo, sou amigo pessoal do Governador e foi ele que mandou a volante aqui para me proteger.

— Coronel, você sabe muito bem que a volante não é bem vista por estas bandas. Então, não peça mais soldados ao Governador, caso contrário, teremos que matar de novo. Está certo?

— "Seu" Raimundo está certo. Então, como é que o "seu" Raimundo vai fazer para proteger minha família?

— O coronel deve procurar o chefe Lampião e pedir ajuda a ele. Somente Lampião negocia este tipo de serviço.

— Está certo, "seu" Raimundo. Vou procurar "seu" Lampião e negociar com ele.

— Agora o coronel deve entrar e esperar meia hora para sair novamente. Este tempo é para que meus homens saiam de suas terras. Não apareça, caso contrário meus homens vão atirar de novo.

— Vou entrar, "seu" Raimundo, e não vamos sair por meia hora, conforme o senhor está determinando. Depois desta meia hora, vamos sair para enterrar os mortos.

Assim que o coronel Marco Antônio entrou em casa, Raimundo e seus homens se prepararam para a retirada. Em cinco minutos todos estavam em fila, fora da vista da casa grande. Três dias depois, Raimundo e seu grupo estavam adentrando o esconderijo do chefe Lampião. Assim que chegaram, Raimundo levou o jovem Bernardo para junto de sua companheira Mirtes e depois se dirigiu para dar conhecimento do ocorrido ao seu chefe imediato, o Corisco. Nesta conversação, Corisco informou a Raimundo que teve notícias do grupo que havia atacado a casa do José Cardoso. Eram notícias de terceiros, logo precisavam ser confirmadas. Corisco disse:

— Mundinho, estas notícias colhi no povoado de "Lagoa da Mata". Apareceram por lá alguns "macacos" da volante e houve comentários deles no bar do "seu" Mané a respeito desta matança. Foi ali que obtive as notícias. Talvez seja melhor você dar um pulo lá e confirmar com o dono do bar se a história é real, é verdadeira. Leva o menino com você, assim ele vai se familiarizando com a nossa vida.

Raimundo respondeu:

— Está certo, Capitão Corisco. Vou averiguar esta história, se for verdadeira vou caçar estes "macacos". Vou cumprir a minha promessa junto ao garoto. Eu gostava muito do "seu" Zeca e de "dona" Fina, eram pessoas do bem, viviam trabalhando e cuidando das suas coisas.

Capitão Corisco disse:

— Agora, estamos sem novidades, vamos dar um tempo mais longo aqui no acampamento. Então, você está liberado para verificar esta história.

— Obrigado, Capitão Corisco. Vou averiguar.

# CAPÍTULO 3 — A VINGANÇA DA FAMÍLIA DE JOSÉ CARDOSO

No dia seguinte, Raimundo, Bernardo e mais seus homens, partiram para "Lagoa da Mata", distante quase dezesseis léguas para o norte, passando por Juazeiro, sentido da cidade de Cabrobó, no estado de Pernambuco. Depois de seis dias de viagem em cima de mulas e jegues, chegaram próximo ao povoado. Montaram acampamento e descansaram à noite perto de um riacho, sem perturbação, sem fogueira e em silêncio para não despertarem a atenção de pessoas indesejadas. Logo pela manhã, Raimundo e Bernardo se dirigiram ao bar do Manoel, enquanto seus homens se dispuseram estrategicamente próximo ao bar, para não serem notados. Raimundo e Bernardo entraram no bar e Raimundo disse:

— Bom dia, "seu" Mané. Tudo bem com o senhor e sua família?

Manoel era um homem de aproximadamente sessenta anos, cabelos brancos, mas ainda muito forte fisicamente. Cuidava de seu bar sozinho, não tinha e nem precisava de ajuda. Tinha forças para fazer o seu trabalho, a sua lida. Sua família vivia numa casa próxima ao bar, em um dos lados do povoado, distante uns duzentos metros.

— Bom dia, "seu" Mundinho. Eu e minha família estamos bem, graças a Deus. Desejo que você e sua família também estejam bem, com a ajuda de nosso Senhor.

— Estamos bem, "seu" Mané, estamos bem. "Seu Mané" pode nos servir uma limonada ou outro suco de fruta qualquer?

— Tenho limonada e laranjada, acabei de fazer os dois sucos. Vou servir a limonada pedida.

— Por favor, "seu" Mané.

Raimundo e Bernardo não falaram mais nada. Sentaram-se junto a uma mesa e bebericaram seus sucos de limonada. Como poucas pessoas entraram para comprar alimentos, dez minutos depois, Raimundo se levantou e dirigiu-se para se aproximar de Manoel, que estava do outro lado do balcão e disse:

— Tenho um assunto para falar com "seu" Mané, em particular.

Manoel olhou assustado para Raimundo, ficou apreensivo e nervoso. Não era normal Raimundo falar deste jeito com ele, logo, só poderia ser alguma coisa grave. Depois disse:

— Podemos ir lá para fora se você quiser ou entrar no quarto de mercadorias.

— Então, vamos lá para fora para conversar, "seu" Mané. O assunto é muito particular e não quero que outra pessoa tome conhecimento do assunto.

Os dois homens saíram do bar e começaram a caminhar em passos lentos. Manoel andava muito pesadamente, passo a passo eram dados como se o mundo estivesse em seu dorso, arrastava as sandálias como se fosse deficiente físico, estava muito nervoso, estava com muito medo, diria até apavorado. Olhava para o chão, não sentia vontade de levantar a cabeça e olhar para a frente, ao longe.

— "Seu" Mundinho, dei algum desgosto ao meu chefe Lampião? Tenho tomado muito cuidado para não desgostar o meu chefe. Mas se fiz, posso assegurar que não fiz por querer.

— "Seu" Mané, o senhor não fez nada que desagradasse ao nosso chefe Lampião. Simplesmente, preciso confirmar uma história acontecida há mais de três anos. Por isso, estou aqui falando com o senhor.

— "Seu" Mundinho, quase me borrei todo com a maneira que você me assuntou. Puxa vida, agora estou ficando mais aliviado, mais tranquilo. Dê-me alguns segundos para me recompor do susto que tive. Pode perguntar o seu assunto.

— Tive notícias, há alguns dias, que foram comentados aqui em seu bar, sobre um achacado ocorrido lá para os lados do povoado de Cabo Antão, região de Cabrobó. O massacre foi feito pelos "macacos" da volante e soube que eles estiveram aqui. "Seu" Mané pode confirmar esta história?

— "Seu" Mundinho, mais ou menos um mês atrás, esteve de passagem aqui, em meu bar, um bando da volante, um grupo chefiado por Cabo André Moreira, homem muito mau, bravo, mandão, sem escrúpulo. Dentre vários causos contados por eles aqui, ouvi esta história do casal que foi morto, contaram como fizeram com o casal e seus filhos. Senti uma raiva muito grande destes soldados, não consigo entender por que eles carregam tanto ódio no coração. Fizeram uma grande maldade para com esta família. Lembro bem desta história porque fiquei muito comovido pela maneira que eles judiaram dessas pessoas, não consigo entender tamanha malvadeza, tamanha judiação.

— "Seu" Mané, então o senhor está confirmando que os "macacos" falaram sobre esta matança. Deram mais algum detalhe?

— Além de judiarem do casal, falaram que bateram muito nas

crianças. Falaram, também, que comeram muito bem na casa do casal, mataram cabritos e galinhas. Disseram que ficaram lá por dois dias, depois evadiram-se porque tinham que estar na fazenda de alguém muito importante para o Governador, em um povoado também da cidade de Cabrobó. Isso é tudo o que me lembro desta história.

— Muito bom, "seu" Mané. Obrigado por me contar o que você se lembrou. Comentou com mais alguém sobre isso?

— Sim, comentei com outro Capitão da volante que esteve por aqui e, também, com o Capitão Corisco que veio me assuntando sobre este episódio. Ninguém mais.

— Então, "seu" Mané, vou pedir um favor. Não comente com mais ninguém, pois vou resolver este assunto do casal. Se o "seu" Mané comentar, terei que voltar aqui para resolver o assunto.

— Pode ficar sossegado, "seu" Mundinho. Não comentarei com mais ninguém nem com o bando do nosso chefe.

— Fico agradecido ao "seu" Mané pelas notícias dadas do meu assunto. Fica com Deus. Estou partindo para resolver a minha pendência para com o casal.

Depois de terminar a conversação com o Manoel do bar, Raimundo juntou-se ao seu grupo e partiram para os lados de Cabrobó. A distância aproximada era de dez a doze léguas e a viagem deveria durar quase uma semana, pelas condições do trajeto, pois o grupo não gostava de transitar pelas estradas oficiais, seguia pelos campos. Durante a viagem, Raimundo sempre andava em grupo aberto, nunca em fila indiana, sempre os companheiros andavam espalhados, com vários sinais de sons que determinavam que tipo de perigo ou surpresa indicavam. Nesta viagem, encontraram-se com dois grupos de bandidos, o primeiro havia acabado de arrombar um povoado, achacaram os moradores, agrediram homens, velhos, crianças, mulheres e jovens. Ainda estavam comemorando o saque quando Raimundo e seu bando caíram em cima deles e mataram todos, exceto um rapaz, ainda jovem, que não estava armado e Raimundo precisava de informações. Depois de ter amarrado as mãos e os pés do garoto, começou o interrogatório:

— Garoto, qual é o seu nome?

— Meu nome é João Ananias.

— De onde você é, garoto?

— Minha família era da região de Juazeiro do Norte. Minha família foi morta pela volante há três anos e, depois disso, fiquei andando para cá e para lá, sozinho, sem rumo, até que encontrei o "seu" Acácio, chefe deste bando, que me acolheu e do qual comecei a fazer parte.

— Você sabe atirar bem com a espingarda?

— Eu ainda não sei atirar bem, pratico muito pouco. "Seu" Acácio não deixava eu praticar, queria só que eu cozinhasse para eles.

— Então, pegue suas coisas que vamos passar no povoado. Lá, você vai me explicar o ocorrido.

Depois, virando-se para o grupo, disse:

— Pessoal, recolham o saque dos bandidos que vamos devolver ao povoado. Vamos que não podemos perder muito tempo. Temos que chegar ao nosso destino.

Depois de uma hora, Raimundo e seu grupo chegaram ao povoado saqueado. Ali, verificou que os bandidos mataram muitas pessoas idosos, homens, mulheres e crianças por pura maldade. Os bandidos não tiveram piedade, podemos dizer que usaram da violência contra pessoas indefesas, simplesmente atos de covardia. Muitas casas foram saqueadas, os móveis quebrados e os objetos jogados ao chão, com total bagunça e desorganização. Pessoas ignóbeis, desajustadas e inescrupulosas. Depois de procurar por alguém de responsabilidade, localizou um senhorzinho, muito machucado e com medo e receio, então disse:

— Bom dia, senhor. O senhor pode falar comigo um pouquinho? Não estou aqui para machucar vocês. Sou do grupo de Lampião e estamos aqui para ajudar. Trouxe o saque que os bandidos roubaram de vocês. Posso deixar com o senhor para ser devolvido aos donos?

Após ouvir estas frases, o senhorzinho sentiu-se mais tranquilo e disse:

— Sou o Fredo. Sim, pode deixar comigo que eu devolvo os pertences a cada família, se é que os donos ainda estão vivos.

— De qualquer maneira, vou deixar os objetos saqueados com o senhor. Preciso partir imediatamente.

E o velhinho disse:

— Cadê os bandidos que mataram, machucaram e roubaram a todos nós deste povoado?

Raimundo respondeu:

— Estão todos mortos, exceto este rapaz que não teve responsabilidade.

O velhinho disse:

— Obrigado, moço. Obrigado por ter matado estes bandidos e os tirado da face da terra. Nunca mais eles farão mal a outras pessoas. Que Deus tenha compaixão de suas almas, mas já foram tarde demais.

Raimundo e seu grupo partiram assim que deixaram os objetos roubados com o senhor Fredo, vulgo de Alfredo. Raimundo partiu logo, levando consigo o jovem João Ananias. Dois dias depois, Raimundo e seu grupo encontraram outro bando, muito festivo, dando risadas em alto volume, muita gritaria. Era um grupo de jagunços, homens que trabalhavam para algum coronel da região ou que estavam a seu mandado para executar alguma ordem. Assim que se aproximou, ficou observando o que eles faziam, por que estavam tão alegres e não demorou muito para constatar que eles estavam com três mulheres e estavam abusando delas, oito homens em cima de três mulheres. Como já estava para anoitecer, Raimundo planejou a ação e distribuiu as tarefas. Bernardo estava sempre ao seu lado, qualquer ação de Raimundo, Bernardo o acompanhava de perto. Assim que começou a escurecer, os homens de Raimundo rodearam o bando de jagunços, de maneira que não havia como os bandidos se safarem, e começaram a pipocar os tiros, todos certeiros. Tiro dado, jagunço furado. Bernardo deu três tiros, os tiros acertaram os alvos. Depois de todos os jagunços estarem estirados no chão, Raimundo e seus homens avançaram para o local. Chegando perto, Raimundo disse:

— Moças, não precisam ficar assustadas ou com medo. Não faremos maldades a vocês, podem se vestir e cobrir suas vergonhas e seus corpos.

As mulheres, todas chorando de dor e tristezas, pois haviam apanhado muito, agilizaram-se. Assim que terminaram de se vestir, Raimundo disse:

— Vocês são de onde?

A mulher mais comunicativa do grupo disse:

— Somos do povoado do "Morro Grande". Deve ter quase meia légua de distância. Estamos contentes que vocês apareceram para nos ajudar.

— Não estamos aqui para ajudar vocês, estamos procurando um povoado. A informação que tenho é que fica perto da cidade de Cabrobó e como estamos perto de Cabrobó, talvez as senhoras tenham ouvido alguma coisa sobre uma volante que está trabalhando para um coronel desta região. As mulheres têm algumas notícias para dar?

A mesma senhora, que havia dito antes, disse:

— Ouvimos dizer que no povoado de "São Simões" há um fazendeiro, o coronel Carlos Madruga, que está hospedando uma volante. Tem também o coronel Chico Moura, lá pros lados do povoado "Água Doce" que também hospeda volante. Dizem que, na fazenda do coronel Chico Moura, a volante é muito grande, dizem ter mais de vinte soldados.

— Está certo, mulher. Vocês conseguem ir sozinhas até o seu povoado ou precisam que as acompanhemos?

A mesma mulher disse:

— Já anoiteceu e à noite é muito perigoso andar por aqui. Amanhã podemos andar juntos por quase meia légua que o caminho é o mesmo, depois nos separamos. Ficaremos muito gratas se fôssemos juntos, nos sentiremos mais seguras.

— Está certo, mulher. Então, vamos passar a noite aqui pra descansarmos. Amanhã de madrugada partimos.

À noite, o descanso foi o suficiente para que, na manhã seguinte, levantassem acampamento e partissem. Não houve qualquer incidente no acampamento que causasse mal-estar, tanto às mulheres quanto aos jagunços de Raimundo. O respeito às mulheres era um dever de cada jagunço de Lampião e sendo jagunço de Mundinho era pior ainda.

Por volta das quatro horas, Raimundo acordou seus homens e mandou preparar a partida. Como houve barulho, as mulheres também acordaram, pois elas estavam ressabiadas que alguma maldade poderia acontecer à noite. Mas quando despertaram ficaram contentes que nada houve de desagradável. Raimundo se aproximou da mulher que havia conversado e disse:

— Mulher, acorde suas amigas que vamos partir. O dia já vai raiar e não quero perder tempo, quero chegar ainda hoje ao meu destino e com a luz do sol.

A mulher se levantou e chamou as outras mulheres para se levantarem. Todos se lavaram no riacho que ficava perto e partiram. Raimundo disse a um de seus homens:

— Reparte a todos um naco de carne seca.

Depois desta ordem não falou mais. Tomou a direção do povoado "Morro Grande", seguindo os passos da mulher. Durante quase uma hora andaram juntos, poucas palavras pronunciadas, caminhada rápida e persistente. Para as mulheres, foi uma caminhada pesada e cansativa, mas para os jagunços, foi uma caminhada amena, calma, pois eles costumavam caminhar quase correndo e grandes distâncias. Ao chegar perto de um riacho, os grupos se separaram e Raimundo rumou a caminho da fazenda do coronel Chico Moura, agora a passos largos e rápidos, seguindo um mapa oral explicado pela mulher. Quase findando o dia, pouco tempo para o sol se pôr, Raimundo avistou a casa do coronel Chico Moura, aproximadamente seiscentos metros de distância. Deram a volta no morro onde estavam para se esconder e passar a noite. Antes de deitar-se, disse:

— Companheiros, amanhã de madrugada, vamos cercar a casa do coronel. Quero três homens juntos e vamos fincar nos quatro cantos do sol. Eu mais Nardinho ficaremos na hora sul. Vamos dar os tiros alternados e vamos ficar a mais de cem metros da casa, pois como estamos com espingarda, podemos acertar neles e eles estão com revólver, logo eles terão mais dificuldades em nos acertar. De qualquer maneira, quero que tomem cuidado, não deixem que eles acertem em vocês, quero vocês todos vivos quando terminar. Está certo?

Ninguém respondeu, não precisava. Eram orientações que estavam sendo repassadas e deveriam ser cumpridas à risca. Por volta de quatro da madrugada, Raimundo acorda seus homens e manda se posicionarem. Raimundo e Bernardo se dirigiram ao sul, onde ficava a entrada ou saída principal da casa. Foi uma marcha de aproximadamente quinze minutos, passos largos e sem barulho, porém cuidadosos para não serem vistos. Assim que chegaram ao posicionamento sul da casa grande, Raimundo e Bernardo amotinaram-se atrás de algumas pedras grandes e esperaram o início do tiroteio. Assim que Raimundo se posicionou, viu que três de seus homens acertaram as gargantas de três soldados que faziam a ronda, a vigilância da casa, à faca. Seus homens arrastaram os corpos para longe do olhar da casa, recolheram as armas e se posicionaram. Por volta das cinco horas, quatro soldados saíram da casa para renderem os soldados que estavam de vigília, mas, mal acabaram de passar pela porta, levaram um tiro cada. Bernardo foi o primeiro a atirar e o tiro pegou no peito do soldado que caiu para trás. Raimundo disse:

— Bom tiro, afilhado. Este foi pedir bênção a nosso Senhor.

Neste momento, começou uma algazarra dentro da casa, uma falação em volume alto. Estavam totalmente enraivecidos, descontrolados, porque isso não estava previsto. Depois de certo tempo, a latomia passou e o silêncio voltou a reinar. Com certeza o coronel Chico Moura e o capitão deveriam estar tomando conhecimento da situação, tomando pé das ocorrências e dando as orientações cabíveis e necessárias. Meia hora depois, dezoito soldados saíram de uma vez pelas três saídas da casa grande, seis soldados em cada porta. Já saíram gritando e atirando a esmo.

— Vamos, vamos depressa, senão vamos receber tiro na cara. Vamos, vejam se descobrem de onde vêm os tiros para podermos revidar.

Mal os soldados passaram pela porta sul, Bernardo acerta no peito de um soldado, que cai para trás. Dez segundos depois, Raimundo acerta o segundo soldado na garganta. A cada dez segundos, um tiro era dado e um soldado caía. Três tiros dados por Raimundo e o mesmo tanto dado por Bernardo fizeram seis soldados partirem para uma melhor. O mesmo estava acontecendo com os outros jagunços de Raimundo, cada tiro dado era um soldado que caía ou com o peito ou com a barriga perfurados.

Depois da trovejada deste tiroteio todo, houve um silêncio total, parecia até que a paz tinha sido acordada. Raimundo e seus homens aproveitaram este tempo para recarregarem as espingardas e recolherem os cartuchos usados e caídos no chão e guardarem-nos em seus bornais. Retomaram as posições de espera e ficaram postados, com atenção, ao que acontecia na casa grande. Por volta das nove horas, um jagunço do coronel apareceu com uma bandeira branca, agitando-a nervosamente, passou pela porta e deu vários passos em direção ao terreiro, à frente da casa grande, pela porta sul, onde Raimundo estava de vigia. Assim que parou, disse:

— O coronel Chico Moura pede paz. O coronel quer saber o nome do chefe do bando e o que quer com o coronel?

Raimundo não respondeu. Esperou para ver o que acontecia. Depois de cinco minutos, o jagunço voltou a perguntar:

— O coronel Chico Moura quer saber quem é o chefe e o que quer com o coronel?

Depois de alguns instantes, Raimundo respondeu:

— Mande o coronel Chico Moura sair com as mãos levantadas.

Depois de alguns minutos, o jagunço perguntou novamente:

— O coronel quer saber o nome do chefe do bando e o que quer com o coronel?

Depois de alguns instantes, Raimundo voltou a responder a mesma coisa que anteriormente:

— Mande o coronel Chico Moura sair com as mãos levantadas.

Em seguida, o jagunço virou-lhe as costas e retornou para dentro da casa. Depois de meia hora, o coronel Chico Moura apareceu à porta, com a bandeira branca na mão e postou-se onde o seu empregado havia ficado antes e disse:

— Eu sou o coronel Chico Moura. Quem é que vai falar comigo? Identifique-se.

Em seguida, Raimundo disse:

— Coronel, quantos soldados ainda estão dentro da casa?

O coronel Chico Moura voltou a fazer a mesma pergunta:

— Quem é que está falando comigo?

Raimundo respondeu:

— Coronel, não importa quem está falando com o coronel. Responda-me, quantos soldados ainda estão dentro da casa?

O coronel Chico Moura respondeu:

— Tem cinco soldados dentro da minha casa.

— Quais os nomes dos soldados que estão lá dentro?

— Eu só sei o nome de dois soldados, o Capitão Firmino Marques e o Cabo André Moreira. Os outros três, não sei seus nomes.

— Coronel, mande os cinco soldados saírem de mãos para cima e sem armas. Quero todos eles fora da sua casa.

— Já mandei eles saírem, mas disseram que não vão sair.

— Então, coronel, mande seus empregados saírem e deixarem suas armas aqui no chão e o coronel pega sua família e vai para a cidade. Vocês têm meia hora para fazer o que mandei. Depois desta meia hora, quem sair vai morrer.

— Vou tirar minha família e vamos para a cidade. Não atirem em nós.

— Coronel, diga-me quais são as pessoas de sua família? E quantos jagunços e empregados estão na casa?

— Minha esposa Márcia, meus dois filhos, Marcelo e Joaquim e, também, minha filha, Cecília. Temos três empregadas que cuidam da casa e quatro jagunços meus.

— Coronel tem meia hora para sair com sua família e seus empregados. Agora, mande seus quatro jagunços saírem com as mãos para cima e deixarem as armas aqui no chão e depois saiam da fazenda.

— Sim, vou mandar.

Cinco minutos depois, os jagunços começaram a sair. O primeiro saiu e deixou as armas no chão e foi se retirando em direção à Vila. O segundo fez a mesma coisa. Quando o terceiro saiu com a arma na mão, Raimundo disse:

— Você que está saindo agora. Você não é jagunço do coronel. Quem é você?

Mal Raimundo tinha dito isso, o homem correu para dentro da casa e Bernardo acertou-lhe um tiro bem nas costas. Era um soldado que estava disfarçado de jagunço. O homem tinha o cabelo cortado rente à cabeça e os jagunços costumam ter os cabelos compridos, assim como seu jeito de andar empertigado. Depois vieram mais dois jagunços, deixaram suas armas no chão e saíram depressa. Meia hora depois, o coronel saiu com sua família e suas três empregadas, então Raimundo lhe disse:

— Coronel Chico Moura, não tenho boas notícias sobre o coronel. Estou deixando o coronel com vida hoje, mas da próxima vez que eu vier aqui em sua fazenda, o coronel deixará de respirar. Está entendendo, coronel?

— Sim, entendi o que o senhor disse.

— Passe bem, coronel, e não machuque mais os seus empregados.

— O que meus empregados têm a ver com isso?

— Seus empregados não são seus escravos, logo eles merecem mais respeito e consideração de sua parte. Se eu tomar conhecimento que o coronel continua fazendo judiação em seus empregados, eu voltarei com muita raiva. Entendeu coronel?

O coronel não respondeu, deu outra olhada para Raimundo e partiu para a cidade. Um empregado do coronel Chico Moura havia preparado os animais para a viagem da família. Carregou os animais até o terreiro em frente à casa e ajudou a família a montar nos cavalos. Depois que a família do coronel partiu, o empregado partiu também, apressado e a pé, rumo à Vila.

O resto do dia foi um silêncio total, os homens de Raimundo só ouviam os pássaros ou os animais da fazenda. Dentro da casa reinava o silêncio. Não se via nem se ouvia qualquer ser humano. Ao anoitecer, Raimundo perguntou a Bernardo:

— Afilhado, você está vendo aquela caixa de abelhas naquela árvore?

E apontou a árvore onde estava a caixa de abelhas.

— Sim, padrinho. Estou vendo a caixa de abelhas.

— Amanhã de madrugada, assim que estivermos de prontidão, quero que você pegue aquela caixa de abelhas, com muito jeito para não alvoroçar as abelhas e jogue naquela janelinha do banheiro que é mais alta e eles não vão te ver. Pela abertura da janela, dá para passar a caixa. Você consegue fazer isso ou preciso pedir para outro homem meu?

— Não carece, padrinho. Eu mesmo me encarrego de fazer isso. Pode deixar para mim.

Enquanto um homem de Raimundo dormia, o outro fazia a vigília. A noite toda foi assim. Às quatro horas e meia, o local estava ainda muito escuro pela falta de luz da lua no céu. Bernardo, com muito jeito, parecia um gato, conseguiu pegar a caixa de abelhas com muito cuidado, sem balançar e se dirigiu para a abertura da janela, bem devagar, para não espantar os insetos. Arrastava-se praticamente pelo chão. Assim que chegou ao local, levantou-se, abriu um pouquinho mais a janela do banheiro e passou a caixa de abelha para dentro. Assim que passou a caixa, Bernardo fechou a janela por fora, colocando uma pedra que estava no chão para suportar a janela fechada. Retornou pé ante pé ao seu lugar e ficou esperando. Meia hora depois se ouviu uma latomia dentro da casa, muita falação porque as abelhas estavam ferroando os soldados. Mesmo assim, eles continuaram presos dentro da casa, não saíram. Então, Raimundo disse a Bernardo:

— Afilhado, se o coronel disse a quantia certa de soldados lá dentro, então tem ainda três soldados, o Capitão, o Cabo e mais um soldado. Precisamos fazer alguma coisa diferente para eles saírem da casa, pois as abelhas não os motivaram a sair. Por acaso, você tem alguma ideia? Eu não tenho mais qualquer ideia que possa levar a cabo para eles saírem de lá.

— Padrinho, eu não tenho nenhuma ideia de como fazer eles saírem. Vamos perguntar para os outros?

— Não carece. Vou achar um meio de fazer eles saírem de lá.

Quando a tarde chegou, Raimundo disse a Bernardo:

— Afilhado, vá chamar o Edinho, quero combinar um assunto com ele. E fique cobrindo o lugar dele.

— Sim, padrinho. Vou avisar imediatamente.

Bernardo rastejou um pouco e já ficou fora da vista da casa, andou agachado por dez minutos, até chegar às nove horas, ou seja, ao lado oeste da casa, um dos locais combinados por Raimundo. Assim que chegou perto do outro grupo, Bernardo deu um sinal com assobio, indicando que ele estava chegando. Era uma combinação de sinais sonoros usados pelo grupo. Depois de outros dez minutos, Edinho chegou ao lugar onde estava Raimundo e perguntou:

— O chefe mandou me chamar?

— Sim, Edinho. Tenho um serviço perigoso para você. Como você tem jeito para entrar nos piores lugares, quero que você, hoje à noite, rasteje até a casa e invada, matando aqueles que você vir. Depois saia depressa, não quero você queimado lá dentro.

— Sim, chefe. Acho que a melhor entrada da casa é a porta da cozinha, que fica a oeste. Posso me endireitar para tomar posição?

— Pode ir, mas, lembre-se, toma cuidado para não levar tiro. Fique amoitado para se proteger. Faça a tarefa com segurança, não quero perder você.

— Sim, chefe. Tomarei cuidado para não ser visto.

Quando o sol sumiu e a escuridão chegou, Edinho rastejou até perto da porta da cozinha, emparedou-se e, olhando pelas frestas da janela, observou que na cozinha não havia qualquer pessoa. Foi até a porta e a abriu bem devagar, o suficiente para entrar e tornou a fechá-la. Dentro da cozinha, esperou alguns minutos para que seus olhos se acostumassem à escuridão da casa e depois começou a vistoriar, atendo-se a qualquer som ou vulto, sempre com a arma em punho. Fez tudo bem devagar para não esbarrar em alguma coisa que fizesse barulho e o denunciasse. Rezou ao Padre Cícero para que não houvesse nem cachorro nem gato. Da cozinha mesmo, percebeu o vulto de um soldado vigiando na copa, lugar de refeição, onde uma grande mesa estava ao centro. Encostou-se junto ao batente da porta que dava para a copa e ficou observando mais um pouco. Depois de alguns instantes, viu que o soldado estava olhando pelas frestas da janela e que depois se virou para pegar alguma coisa na mesa. Neste instante, Edinho deu um tiro certeiro no peito do soldado e esperou, mais alguns instantes, para ver se apareceria mais outro soldado. Não demorou muito quando outro soldado veio de outro cômodo e ele disparou novamente sua arma. Mais um tiro certeiro, o soldado caiu para trás. Neste instante, correu para a porta, abrindo-a o suficiente para passar e escorregou pela parede, agachando a uns três metros da porta da cozinha e já preparou novamente a espingarda com dois outros cartuchos cheios. Mirou para a porta e ficou esperando. Ninguém saiu. Depois que estava agachado rente à parede, lembrou-se dos seus companheiros que poderiam mirar nele. Tirou de dentro da camisa um lenço vermelho e amarrou ao pescoço, era um sinal de que era membro da equipe do Raimundo e que esquecera de usar. Depois de meia hora passada, escorreu pela parede, que estava do mesmo lado do chefe Raimundo, por isso ficou mais tranquilo, não iria receber chumbo em seu peito, parou e ficou rente à janela para auscultar algum som ou ruído. Quase à meia-noite, ouviu umas palavras balbuciadas junto à janela. Deu um passo à frente e deu um tiro. Ouviu que alguém gemeu por dentro, gritando de dor, logo percebeu que tinha acertado mais um soldado. Em seguida ao tiro, voltou à posição anterior, rente à parede e já ficou com a arma empunhada e a segunda bala engatilhada. Mas não houve qualquer reação dentro da casa. Ficou ali até de madrugada. Antes de raiar o dia, ainda escuro, rastejou de volta para ficar junto do chefe Raimundo. Assim que chegou, falou:

— Chefe, dei três tiros e acho que acertei três soldados, dois tenho certeza que matei. Espero que lá dentro tenha só soldados, porque se tiver jagunço, então não sei em quem acertei.

— Bom trabalho, Edinho. Quero que você fique aqui comigo, posso vir a precisar de seu trabalho novamente. Vamos esperar para ver o que acontece agora.

O dia foi passando e, por volta das dez horas, Raimundo gritou:

— Soldado, está na hora de você se entregar. Caso contrário, nós vamos entrar hoje à noite e vamos te matar. Saia agora se quer continuar vivendo.

Depois de quinze minutos, uma bandeira branca foi acenada e um soldado apareceu à porta. Então, Raimundo disse:

— Saia da casa e com as mãos para cima.

O soldado foi saindo, devagar, com muito medo. Depois de dar uns dez passos para fora da casa, parou. Então, Raimundo lhe disse:

— Quantos soldados ainda estão lá dentro?

— Não tem mais ninguém. Todos estão mortos.

— Então, fique de costas para nós e não se mexa.

Raimundo e seus homens saíram de onde estavam, todos mirando para a casa e dirigiram-se até onde estava o soldado. Raimundo lhe disse, novamente:

— Companheiros, fiquem amotinados enquanto nós vamos olhar a casa, não saiam de onde estão.

Raimundo falou assim para dar a impressão aos outros, se tivessem mais, que havia mais homens com ele. Depois que amarraram as mãos do soldado, sem que houvesse uma identificação dele, colocaram-no à frente do grupo e entraram na casa. Percorreram todos os cômodos e não acharam ninguém vivo, somente três soldados mortos. Depois foram para fora arrastando os corpos e então Raimundo perguntou ao soldado:

— Soldado, identifique-se e, também, os outros.

— Eu sou o soldado Matias, aquele ali é o Capitão Firmino Marques, aquele é o Cabo André Moreira, aquele é o soldado Juventino.

— Está certo, soldado. Agora vou fazer uma pergunta a você: alguns anos atrás houve uma chacina num povoado chamado Cabo Antão, onde mataram um casal e judiaram de duas crianças. Você tomou parte neste ocorrido?

— Não, eu era de outra volante, juntei-me ao Cabo André Moreira faz dois meses.

— Você sabe de algum soldado que participou deste evento e que não está aqui?

— Eu ouvi dizer que o soldado e hoje Cabo Bastião Santos também participou. Não sei de mais nada.

— E por onde anda este Cabo Bastião?

— Um mês atrás, eu ouvi dizer que ele estava no sertão da Bahia, mas não sei qual é o lugar certo.

— Então, soldado Matias, você gosta de ser soldado ou prefere uma vida normal, sem mortes e sem tiros?

O soldado perguntou:

— Qual é a minha chance de viver?

— É você deixar de ser soldado.

— Não vou mais ser soldado a partir de hoje.

— Então, entra na casa e pega uma roupa e se troca. Rápido que estamos de partida.

Em menos de dez minutos, o soldado já tinha trocado de roupa e Raimundo deixou-o partir. Raimundo e seus homens retornaram novamente à casa e foram matar a fome e recolheram todas as armas. Havia muita comida já pronta, comeram rapidamente e partiram, já com as suas mulas reunidas. Depois de duas horas de viagem, avistaram um grupo de cinquenta soldados e identificaram o coronel Chico Moura no meio deles. Raimundo disse:

— Edinho, tenho uma tarefa para você. Retorna à casa rapidamente e bota fogo nela. Este coronel é mau caráter. Cuidado para não ser visto e morto.

Edinho retornou correndo para a casa do coronel e, em quarenta minutos, já se via a fumaça subir rumo às nuvens. Assim que Raimundo avistou a volante, seguiu por outro caminho, desviando-se dos soldados e não foram percebidos. Edinho se juntou ao grupo um dia depois de ter queimado a casa do coronel Chico Moura. Oito dias depois estavam se reunindo ao bando de Lampião. Raimundo retornou para sua amada Mirtes juntamente com seu afilhado Bernardo.

# CAPÍTULO 4 — NOVO LAR

assaram-se duas semanas sem que houvesse qualquer entrevero, a vida de Bernardo estava na paz. Voltou às atividades costumeiras. Carmelita voltou a lhe ensinar, voltou a tomar conta de certos negócios do chefe Lampião e voltou a cuidar dos animais, agora em maior quantidade. Para cuidar dos animais, Bernardo tinha ajuda do garoto Xândi, diminutivo de Alexandre, e da garota Lúcia. Os três se davam muito bem, Bernardo dividiu as tarefas em igualdade de ocupação e, na sua ausência, caberia aos dois a totalidade das tarefas. Bernardo sempre pegava no pé de Alexandre, porque percebeu que o garoto deixava algumas tarefas suas para a garota fazer, principalmente as mais leves que eram em maior quantidade. Como ele executava as mais pesadas e mais perigosas, a garota ficou com maior quantidade de tarefas a executar e, portanto, demorava mais tempo para terminar suas obrigações e não reclamava.

Estava para terminar a terceira semana após o seu regresso, quando Raimundo chamou-o e disse:

— Afilhado, amanhã, bem cedo, vamos partir.

— Está certo, padrinho. O que preciso providenciar?

— Prepare quatro mulas e quatro jegues, o que tiver no pasto, assim como as cangas.

— Padrinho, o que vamos levar ou trazer?

— Vamos trazer alimentos, "dona" Maria Bonita me pediu para

trazer animais e ovos.

— Padrinho, já sabe onde vamos comprar?

— Sim, vamos ao sítio do "seu" Otavinho Pereira, são só sete léguas de distância.

— Está certo, Padrinho. Vou deixar ajeitadas as coisas e os apetrechos ainda hoje, para amanhã só selar as mulas e partir.

No dia seguinte, às quatro horas da manhã, Raimundo acorda Bernardo e saem da barraca para a viagem. Quando Bernardo chega onde estavam os animais, constata que os homens de Raimundo já estavam prontos e as mulas já preparadas. Foi só o tempo de pegar a cumbuca de água e a sua espingarda, mais os bornais e sair. O bando de Raimundo era composto de doze jagunços. Nesta viagem, estavam Raimundo e Bernardo e mais oito jagunços. Dois estavam encarregados de conduzir as quatro mulas e outros dois, dos jegues. Os animais ficavam sempre atrás do grupo. Dois estavam sempre à frente, geralmente de cem a cento e cinquenta metros de distância e os outros dois estavam juntos a Raimundo e Bernardo, sempre nas laterais, como se fossem escudos.

Raimundo e seu grupo sempre viajavam a pé, raramente utilizavam os cavalos, mesmo que o destino fosse longínquo, pois Lampião poderia utilizar estes animais para outros fins. Por isso as viagens, por serem distantes, eram demoradas. Dependendo das condições do trajeto, sete léguas em terrenos montanhosos e baixadas alagadas, mais o ritmo lento dos animais, demoravam quase dois dias de marcha. Esta viagem era um caso destes, muitas montanhas, muitos vales, rios e outras agruras. Portanto, a viagem estava prevista para dois dias, desde que não encontrassem bandidos e volantes no caminho. Nesta viagem não houve encontro com volantes. Quando faltava uma hora para chegarem ao destino, isto é, ao sítio do "seu" Otávio Pereira, Raimundo disse a Bernardo:

— Afilhado, vem cá perto de mim.

Bernardo, que estava ao largo, apressou o passo e se encostou a Raimundo.

— Pois não, padrinho.

— É a sua primeira viagem ao sítio do "seu" Otavinho. Sua irmã Mira está vivendo com ele e com sua esposa, Jacinta. "Seu" Otavinho tem cuidado muito bem dela. Devo um grande favor a ele por estar cuidando de sua irmã, logo, você também tem uma dívida para com ele. Você está entendendo, afilhado?

— Sim, padrinho. Vou gostar muito de rever a minha irmã, faz cinco anos que não a vejo e não tenho uma lembrança muito viva dela. Como estou com dezessete anos, ela deve ter doze anos, já é uma garota agora. Vou gostar muito também de conhecer "seu" Otavinho e sua esposa, pois cuidam da minha irmã.

— Exatamente. Eu quero combinar um assunto com você, nós vamos ficar um dia ou dois na casa do "seu" Otavinho, pois ele gosta muito de mim e do nosso chefe. Ele sempre me segura lá, é uma forma dele agradar a nosso chefe e, também, a mim. Quero que você não se identifique, vou assuntar um negócio com ele primeiro. O que vou falar para você agora é muito importante. Quero que você venha morar com "seu" Otavinho, ele está precisando de ajuda no sítio e eu, também, não quero que você tenha uma vida como a minha, de cangaceiro. Quero que você seja um sitiante, que prospere, que seja um fazendeiro, que você venha a ter mulher e filhos sem a preocupação com os "macacos". Minha vida é muito ruim, não posso ter as coisas e nem formar família, isso acontece porque trabalho para os chefes Lampião e Corisco. Quero que você tenha uma vida diferente da minha, quero o bem para vocês dois, meu afilhado e minha afilhada, Mira. Está certo?

Bernardo ficou alguns minutos sem responder. Entristeceu-se. Para ele, Raimundo era o exemplo de pai, de vida, de todo o seu sonho. Abandoná-lo seria algo impensável, algo que não gostaria que acontecesse, mas ...

— Meu padrinho quer isto para mim e minha irmã?

— Sim, quero o melhor para vocês dois. Ser cangaceiro é não poder ter vida própria, ter família, ter amigos e viajar. Ser cangaceiro é privar-nos de termos o que queremos. Vivo para o meu chefe e não para mim. Não quero esta vida para vocês dois e achei melhor resolver isto de vez, enquanto posso. Vou fazer este trato com o "seu" Otavinho. Estou te contando tudo isto para você estar a par do que vou negociar.

— Se o meu padrinho quer, então está feito.

— Eu tenho uma reserva em dinheiro e vou passar para o "seu" Otavinho, vou falar para ele comprar outro tanto de terras, ele deve ter uns quinze a vinte alqueires. Com este dinheiro, ele pode comprar mais outros quinze e dobrar suas terras. Vou dizer a ele que toda a terra seja de vocês dois, pois "seu" Otavinho não teve filho e, agora, não pode ter mais, pois o casal é velho. Assim, você será dono de tudo, então você já vai tomar conta desde já, pois as terras vão ser tuas mesmo e, como já disse, ele precisa de ajuda, não tem condições de trabalhar nas terras dele.

— Mas, eu vou ficar sem ver o padrinho e a madrinha? Eu gosto muito do padrinho.

— Eu sei que você gosta de nós, mas estou fazendo o melhor para vocês. Você está quase para completar dezoito anos e sua irmã está a caminho dos treze, então está na hora de vocês se prepararem para o futuro. Estou cuidando do seu futuro enquanto posso e tenho tempo e condições. Não sei o dia de amanhã, se poderei te ajudar, logo, farei agora. A cada dois ou três meses, eu venho visitar vocês dois, meus afilhados. Você e Mira moram em nossos corações, meu e de Mirtes. Vocês são nossos filhos.

— Padrinho vai trazer a madrinha também?

— Vou trazê-la, não em todas as vezes. Ela gosta muito de você. Assim, ela vai rever a afilhada Mira também.

— Vou sentir muita falta do acampamento.

— Eu sei, mas é para o seu bem e de sua irmã que faço isto.

— Estou sabendo, padrinho. Muito obrigado pela preocupação que o padrinho teve comigo todos estes anos. Sou sempre grato ao padrinho.

— Você foi a minha alegria, assim como da sua madrinha. Tenho muita honra em ter vocês dois como meus filhos, já que não tive filhos com minha Mirtes.

— Considero o padrinho como meu pai. Tenho grande sentimento de gratidão para com o padrinho. Vou sentir muita saudade do padrinho e da madrinha. Tenho grande estima por vocês dois.

— Nardinho, eu também te estimo muito. O mesmo sente a Mirtes. Mas estou fazendo isto para vocês terem uma vida mais longa e mais feliz. O cangaço não tem futuro nem alegrias. Só sofrimento e morte. Não quero isto para vocês, meus afilhados.

— Está certo, padrinho. Compreendo suas preocupações para comigo e para com minha irmã, Mira.

O assunto findou neste instante, não voltaram mais a falar sobre isto. Assim que chegaram à casa de Otávio Pereira, quase às cinco horas da tarde, foi só alegria para a família anfitriã. Otávio Pereira foi logo dizendo, assim que o grupo chegou:

— Sejam bem-vindos, sejam bem-vindos. Meu amigo Mundinho, quanta honra em recebê-lo em minha humilde casa. Sejam bem-vindos.

Otávio Pereira, em frente à sua casa humilde e simples, cumprimentou a todos os homens de Raimundo. Quando chegou a vez de Bernardo, o último a ser cumprimentado, pois havia ficado de lado, Raimundo disse:

— "Seu" Otavinho, este é meu afilhado Nardinho. Tenho-o como meu filho, gosto demais dele. É um bom rapaz. Seus pais faleceram quando ele era ainda muito jovem e eu, mais minha Mirtes, cuidamos dele. É como se fosse nosso filho. Estimo-o como meu filho.

Otávio Pereira disse:

— É um prazer conhecer o afilhado de meu amigo Mundinho. Seja bem-vindo à minha humilde casa. Minha casa é sua casa.

Aquelas palavras do velho Otávio atordoaram os ouvidos de Bernardo. Pensou ele: "Como ele sabe que a casa dele é minha casa também"?

Enquanto os homens de Raimundo iam se ajeitando, montando as barracas para passarem a noite, Otávio Pereira conduziu Raimundo e

Bernardo para dentro da casa. Ao entrarem, Raimundo cumprimentou Jacinta, mulher de Otávio Pereira.

— Boa tarde, "dona" Jacinta. É um grande prazer retornar à sua casa acolhedora.

Jacinta disse sorrindo e contente:

— Boa tarde, "seu" Mundinho. É um prazer ter vocês aqui em casa.

— "Dona" Jacinta, onde está a minha afilhada Mira?

— Ela está cuidando dos animais.

Então, Bernardo olhou para Raimundo e este já entendeu.

— Sim, Nardinho. Pode ir vê-la e buscá-la. Mantenha o nosso combinado.

— Obrigado, padrinho.

Enquanto Raimundo ficou conversando com o Otávio Pereira e a Jacinta, Bernardo saiu pela porta da cozinha e foi em busca da irmã, Miriam. Olhou de um lado, olhou do outro e nada de visualizar a irmã. Ficou assim alguns minutos, quando a irmã levantou o corpo e foi possível vê-la. Ela estava abaixada no chiqueiro, espalhando a comida aos porcos. Assim que Bernardo viu a irmã, seu coração disparou. Ela pareceu muito bonita, magra e alta para seus doze anos, quase treze. Começou a caminhar em direção ao chiqueiro, onde a irmã estava concentrada em seus afazeres. Assim que se aproximou, ele disse:

— Boa tarde, moça.

Miriam soltou um som estranho, gutural, teve um susto, não esperava por visita, muito menos alguém que estivesse muito próximo a ela. Todas as vezes que a família tinha visitas, ela se recolhia e não se expunha, era um hábito muito apreciado pelos seus pais adotivos, seus padrinhos. Levantou-se rapidamente, ajeitando a roupa para não deixar nada à mostra e disse, virando o rosto para os porcos:

— Nã... não sabia que tinha alguém aqui comigo.

Olhava para Bernardo de soslaio, com olhos de surpresa e, também, de receio. Então, Bernardo disse:

— Não se preocupe, acabei de chegar com meu padrinho Mundinho, estamos visitando seus pais para fazer compras. Por favor, não se perturbe comigo, não tive a intenção de incomodar a moça. Quer que eu saia?

— Sim! Não! Não! Quero dizer ...

Não sabia o que responder diante daquele moço muito bonito, bem vestido e com um linguajar lisonjeador. Depois de ter-se controlado melhor, Miriam disse:

— O que o moço quer?

— Eu só vim falar com você. Meu padrinho fala muito bem de você. Ele me falou que você é uma garota muito bonita e prendada, mas acho que ele errou.

— Er... errou? Como? Não sou prendada? Mas, vo... você nem me conhece para dizer isso!

— Meu padrinho errou foi na sua beleza, você não é só bonita, você é muito bonita.

Miriam desabafou baixinho:

— Eita! Que moço desaforado!

Miriam ficou totalmente desconcertada, não sabia o que pensar, nem o que falar, virava de um lado, virava do outro, seu rosto avermelhou-se e Bernardo percebeu esta fragilidade da irmã e disse:

— Moça, foi um grande prazer conhecer você. Eu sou Nardinho, afilhado do "seu" Mundinho.

E estendeu a mão para cumprimentar Miriam. Esta não estendeu a mão, depois de alguns instantes, disse:

— Muito prazer, "seu" moço.

Depois de se olharem por alguns instantes, Miriam disse:

— "Seu" Nardinho, preciso acabar o serviço para depois ajudar minha madrinha na cozinha, não posso ficar de proseio, preciso voltar ao trabalho.

Então, Bernardo perguntou:

— O que mais você precisa fazer para depois ajudar sua madrinha?

— Preciso, ainda, dar alimento às galinhas e recolher os ovos da tarde.

— Então, eu vou pegar o farelo para dar a comida às galinhas. Assim que você terminar aqui com os porcos, você vai até o galinheiro e recolha os ovos. Eu vou te ajudar.

— Não carece, não! Meu padrinho não vai gostar que estranhos mexam com os seus animais.

— Eu não sou um estranho, sou afilhado do "seu" Mundinho. Eles são muito amigos.

E Bernardo já foi se dirigindo para o galinheiro para espalhar o farelo às aves. Miriam desabafou novamente:

— Mas que moço impertinente! Atrevido! Quem pensa ele que é?

Depois de dez minutos, enquanto Bernardo distribuía o farelo no chão, a galinhada corria desesperada para se alimentar, foi uma algazarra geral. Bernardo começou a brincar com as aves, divertia-se com o desespero das aves, ora empurrava com o pé uma galinha ora empurrava com o pé um frango e assim foi se recordando dos velhos tempos na casa de seus pais, José Cardoso e Josefina. De repente, a dor começou a bater muito forte em seu peito, aumentando a tal ponto que lágrimas desceram em suas faces, da emoção que estava sentindo. Neste momento, Miriam já tinha adentrado o galinheiro e viu, no rosto do garoto, as lágrimas escorrendo. Então perguntou:

— "Seu" Nardinho, eu disse alguma ofensa ao moço para você estar chorando?

Bernardo se assustou e percebendo que Miriam tinha visto suas lágrimas rolando e, limpando os olhos com as mangas da camisa, disse:

— Não! Não foi nada. Você não me ofendeu. Eu estava remoendo o meu passado quando cuidava dos animais de meus pais. Só isso, besteira de garoto.

Miriam olhou para Bernardo de um jeito especial, olhar carinhoso, amoroso e, não aguentando, disse:

— Parece-me que você gostava muito de seus pais. Você não mora mais com eles?

— Não, moro com meu padrinho Mundinho. Você já recolheu os ovos? Eu já terminei de alimentar as galinhas.

— Não, não terminei. Aliás, vou começar agora.

— Então, eu vou te ajudar, eu seguro o cesto e você recolhe os ovos e deposita-os no cesto. Assim, nós dois, trabalhando juntos, vamos ser mais rápidos e voltamos depressa para casa.

— Obrigada por querer me ajudar, mas não precisa.

— Eu sei que não preciso te ajudar, mas eu quero te ajudar e isso basta.

Miriam ficou emburrada com a atitude de Bernardo. Os dois entraram no compartimento do galinheiro onde as galinhas punham os ovos e começaram a recolher. O lugar era apertadinho, mal cabia um, e os dois se esbarravam a toda hora. Para Bernardo, que sabia que Miriam era sua irmã, não ocorria nada em seus pensamentos. Mas para Miriam, que não sabia de nada, estes encostos estavam deixando-a perturbada. Ela se contorcia toda para que não houvesse a possibilidade de se tocarem. Depois de algumas encenações, Bernardo percebeu a situação e se afastou da irmã, dando a ela mais espaço e tranquilidade para recolher os últimos ovos. Assim que terminaram, Bernardo, ainda segurando o cesto, agora pesado em razão dos ovos depositados, acompanhou a irmã que se dirigia para casa. Chegando à porta da cozinha, Miriam tentou tirar o cesto das mãos de Bernardo, mas este disse:

— Moça, o cesto está pesado, deixa que eu o coloque no lugar. Não se preocupe comigo.

Miriam saiu da frente de Bernardo e este se dirigiu à cristaleira e depositou ali o cesto com os ovos. Depois disso, disse:

— Vou me juntar ao meu padrinho. Se precisar de alguma coisa, me chama.

Miriam olhou para ele com um olhar diferenciado, aprovador, carinhoso e disse:

— Está certo.

E nada mais foi dito naquele momento. Miriam acompanhou, com o olhar, a saída do irmão. Bernardo saiu da casa e procurou pelo padrinho. Foi avistá-lo no curral, conversando com Otávio Pereira e Jacinta. Saiu ao encalço do padrinho e, a poucos metros de distância, ouviu o padrinho dizer:

— Nardinho, vem até aqui.

Depois que Bernardo se aproximou, Raimundo disse:

— Estou aqui conversando com os meus compadres a respeito do nosso assunto. Já expliquei tudo e estou esperando a resposta do meu compadre.

Assim que Raimundo terminou de falar, Otávio Pereira disse:

— "Seu" Mundinho, hoje eu não consigo tocar toda a minha terra, minha idade não permite mais que eu pegue peso, não tenho mais condições físicas para fazer plantações de roça, por isso, agora, só crio alguns animais que estão me dando uma renda muito pequena, mas está dando para sobreviver. Sua proposta vem ao encontro de minhas condições físicas. Se "seu" Nardinho está disposto a cuidar das terras dele e das minhas, eu ficarei muito contente. Realmente estou precisando de ajuda para tocar as minhas terras.

Então, Raimundo disse:

— E o outro assunto, compadre.

— Também concordo com o seu trato, eu não tenho herdeiros, não tenho mais ninguém na família. Eu estava pensando em deixar tudo para Mira, agora tudo ficará para os dois mesmo. Estou de pleno acordo neste assunto também.

Raimundo disse:

— Então, está decidido. Eu mais compadre Otavinho chegamos a um acordo. Nardinho vai cuidar de tudo, das terras dele e das suas terras. E você, meu compadre, assim como também minha comadre poderão descansar e ficar em paz, vocês já trabalharam muito nesta vida, está na hora de descansar um pouco.

E Raimundo disse a Bernardo:

— "Seu" Otavinho disse que o proprietário das terras do outro lado do rio está vendendo suas terras. Claro que a quantidade de terras é muito maior. Então, vou comprar uns vinte a trinta alqueires para você e sua irmã, Nardinho. Você e Mira serão proprietários destas terras do "seu" Otavinho e das terras que vou comprar.

Bernardo disse:

— Meu padrinho, não mereço tanta consideração. Agradeço de coração o que meu padrinho está fazendo por nós.

— O que importa mesmo é que você vai ter uma vida digna, em paz e com muito trabalho. Outra coisa, minha mulher Mirtes tem um sobrinho e não tem para onde ir, vou mandá-lo morar aqui com você, Nardinho, assim ele vai te ajudar a trabalhar nestas terras. Está certo?

— Sim, meu padrinho. Para mim, está tudo certo.

— Nardinho, você não volta mais comigo, já vai começar a trabalhar nas terras de "seu" Otavinho. Daqui a um mês, já terei comprado as terras em seu nome e em nome de Mira. Quero que vocês dois sejam felizes.

— Sim, meu padrinho. Farei do jeito que meu padrinho manda.

Então, Raimundo disse a Otávio Pereira:

— Compadre Otavinho, vamos dar a notícia a Mira na hora do jantar. Vamos fazer uma surpresa a ela. "Dona" Jacinta pode fazer uma galinhada caprichada para o jantar? Assim, vamos comemorar nossa união, o futuro de nossos afilhados, ou melhor, dos nossos filhos amados.

Jacinta respondeu:

— Vai ser um prazer, compadre Mundinho. Farei com muito

carinho esta galinhada, vou recheá-la com um molho muito gostoso, especial. Vocês vão gostar.

Raimundo disse:

— Compadre Otavinho, ainda sobrou daquela branquinha que eu trouxe?

— Está nos finalmentes, compadre Mundinho. Vamos dar um fim nela,    que já passou do tempo.

E os dois começaram outro assunto, o da compra dos animais que Raimundo foi fazer. Jacinta disse a Bernardo:

— Nardinho, você pode me ajudar na cozinha? Preciso de lenha e uma galinha, você tem força e agilidade para pegar esta danada.

— "Dona" Jacinta, farei com prazer o que me pediu. Escolha a galinha que eu pego para a senhora. E quanto à lenha, é só me dizer onde fica para eu cortá-la e recolher.

Jacinta e Bernardo se dirigiram ao galinheiro. Jacinta escolheu um frango grande e gordo. Bernardo não teve dificuldades em pegar a ave. Assim que pegou o frango, não viu mais Jacinta ao redor. Levou o frango até a cozinha, entregou à Miriam e disse:

— Sua mãe vai fazer galinhada para o jantar. Se você puder ajudar, seria bom, agora vou pegar lenha. Onde fica o depósito de madeira para eu cortar a lenha e trazer para cá?

— As madeiras ficam atrás do chiqueiro e o machado está pendurado na parede do chiqueiro, no mesmo lado.

Na hora do jantar, estavam sentados os cinco, Otávio Pereira e Jacinta, Raimundo, Bernardo e Miriam. Assim que os primeiros acabaram de comer, Bernardo e Miriam, Raimundo disse:

— Vocês dois comem muito rápido, têm que comer mais devagar

para não ter problemas de estômago. Não se levantem, que temos um assunto muito importante para tratar.

Então, Raimundo continuou:

— Mira, minha afilhada. Você conhece este rapaz, Nardinho?

E Raimundo apontou com o dedo para Bernardo. Miriam, muito envergonhada, ficou toda avexada, pois não tinha o costume de conversar com outras pessoas além dos padrinhos, respondeu nervosamente:

— Eu acho que nunca o vi por aqui antes. Não me lembro dele.

Depois de ter olhado para Bernardo rápido e acanhadamente, voltou a baixar os olhos e o rosto, olhando para o seu prato, agora vazio de comida.

— Pois então, Mira. Nardinho é seu irmão mais velho. "Seu" Zeca e "dona" Fina foram seus pais. Eu trouxe você para cá quando você era ainda pequena, para que meus compadres cuidassem de você e levei Nardinho para morar comigo. Vocês dois são irmãos. São meus dois afilhados de coração e alma. Eu e Mirtes temos muito carinho para com vocês dois. Quando Mirtes vem aqui, ela fica muito feliz por ver que você está bem.

Bernardo se levantou e foi até Miriam, levantou a irmã que estava sentada, deu um abraço forte nela e disse:

— Mira, minha irmã, a partir de hoje, eu e você teremos dois pais e duas mães, teremos dois padrinhos e duas madrinhas. Somos felizardos porque Deus olhou para nós dois e colocou nossos padrinhos em nossos caminhos, em nossas vidas. Nosso Senhor nos abençoou.

Miriam tremia-se toda, estava muito nervosa, tudo era novidade.

O abraço do rapaz, agora seu irmão, a pegou desprevenida, não tinha o costume de abraçar outras pessoas, principalmente se fosse homem, a não ser sua madrinha, Jacinta. Tudo isso a deixou tensa e mais nervosa ainda, olhava toda hora para sua madrinha. Jacinta, sorrindo, disse:

— Não tenha receio, minha filha. Ele é seu irmão. Tudo está bem.

Depois os irmãos se separaram e se sentaram novamente e Raimundo continuou:

— Mira, eu e o compadre Otavinho vamos comprar umas terras do vizinho daqui, vamos comprar estas terras para dar a vocês dois. Desta forma, vocês dois serão donos destas terras que eu vou comprar e mais as terras do "seu" Otavinho. A partir de hoje, vocês dois podem considerar-se os donos destas terras, quero que vocês, meus filhos, sejam felizes. Eu e Mirtes viremos toda vez que pudermos para visitar vocês, pois vocês são nossos filhos e temos muita honra disso. Mas vou pedir uma coisa muito importante, quero que vocês cuidem dos meus compadres, "seu" Otavinho e "dona" Jacinta, que estão ficando velhos e cansados. Tenho muita consideração pelos dois amigos de longa data. Está certo?

E Bernardo disse:

— Sim, padrinho, estamos de acordo.

Miriam respondeu timidamente:

— Sim, padrinho.

E Raimundo continuou:

— Quero que vocês fiquem bem nestas terras, quero que vocês produzam muito nelas, pode ser gado, cabritos, galinhas, peixes, o que quiserem. Quero que a vida de vocês seja boa, em paz. Quero que arrumem esposa e esposo para vocês quando crescerem, quando tiverem idade para se casar, e que tenham muitos filhos. Filhos que serão meus netos. É isso que queremos, eu mais Mirtes, assim como compadre Otavinho e "dona" Jacinta também. E que Deus abençoe vocês para vencerem na vida.

Bernardo disse:

— Padrinho Mundinho está fazendo muito por nós. Não sei como agradecer tamanha caridade para conosco. Estamos muito agradecidos ao padrinho.

E Raimundo disse:

— Não precisa agradecer, Nardinho, vocês dois são nossa felicidade. Nós nunca tivemos filhos e vocês preencheram este vazio em nossas vidas. Estamos fazendo isto porque consideramos vocês como nossos filhos. Vocês dois trouxeram alegrias e contentamentos para nossas vidas. Seus pais, Zeca e Fina, foram muito considerados por mim e pela Mirtes, estamos fazendo isso em consideração a eles também.

Otávio Pereira disse:

— Concordo plenamente com as palavras ditas pelo compadre Mundinho, vocês são nossos filhos e, por isso, estamos felizes com vocês dois morando conosco. Vocês darão muitas alegrias para nossas vidas. Jacinta e eu estamos muito felizes com a companhia de vocês dois.

Aquelas palavras emocionaram Bernardo e Miriam, e lágrimas começaram a rolar em suas faces. Depois destes pronunciamentos e destas notícias tão maravilhosas para Bernardo e Miriam, Jacinta, com os olhos lacrimejando, se levantou e pegou um pote grande de doce de leite, mais outro de coco e outro, ainda, de abacaxi. Todos os cinco saborearam os três tipos de doces. Raimundo gostava demais do doce de leite e se aproveitou em grande quantidade desta comilança.

No dia seguinte, depois do café da manhã e antes do horário do almoço, Raimundo e seu grupo zarparam das terras de Otávio. Antes de partir, Raimundo disse a Otávio e a Bernardo:

— Dentro de quinze dias, voltarei para negociar as terras que quero comprar. "Seu" Otavinho, entra em contato com o proprietário delas e diga que estarei de volta em quinze dias. Fala para ele pôr preço nas terras e, quando eu retornar, fecharei o negócio e assinaremos o documento.

Otávio respondeu:

— Sim, pode deixar comigo que vou procurar o dono das terras e negociarei a compra. Vou puxar o máximo para baixo, assim "seu" Mundinho não terá prejuízo.

— Fico agradecido, "seu" Otavinho, pela sua colaboração nesta negociação. Dentro de quinze dias estarei de volta. Esperem por mim.

Mundinho tomou a direção de volta e partiu, juntamente com os seus homens e os animais carregados. Comprou tudo o que lhe fora pedido e recomendado. Os animais e os bornais cheios de ovos foram amarrados nas mulas e nos jegues. Para Otávio, as compras feitas por Raimundo foram auspiciosas, desta vez o valor em dinheiro foi bem maior. O milho que trouxeram foi a metade da última venda efetuada. Otávio sorriu para si mesmo e Jacinta percebeu a alegria do marido e perguntou:

— Otavinho, as vendas foram boas desta vez?

Otávio respondeu:

— Mulher, as vendas sempre foram boas para nós, de um jeito ou de outro, o lucro é muito bom. Mas desta vez, o lucro foi bem maior, teve a entrada de dinheiro bem maior que das outras vezes e ainda teremos mais milho para o nosso estoque.

Em razão de Bernardo ter permanecido, ele e Otávio construíram um puxado junto à sala de estar da casa. Foram três dias de trabalho forçado para os dois homens, pois, antes, eles tinham que cuidar dos animais. Jacinta deixou de cuidar dos animais e passou a cuidar somente da casa e da roupa. Quando Otávio e Bernardo terminaram a construção do quarto extra, construíram a cama e uma mesa para que Bernardo pudesse escrever ou ler as suas coisas. Bernardo tinha pouca roupa e um pequeno varal foi suficiente para deixar as roupas limpas penduradas.

Com o passar dos dias, Bernardo começou a se sentir melhor na nova casa, havia pouca gente, mas havia muito trabalho. E este trabalho deu novo ânimo a Bernardo, começou a ter ideias de melhorias na terra, começou a projetar o que faltava e o que era possível construir. Bernardo melhorou em muito as condições das cercas do sítio, onde havia fuga de alguns animais, como galinhas e cabras pequenas, os reparos eram feitos assim que percebidos ou quando algum animal mais exaltado quebrava alguma cerca, o conserto era feito às pressas, evitando, assim, fugas ou estragos diversos.

# CAPÍTULO 5 — COMPRA DA FAZENDA

ernardo estava se acostumando com a nova casa e com os antigos moradores, quando Raimundo retornou, juntamente com a sua esposa Mirtes. Foi uma alegria total e contagiante, pois Mirtes não os visitava havia muito tempo e este reencontro trouxe alegria e contentamento. Jacinta e Miriam estavam radiantes de felicidade, de alegria, pois Mirtes era uma pessoa de alta estima e consideração. Mirtes alegrava o ambiente, falava coisas importantes e divertidas para as duas, enfim falava vários assuntos que deixavam todos, à sua volta, contentes e motivados.

Desde a última visita do casal do bando de Lampião, os negócios haviam prosperado bem para Otávio Pereira. As reservas financeiras estavam crescendo, pois as despesas não acompanhavam o crescimento da receita, muito embora houvesse a redução da área produtiva e a receita concentrava-se, cada vez mais, na venda de animais e de ovos.

Assim que o casal de visitantes se apeou das mulas e adentrou a pequena sala, Otávio Pereira pensou:

"Preciso construir um quarto extra para nossos amigos para que, quando eles vierem nos visitar, terem melhores condições de hospedagem. Acho que as suas visitas serão mais amiúde, a partir de hoje. Eles precisam de melhores acomodações. Preciso falar isto com o Nardinho e com Jacinta".

Depois de tomarem conhecimento das novidades de ambos os lados, Raimundo disse:

— Compadre Otavinho, precisamos ter uma prosa em particular. Podemos dar uma saída e conversarmos ao ar livre?

— Sim, compadre Mundinho. Vamos dar uma volta.

E os dois saíram da casa. Assim que passaram pela porta, Raimundo viu Bernardo cuidando dos animais que haviam chegado da sua viagem, juntamente com os homens que o acompanharam e disse:

— Nardinho, venha nos acompanhar.

E, assim que Bernardo se aproximou, Raimundo disse:

— Vamos continuar a nossa prosa, compadre Otavinho, Nardinho tem que tomar conhecimento de tudo o que vamos falar e combinar.

— Sim, compadre Mundinho. Estou de acordo.

— E então, compadre, negociou com o proprietário as terras que vamos comprar?

— Sim, estive lá. No começo, o Sr. Juvêncio não queria vender uma parte apenas, quarenta alqueires. Mas falei que quem estava comprando era o compadre Mundinho, amigo de Lampião e que precisava ter estas terras para deixar para seu filho Nardinho, então, depois de muita discussão, ele resolveu vender estas terras.

— Muito bom, compadre Otavinho. Muito bom.

— E mais, compadre Mundinho. Ele me pediu duzentos mil réis, mas pechinchei bastante e fechamos em oitenta mil réis para negociar os quarenta alqueires. O valor está bom para o meu compadre

Mundinho?

— Mais que bom, compadre Otavinho. Mais que bom, tenho este dinheiro e ainda sobra um valor muito bom para Nardinho e Mira começarem a ter uma vida digna. Muito bom o preço que o compadre conseguiu, fico muito feliz que não vou precisar gastar o tanto que achei que deveria gastar. Nardinho vai ter um bom dinheiro para começar sua vida própria.

— E quanto o compadre Mundinho havia reservado para comprar as terras?

— Tenho duzentos mil réis para gastar.

Otávio Pereira se espantou com a quantidade de dinheiro que Raimundo disse que trouxera. Não esperava que fosse tanto assim, talvez cinquenta mil réis, mas duzentos mil réis era muito dinheiro.

— Puxa vida, a quantia é muito grande. Então, se for do agrado do compadre, nós podemos comprar mais terras do "seu" Venâncio. Talvez possamos comprar a quantia de três vezes mais com este dinheiro.

— Mas compadre Otavinho, Nardinho precisará de um dinheiro para financiar a sua produção. Se tiver que comprar mais terras, ele precisará ter uma reserva para financiar as plantações e os animais.

— Mas compadre Mundinho, eu tenho uma reserva pequena, esta reserva vai pagar estas coisas que o compadre falou.

— E quanto o compadre Otavinho tem guardado?

— Tenho guardado, para o futuro de Mira, o valor de quinze mil réis.

— Neste caso, compadre Otavinho, podemos comprar até cento e cinquenta mil réis em terras, o resto será para comprar animais e equipamentos. E, mais, o seu dinheiro vai ajudar a comprar comida e outras coisas que Nardinho venha a precisar, como remédios, vacinas, semente. Não sei o que ele vai querer fazer com as terras.

— Ele precisa é criar animais que dão melhor lucro, compadre. Se for para cultivar as terras, precisamos ver que mercadoria está valendo a pena produzir. Mas, lá no povoado de Santa Inês, tenho amigos que sabem destas coisas, não custa nada ir até lá e perguntar a eles.

— Então, compadre Otavinho, se comprarmos mais terras, talvez o dobro, de oitenta a cem alqueires de terra, vamos estudar o que vamos produzir nelas. Fica o compadre Otavinho, juntamente com Nardinho, encarregado de verificar lá no povoado, o que produzir.

— Está certo, compadre Mundinho. Deixa comigo mais Nardinho que vamos verificar.

— Assim sendo, compadre Otavinho, vamos à fazenda do "seu" Juvêncio e comprar as terras. O compadre me ajuda a pechinchar mais no preço, assim pagamos um preço mais justo.

— Deixa comigo, compadre Mundinho. Estou ficando esperto para negociar preços.

Raimundo Matoso e Otávio Pereira dirigiram-se à fazenda do Juvêncio, montados em duas mulas boas de marcha, pois a viagem demoraria de sete a oito horas, a passos normais dos animais, sem pressa e foram combinando os dizeres e as intenções da compra das terras. Juvêncio, homem acostumado a negociar, mas que, no momento, estava em dificuldades financeiras devido a alguns empréstimos feitos para investimento em suas fazendas, viu-se obrigado a se desfazer da menor de suas fazendas para saldar partes de suas dívidas, pois pagaria os valores em atraso e voltaria a estar na normalidade junto aos credores. Como não era proprietário de vender terras, mas, ao contrário, só gostava de comprar e, devido a empréstimos feitos com previsões de lucros não alcançados, viu-se na obrigação de saldar logo estas parcelas em atraso para não cair na boca do povo como mau pagador de compromissos, o que seria desmoralizante, uma quebra de confiança a todos os seus fornecedores. Foi diante deste quadro financeiro, já sabido tanto por Otávio como também por Raimundo, que eles foram negociar a compra das terras.

Assim que chegaram à fazenda onde estava sitiado Juvêncio, por volta das dezesseis horas, foram recebidos pelo próprio dono, que os acolheu com boa receptividade e hospedagem. Juvêncio disse:

— Boa tarde, "seu" Otávio. Boa tarde, "seu" Raimundo. A viagem foi boa?

Otávio respondeu desmontando da mula:

— Boa tarde, "seu" Juvêncio. A viagem foi muito boa, apesar de estarmos bem cansados por ela ser longa. Quero apresentar o meu compadre, "seu" Mundinho.

Raimundo disse:

— Muito boa tarde, "seu" Juvêncio. Pelo que pude ver de sua fazenda, ela é muito boa, terra boa, boa plantação e bonito gado que percebi vindo para cá. O "seu" Juvêncio está de parabéns pela belezura de sua fazenda.

Juvêncio respondeu:

— Obrigado, "seu" Raimundo, pelas palavras enaltecidas ditas pelo senhor. Minha fazenda está bem montada e estruturada. Tenho muito orgulho dela, é a mais bonita de todas as minhas fazendas, por isso, resido aqui. Ela me dá muito ânimo, me estimula a buscar as melhorias. Mas, vamos entrar e sair deste calor, vamos nos refrescar com um suco de abacaxi e conversar.

Então, Otávio disse:

— Sim, vamos entrar porque não aguento mais as dores nas minhas costas. Viajar sete horas em cima de mula não é fácil não, não é para velhos como eu.

Juvêncio disse:

— Se meu vizinho está com dores nas costas, posso mandar fazer um chá especial de manjericão e camomila para isso, para aliviar suas dores.

— "Seu" Juvêncio, agradeceria muito se for possível fazer este chá. Ficarei muito agradecido por aliviar a dor das minhas costas. Preciso tomar mais cuidado e não viajar em cima de animais por muito tempo, mas hoje é um dia especial.

Então, Raimundo disse:

— Compadre Otavinho, não sabia que estava com problemas de dor nas costas. Se soubesse, eu teria vindo sozinho, assim o compadre não estaria nesta penúria.

— Compadre Mundinho, não se preocupe comigo. Com o chá de manjericão e camomila, vou ficar bem, não se preocupe. Estamos aqui para negociar as terras e é muito importante estar presente, ao seu lado, neste momento. Estarei muito bem em minutos.

Os três homens entraram na sala da fazenda do Juvêncio, em seguida se sentaram e a empregada da casa trouxe o chá. Então, Otávio disse:

— Mas o chá já está pronto?

Juvêncio disse:

— O chá é feito todo dia, de manhã, porque eu tenho dores nas juntas das duas pernas. Eu costumo beber este chá todo dia para aliviar as minhas dores. Gostaria de começar a conversa sobre a venda da minha terra. Estou sabendo que o "seu" Raimundo está querendo comprar terras por estes lados e como estou interessado em vender minha pequena fazenda que faz divisa com as terras do "seu" Otavinho, podemos chegar a um bom termo e fazermos um acordo bom para os dois lados.

Otávio disse:

— "Seu" Juvêncio, sei que o coronel tem muitas terras e conhece o negócio. Quando estive aqui, o coronel concordou em vender por oitenta mil réis, os quarenta alqueires de terra, a parte de sua fazenda que faz divisa com as minhas terras. Se, por acaso, fôssemos negociar o dobro de terras, por exemplo, oitenta alqueires, quanto o coronel quer receber por elas?

— "Seu" Otavinho, como estou sabendo que as terras são para "seu" Raimundo e estou vendendo duzentos alqueires no total, então eu vendo, não oitenta, mas cem alqueires de terra, a metade da fazenda que estou vendendo, e vendo tudo por cento e setenta mil réis, preço muito bom para "seu" Raimundo, pois abaixei bem. Faço este preço porque é para "seu" Raimundo, para outro não faria.

Raimundo olhou para Otávio, fez uma cara feia, uma cara que chupou um limão, azeda, e sinalizou com a cabeça negativamente. Otávio entendeu o recado e disse:

— Coronel Juvêncio, "seu" Raimundo quer exatamente os cem alqueires de terra, mas ele disponibiliza somente de cento e cinquenta mil réis, valor total de suas reservas. Ele quer mesmo estes cem alqueires e "seu" Raimundo oferta este valor, cento e cinquenta mil réis pelos cem alqueires de suas terras que tangenciam as minhas terras.

Juvêncio começou a se mexer na cadeira, mexia para cá, mexia para lá e depois de alguns instantes, disse:

— "Seu" Otávio, fazendo o cálculo de oitenta mil réis por quarenta alqueires, logo cem alqueires dariam duzentos mil réis, eu estou dando um desconto muito considerável, estou abaixando para cento e setenta mil réis porque é para "seu" Raimundo, amigo de Lampião, seu compadre e, também, meu amigo. É um preço justo em relação àquele que havíamos combinado, de oitenta mil réis. Não posso baixar mais o valor de minhas terras.

Otávio baixou a cabeça como se estivesse buscando uma solução, depois de alguns instantes, disse:

— Compadre Mundinho, sei que o compadre quer os cem alqueires, mas sei também que o compadre tem os cento e cinquenta mil réis, aí contigo. É uma pena termos que fechar somente os quarenta alqueires e buscar negociar com o meu vizinho do outro lado, pois o compadre quer que as terras sejam contíguas. Sugiro ao compadre fechar os quarenta alqueires e prometo me encontrar com o coronel Albertino Guedes para fechar com ele os outros sessenta alqueires, pois o coronel Albertino já mandou me chamar que quer falar comigo, talvez porque soubesse que eu estava querendo comprar algumas terras. Isto é o que eu sugiro para o meu compadre. O coronel Juvêncio não abaixa o preço e o compadre não tem mais dinheiro para comprar pelo valor do coronel. O que meu compadre

Mundinho diz?

Raimundo abaixou a cabeça, fez algumas caretas de decepção e disse:

— Compadre Otavinho, é uma pena que não possamos comprar os cem alqueires do coronel Juvêncio, pois suas terras são muito boas e é o que gostaria de comprar. Então, podemos dar uma passada, amanhã, na fazenda do coronel, "seu" Albertino, e fazer a oferta, como as terras também são vizinhas às suas, podemos chegar a um acordo mais satisfatório.

O coronel Juvêncio era inimigo político do coronel Albertino. Já houve algumas rusgas entre os dois e como a conversa estava saindo de suas terras e indo para as terras do seu inimigo, coronel Albertino, o coronel Juvêncio disse:

— "Seu" Otávio e "seu" Raimundo, não carece que os meus amigos procurem pelo outro coronel, quero que os dois amigos continuem meus amigos. O coronel Albertino não é meu amigo e eu escolhi vender esta fazenda porque ela fica muito perto das terras dele e quero ficar o mais longe possível desta cobra, deste traste. Eu faço os cem alqueires de minhas terras pelo valor de cento e cinquenta mil réis. Faço isso pela nossa amizade e quero fortalecer esta nossa amizade. Ficamos assim combinados? Podemos fechar o acordo e assinar o contrato de venda e compra?

Então, Raimundo disse:

— Coronel Juvêncio, fico muito agradecido pelo desconto que o coronel deu nas suas terras para que eu possa comprar. O coronel Juvêncio tem a minha eterna gratidão. Acordo fechado. Pode mandar fazer o contrato que estou de acordo pleno.

Em seguida, Otávio pegou um bornal, onde carregava os cento e cinquenta mil réis e entregou ao coronel Juvêncio, e disse:

— Coronel Juvêncio, dentro deste bornal há os cento e cinquenta mil réis. O coronel pode contar e mandar fazer o contrato. Por favor, coloca no contrato os nomes dos compradores de Bernardo Cardoso e Miriam Cardoso, que são afilhados do "seu" Mundinho e meus também. Fico agradecido ao coronel Juvêncio a bondade em possibilitar que o "seu" Mundinho realizasse a compra de suas terras aos seus dois afilhados. Muito obrigado, coronel Juvêncio.

O coronel Juvêncio se levantou, assim como também Otávio e Mundinho, e foi apertar as mãos de ambos. Então disse:

— Coronel Raimundo, acho que posso dizer assim, pois o coronel tem terras suficientes para ter este título. Coronel Raimundo, muito obrigado por ter escolhido as minhas terras para comprar. Honrarei o nosso acordo, o documento deverá estar pronto em uma semana e eu mando entregar ao "seu" Otavinho, para entregar ao coronel Raimundo.

Raimundo disse:

— Muito obrigado, coronel Juvêncio, pela venda de suas terras a mim.

O coronel Juvêncio disse:

— Agora vamos jantar e depois descansar. Chega de assunto de compra e venda de terras. Vamos conversar sobre outros assuntos e vou mandar minha empregada arrumar dois quartos, um para o coronel Raimundo e outro para "seu" Otávio Pereira.

O jantar foi servido às dezenove horas e uma hora depois os negociadores se retiraram para descansar e dormir. Assim que o anfitrião se retirou, Raimundo saiu da casa e foi se encontrar com seus homens e dormiu com eles. Pela manhã, por volta das cinco horas da manhã, Raimundo e seus homens estavam acordados e esperando por Otávio, e este apareceu logo em seguida, por volta de quinze minutos depois. Raimundo já tinha visto o coronel Juvêncio andando pela casa grande e ficou esperando o café da manhã para depois se retirar. Os coronéis costumavam tomar o café da manhã, juntamente com seus convidados. Então, Raimundo ficou à espera, ansioso para partir. Quando deram seis horas e meia, todos já tinham tomado o café da manhã e já estavam prontos para retornar à casa de Otávio. O coronel Juvêncio disse:

— Coronel Raimundo, foi um prazer fazer negócios com o coronel. Espero que, no futuro, possamos sentar-nos novamente e negociarmos. O coronel Raimundo é um homem do bem, tem todo o meu respeito.

Raimundo respondeu:

— O coronel Juvêncio também é um homem de respeito e tem a minha consideração. Precisamos ir, coronel. Até a próxima visita.

— Até a próxima. "Seu" Otávio tenha um bom dia e muito obrigado pela negociação.

— Até a próxima visita, coronel. Bom dia.

E Raimundo e Otávio, juntamente com seus homens, retornaram para a casa onde estavam suas famílias. Depois de uma hora de viagem, os dois compadres retomaram o assunto.

— Compadre Otavinho, como ficou sabendo que o coronel Albertino estava vendendo suas terras e que havia procurado pelo compadre?

— Eu não sabia que o coronel Albertino estava vendendo suas terras, apenas blefei diante do coronel Juvêncio.

— Puxa vida, acho que não precisava fazer aquilo. Mas, de qualquer maneira, ele baixou o preço de suas terras e isso foi bom para nós. Mas este blefe não podia acontecer, foi algo sujo.

— Compadre Mundinho, vamos deixar este assunto como está, a negociação acabou, o assunto acabou. Não me arrependo do que fiz, fiz porque a gente precisava comprar as terras e o coronel estava inflexível. Só isso. Assunto findado.

Pouco tempo depois, Raimundo retomou a conversa.

— Então, compadre Otavinho, podemos falar dos investimentos que Nardinho terá que fazer nas terras? Afinal de conta, cem alqueires de terra é muita terra para mim e acho que para vocês também.

— Sim, compadre Mundinho, cem alqueires é muita terra. Precisamos conhecer as terras e verificar o que precisamos fazer de benfeitorias. Vamos começar pela casa grande para ver em que estado está e aí passar para o item seguinte, acho que podemos organizar deste jeito, fazemos uma lista do que devemos ver e providenciar as suas feituras.

— Está certo, compadre Otavinho. Quando a gente chegar à sua casa, vamos sentar todos juntos e fazer uma lista do que precisamos ver para saber se precisamos construir ou reformar ou não. O compadre conhece as terras que compramos?

— Compadre, só conheço rasteiramente, só a parte que divisa comigo é que tenho bom conhecimento. O resto, não conheço. Precisamos ver as demarcações das divisas, precisamos estar atentos à medição que o coronel Juvêncio fez.

— Então, compadre Otavinho. O compadre mais Nardinho poderiam verificar estas demarcações e confirmar se está tudo correto, para que não sejamos roubados quando da demarcação.

Grande parte da viagem foi falada sobre as novas terras, sobre o que precisariam investir nela. Quais produtos produzir, como trabalhar a terra se não havia ferramentas, animais e outras coisas mais. Cada coisa que lembravam, era anotada nas memórias deles, para depois verificarem.

Quando chegaram à casa do Otávio, a recepção foi calorosa, muitas conversações sobre as negociações, sobre as condições da viagem de ida e de volta. Bernardo e Miriam estavam quietos, em silêncio, não queriam se intrometer. Por fim, Raimundo disse:

— Nardinho e Mira, meus afilhados. Estas terras todas foram compradas para vocês dois. Portanto, a partir de hoje, vocês devem tomar frente às providências que precisam ser feitas nas terras. Amanhã, nós quatro, eu, mais compadre Otavinho, mais você, Nardinho, e mais você, Mira, vamos conhecer parte de suas terras, vamos ver em que estado elas estão. Falei com compadre Otavinho para acompanhar vocês, meus afilhados, para conhecer todas as terras, ver o que precisam fazer, construir ou tomar outras providências. Eu e Mirtes devemos retornar depois de amanhã para nosso acampamento. E mais uma coisa, Nardinho, na volta das terras do coronel Juvêncio para cá, compadre Otavinho disse que já vai passar suas terras para o nome de vocês dois também, pois eles estão velhos para tomarem conta, então caberá a vocês dois tomarem conta das duas terras. Está certo, meus afilhados?

Bernardo respondeu:

— Padrinho, farei o que os padrinhos estão mandando. Cuidarei das nossas terras com muita força de vontade, com muita dedicação e trabalho. É o que posso falar agora.

— É isso mesmo o que queremos ouvir. E você, Mira, minha afilhada, o que acha disto tudo?

— Padrinho, farei o que meu irmão mandar fazer.

E Raimundo disse:

— Minha afilhada Mira, lembre-se que estas terras pertencem a você também, em partes iguais aos de Nardinho. Acho que vocês dois se darão bem e serão felizes nelas.

E Raimundo, voltando-se para Bernardo, disse:

— Nardinho, meu afilhado, estou deixando cinquenta mil réis com "seu" Otavinho para vocês comprarem o que for preciso. Voltarei daqui uns dois a três meses e trarei mais dinheiro, se eu tiver. Quero que meus afilhados sejam felizes nestas terras.

Bernardo e Miriam não sabiam mais como agradecer tamanha consideração e apreço ofertados por Raimundo. Bernardo disse:

— Padrinho, muito obrigado por tudo o que está fazendo para nós. Que Deus, todo poderoso, abençoe o senhor e a madrinha Mirtes. De coração, muito obrigado.

— Meus afilhados, gosto demais de você dois. Tinha uma grande admiração e respeito pelos seus pais, "seu" Zeca e "dona" Fina. Eram como irmãos para mim e para minha Mirtes. Faço isso em consideração aos seus pais e a vocês dois.

No dia seguinte, logo depois do café da manhã, os quatro, montados em mulas e jegues, foram conhecer as terras de Bernardo e Miriam. Passearam por quatro horas e tomaram conhecimento do estado das terras que visitaram. Precisava plantar capim, se Bernardo quisesse criar gado e cabras, assim como arar muitas terras, se quisesse plantar alguma plantação, formar roça. A outra parte das terras seria conhecida depois da partida de Raimundo. O que Raimundo e Otávio falavam era registrado na mente de Bernardo e, de vez em quando, este perguntava alguma coisa para melhor esclarecer um assunto. Bernardo sentia no coração que seu futuro estava sendo traçado, que seu padrinho Raimundo o amava e só queria o seu bem no futuro. Para tanto, começou a prestar toda atenção para não deixar nada de fora dos registros mentais.

Depois da partida de seu padrinho Raimundo e de sua madrinha Mirtes, Bernardo se aproximou mais ainda de Otávio para retomar alguns assuntos ainda não bem entendidos e outros que precisavam de melhor compreensão. Otávio percebeu que o rapaz tinha jeito para as coisas, pois as perguntas eram pertinentes e devidas. A cada pergunta, a resposta era satisfatória e completa.

— Nardinho, seu padrinho Mundinho tem muita estima por você. Ele está fazendo tudo isso porque ele gosta muito de você e de Mira, sua irmã. Claro, também, que ele está fazendo isso porque não teve filhos para cuidar e para deixar seus bens. Vocês dois são considerados filhos para ele e para mim. Eu e Jacinta gostamos muito de nossa querida Mira e de você agora, queremos que vocês dois se sintam felizes, que não precisem passar fome ou necessidades como nós passamos em nossa infância e juventude. Tudo o que tenho já ia deixar para Mira, afinal de contas, também nós não tivemos filhos, logo consideramos vocês dois nossos filhos. Assim como compadre Mundinho comprou umas terras para vocês, nós também vamos deixar nossas terras para vocês, nossos afilhados. Vamos cuidar primeiro de suas novas terras e assim que estiver preparada e pronta toda a documentação do cartório que o coronel Juvêncio mandou providenciar, nós, eu mais Jacinta, vamos passar nossas terras a vocês em documentação no cartório. Fique tranquilo sobre isso, vamos passar para vocês dois, pois estimamos demais a Mira e você, que acabamos de conhecer.

— Muito obrigado, padrinho Otavinho. Eu e minha irmã estimamos demais vocês todos, nossos padrinhos. Não sei mais como agradecer a vocês pelo que estão fazendo. Que Deus abençoe cada dia de sua vida e de "dona" Jacinta por fazerem tudo isso para nós. Padrinho, você sabe que não sei administrar uma fazenda, por isso preciso muito de sua ajuda. Preciso que o padrinho tenha muita paciência e disposição em me ensinar tudo o que preciso. Padrinho Mundinho ficará longe daqui, então não tenho outra pessoa para me ajudar.

— Nardinho, meu afilhado. Estaremos sempre com vocês dois, ajudarei vocês até o fim de minha vida. Não se preocupe com isso, vamos conseguir vencer. Vamos trabalhar as terras e vamos tirar dela o nosso sustento e a nossa prosperidade. Acho que cento e quinze alqueires de terra são suficientes para nos deixar bem. Vamos trabalhar nelas para conseguir muito dinheiro para ficarmos bem.

— E o que o padrinho Otavinho está pensando em plantar?

— Você já roçou a terra e plantou alguma coisa?

— Nunca trabalhei com plantação, só com animais.

— Então, vamos fazer o seguinte: Podemos plantar algumas coisas como milho, algodão e cana para ajudar na alimentação do gado. Mas, vamos criar animais como: gado, cabritos, porcos e galinhas. Estava pensando no assunto, podemos ir ao povoado de Santa Inês e aos outros povoados por perto e oferecer nossos futuros animais nas mercearias para revenda e, também, a Cabrobó para ver se tem alguém lá interessado em vender nossos animais: açougue, frigorífico, mercearias e mercados. Vamos oferecer em todas as casas de carne e restaurantes para ver se há compradores para nossos animais.

— Sim, padrinho Otavinho. Concordo com o parecer do padrinho. Vamos criar animais porque sabemos como tratar, como lidar com eles. Depois, vamos vender para quem quiser comprar e pagar. Tem muitos fazendeiros que não criam nada, só têm ou a cana ou o algodão, podemos ofertar a eles nossos animais. Acho que o padrinho teve boa ideia, precisamos criar animais para vender e ter dinheiro.

— Isso mesmo, Nardinho. Vamos começar devagar, com poucos animais e, com o tempo, vamos aumentando à medida que conseguirmos vender. Como você só sabe cuidar dos animais e eu não vou poder te ajudar, então a gente pega alguém para te ajudar, principalmente os leiteiros. Podemos vender o leite também, tanto no povoado de Santa Inês como nos outros povoados perto daqui, assim como na cidade. Acho que para a cidade não vamos poder vender o leite, a cidade é muito longe e não temos condições de entregar antes de se estragar.

— Padrinho Otavinho, como o senhor já disse, vamos começar pequeno e vamos aumentando com o tempo. Padrinho Mundinho disse que tem um rapaz, sobrinho de "dona" Mirtes, que vai me ajudar. Acho que na próxima viagem do padrinho, ele vai trazer este rapaz, seu nome é Pedro. Ele tem a minha idade, mais ou menos.

— Bom, Nardinho. Então, você terá uma ajuda no começo, esperamos que ele seja esperto e trabalhador. Quando apertar muito, então nós contratamos mais alguém para te ajudar.

— Está certo, padrinho.

Dez dias depois, apareceu nas terras de Otávio um homem bem vestido e disse:

— Aqui mora o "seu" Otávio Pereira?

Jacinta respondeu:

— Quem procura pelo meu marido?

— Sou funcionário do cartório, eu trouxe a escritura para o coronel Bernardo Cardoso assinar, assim como de sua esposa "dona" Miriam Cardoso. Eles estão aqui?

— Eles estão chegando, dentro de meia hora estarão de volta. Foram vistoriar algumas terras e alguns animais para comprar. Não devem demorar mais que este tempo. Já está na hora do almoço e "seu" Otavinho não gosta de passar da hora. Qual é mesmo o seu nome?

— Meu nome é Ricardo Palmas, "dona".

— Então, "seu" Ricardo Palmas, entra para descansar e saia deste sol que está queimando os nossos miolos. O "seu" Ricardo está convidado a almoçar com a gente?

— Muito obrigado, "dona". Aceito de bom gosto.

Assim que Ricardo Palmas entrou e se sentou, Jacinta disse:

— O moço toma um refresco de abacaxi antes que os homens retornem?

— Sim, "dona". Gostaria de me refrescar um pouco.

— Gostaria de uma bacia com água para lavar as mãos e o rosto?

— Sim, "dona", seria muito refrescante.

— Vou providenciar para o senhor a água e o refresco.

Depois de quarenta e cinco minutos de espera, Bernardo e Otávio retornaram. Assim que passaram pela porteira da casa, Miriam correu ao encontro deles e avisou-os da presença do funcionário do cartório. Bernardo e Otávio foram diretamente para a sala onde estava o funcionário.

— Bom dia, senhor. Sou Otávio Pereira e este senhor é Bernardo Cardoso.

— Bom dia, "seu" Otávio. Bom dia, coronel Bernardo. Sou Ricardo, sou funcionário do cartório. Estou aqui para pegar as assinaturas do coronel Bernardo Cardoso e de sua esposa, "dona" Miriam Cardoso, na escritura das terras do coronel Juvêncio.

Otávio disse:

— Primeiro, nós vamos nos lavar, depois vamos almoçar. Depois, a gente pega as assinaturas na escritura. Está certo, "seu" Ricardo?

— Sim, "seu" Otávio. Para mim, está tudo bem.

Otávio e Bernardo foram lavar as mãos e os rostos para se refrescarem. Depois, sentaram-se à mesa e almoçaram. Otávio, como sempre, fez a oração de agradecimento. Assim que acabaram de almoçar, Otávio disse:

— Jacinta e Mira, recolham os pratos e as panelas que vamos precisar da mesa para assinaturas da escritura.

As mulheres recolheram os pratos, os talheres e as panelas. Depois de limparem a mesa, as duas se sentaram também juntas aos homens. Em seguida, Jacinta disse:

— Pronto, Otavinho, já estamos prontas para as assinaturas.

Então, Otávio disse:

— "Seu" Ricardo, o senhor pode ler a escritura para nós antes de assinarmos o documento. Queremos saber se tudo está em conformes ao acordo comercial.

Ricardo começou a ler a escritura. Depois de quinze minutos, acabando a leitura, olhou para Otávio e disse:

— Coronel Bernardo, está tudo de acordo?

Otávio disse:

— Sim, está tudo de acordo.

E voltando-se para Bernardo, disse:

— Nardinho, há alguma coisa em desacordo?

Bernardo disse:

— Onde eu e minha irmã temos de assinar a escritura?

— O coronel Bernardo tem que assinar todas as vias e na última via tem um lugar específico. Quando for assinar a última via, eu lhe mostro onde deverá assinar.

Bernardo, antes de começar a assinar, percebeu que já havia duas assinaturas nas folhas do documento que eram as assinaturas do coronel Juvêncio e de sua esposa, depois começou a assinar as vias e, quando chegou à última, o cartorário Ricardo apontou o lugar onde deveria assinar. Tudo correu normalmente. Quando chegou a vez de Miriam assinar, ela não sabia escrever. Então, o cartorário Ricardo disse:

— Coronel Bernardo, escreva o nome dela como se fosse ela.

Então, Bernardo escreveu o nome da irmã Miriam, de forma muito bonita, nas três páginas e nas duas vias do documento. Depois de assinar tudo, o funcionário do cartório disse:

— Uma via é do cartório, a outra via é do coronel Bernardo. Obrigado pelas assinaturas. Agora preciso retornar à cidade de Cabrobó.

Depois se despediu dos moradores, montou em seu cavalo e partiu. Quando já estava desaparecendo no morro, Bernardo disse:

— Agora as terras são nossas, de todos nós. Vamos tomar posse e começar a trabalhar nelas. Padrinho Otavinho e madrinha Jacinta, eu e minha irmã Mira queremos mudar para uma casa nova, boa, grande e confortável. Vamos construir uma casa bem no centro de nossas terras, no alto, porque a parte que compramos não tem uma casa para morarmos. Queremos morar todos nesta nova casa. Uma casa com vários quartos, pois nossos padrinhos, Mundinho e Mirtes, deverão ter um quarto só para eles, assim como para nossas visitas, vamos construir vários quartos.

E Otávio perguntou:

— Você tem ideia de onde construir esta casa?

— Sim, acho que naquele elevado, naquele morro onde está aquele ipê-roxo bonito, todo florido. Lá em cima é um lugar muito bonito, tem visão para todos os lados de nossa fazenda, assim como ventila bem. Lá podemos construir nossa casa e fazer um pomar bem bonito, pois vamos aproveitar o ipê que já está lá para embelezar a nossa casa. Padrinho Otavinho concorda comigo ou prefere outro lugar?

— Nardinho, meu afilhado. Você é um rapaz de visão, parece-me que você tem tudo planejado, você sabe das coisas, muito bem. Estou de pleno acordo com o lugar e com a casa. Vamos sair deste casebre e morar dignamente. Agora temos terras e dinheiro para termos uma vida mais digna, mais confortável. Já que você definiu o lugar onde será construída a casa, falta agora o desenho dela. Vamos fazer um desenho para que o marceneiro possa construir do jeito que queremos. Vamos desenhar nossa casa com muitos cômodos para receber a nós todos e ainda nossos amigos e visitantes. Vamos construir nossa casa para nos dar conforto e alegrias, isto sim, é o que devemos ter e precisamos para melhorar nossas vidas, sem que haja desperdícios e desconfortos. Vamos ouvir Jacinta e Mira sobre o arranjo dos cômodos, pois são elas que tomarão conta da casa, são elas que vão organizar e limpar a casa.

—Sim, padrinho Otavinho. O padrinho tem toda a razão, vamos ouvir "dona" Jacinta e Mira para fazermos o desenho da casa. Elas têm as melhores ideias de como deverá ser nossa casa. À noite, durante o jantar, nós vamos discutir o desenho, dando a elas o direito de definir como será.

# CAPÍTULO 6 — A CASA NOVA

No dia seguinte, depois de terem definido o desenho da nova casa, com opiniões e palpites de todos, mas com maior acolhimento da parte de Miriam e Jacinta, Bernardo e Otávio foram até o povoado de Santa Inês e contrataram a única marcenaria existente para fabricação e construção de casa campestre. O acordo determinava que a casa deveria começar a ser construída em até dois meses, no máximo. Bernardo acertou com o marceneiro que as madeiras poderiam ser pegas em suas terras, que havia em abundância. O marceneiro, "seu" Tião, acertou as condições de pagamento e a transferência de partes dos ferramentais da marcenaria para a própria fazenda, no local onde seria construída a casa, assim facilitaria e agilizaria os trabalhos a serem executados. Bernardo passou um rascunho do desenho da casa para o "seu" Tião, com todas as metragens definidas e este prometeu a entrega da casa em seis a oito meses, a partir do dia do início dos trabalhos. Bernardo fechou também a construção de um curral que serviria para tirar o leite e para cuidar de animais machucados, doentes e recém-nascidos. Tudo foi acertado financeiramente por Otávio, homem muito hábil para fechar acordos envolvendo dinheiro. Tudo não passou de seis mil réis. Este curral deveria ser construído após a entrega da casa.

Quando Raimundo retornou para visitar seus afilhados, trouxe consigo o jovem Pedro. Pedro era um rapaz esperto, corpulento, quieto e muito educado, podemos dizer tímido, muito semelhante aos hábitos e maneira de ser de Bernardo. Bernardo gostou do jeito do rapaz, pois este parecia muito com ele, não era intrometido, falastrão e arrogante, qualidades que Bernardo não aceitava em hipótese alguma. Raimundo trouxe muitas notícias ruins consigo, falou das matanças ocorridas pelos lados dos sertões da Bahia, de Alagoas e de Sergipe, onde o grupo de Lampião fora emboscado por várias volantes, tendo perdido muitos homens importantes para o grupo. Raimundo disse:

— Nardinho e Compadre, trouxe comigo o sobrinho de minha querida Mirtes, como já havia falado antes. Pedro é um rapaz educado e muito esforçado, vocês vão gostar dele. Ele será de muita ajuda. Tenho total confiança nele.

Otávio comentou:

— Compadre Mundinho, estamos muito contentes que o compadre trouxe o rapaz para ajudar Nardinho nos afazeres da fazenda. Sei que vamos precisar muito de ajuda e ele vai corresponder a esta necessidade nossa. Estamos contentes com a chegada dele. Já conversei com Nardinho a respeito disto e aceitamos de bom grado.

— Sim, compadre. Ele vai ser de muita ajuda. Mas tem outro assunto que preciso falar para vocês.

Raimundo ficou alguns instantes em silêncio, meditando sobre o assunto em questão. Depois voltou a falar, de forma pausada, em baixo volume, pois o assunto era penoso:

— Compadre Otavinho e Nardinho, estou muito preocupado com a segurança da vida de Lampião. Muitas volantes estão aparecendo para matá-lo e isto é mau sinal. Temos mudado o local do acampamento a cada quinze a vinte dias, para não sermos pegos de surpresa. Ainda bem que Nardinho e Pedro não estão mais conosco. Pedi para Mirtes vir morar aqui com vocês, mas ela ficou muito reticente e resistente em ficar longe de minha pessoa. Não consegui convencê-la e isto me entristece muito, pois não quero que ela sofra por minha causa. Não estou gostando de como as coisas estão acontecendo. Mas tenho uma informação muito importante para repassar a vocês todos, pois considero vocês todos como a minha família. Lá no acampamento de Lampião, ninguém sabe de vocês, nem meu chefe Corisco está sabendo, só a Mirtes e meus homens, que me acompanham nas minhas missões que são de total confiança minha, estes estão sabendo. Mas já falei com eles sobre o segredo que devem manter sobre este assunto. Então, acredito que vocês estão seguros. Em razão disso, agora está ficando mais difícil vir aqui, por isso trouxe comigo mais vinte mil réis, que pedi emprestados para meu chefe Corisco, que é para os meus afilhados, pois não sei quando poderei retornar. Esta minha preocupação fez com que eu trouxesse Pedro para ficar com vocês mais rapidamente, ele é esperto para o trabalho e sabe atirar muito bem, tem boa pontaria. Ele vai ajudar bastante o Nardinho no trabalho nas terras. Quero que Nardinho cuide de meu sobrinho, que dê apoio a ele, que o ampare como eu fiz com vocês.

Então, Bernardo disse:

— Padrinho, estou triste com a possibilidade do padrinho e da madrinha não poderem mais nos visitar. Quando vocês vêm para cá, trazem muita alegria em nossos corações, vocês são minha família e da Mira também. Ela gosta muito de vocês dois. Eu e Mira vamos cuidar de nosso primo Pedro, como é a vontade de meu padrinho.

— Sabemos que vocês dois gostam muito de nós, é por isso que estamos fazendo tudo isto para vocês. Acho que, talvez, seja esta a última vez que vou aparecer por aqui neste ano. Nosso chefe Lampião está muito preocupado com sua segurança e não quer mais que seus homens viagem, que fiquem longe dele. Ele quer a proteção de todo o seu bando.

Otávio disse:

— Se a situação é tão perigosa como o compadre está falando, então o chefe Lampião tem razão. Ele precisa de proteção e você é muito importante na segurança e defesa dele. Você é homem de confiança do "seu" Lampião, você tem autoridade no grupo, você é o melhor atirador dele, é o melhor estrategista dele. Ele não pode prescindir de você e de seu grupo na proteção dele.

— O compadre tem razão, meu chefe Corisco vai me querer por perto para defender o acampamento.

Raimundo passou o resto do dia e da noite em companhia de seus afilhados e amigos. Logo de madrugada, retornou para o acampamento de Lampião, três dias de viagem apressada, pois agora ele está muito mais distante.

Enquanto isso, Bernardo e Otávio iam estruturando a nova fazenda, definindo a casa grande, os quartos, a sala, a cozinha, banheiros com latrina, área de lavar roupa, o local do poço de água, enfim toda a casa estava sendo desenhada no papel, segundo as vontades de Jacinta e Mira. Faltava apenas o marceneiro trazer o madeiramento pronto, ou prepará-lo no próprio local da construção da casa.

Bernardo e Otávio definiram o local e desenharam o curral,

dividiram-no em seis partes estruturais, uma parte coberta para receber e guardar os bezerros recém-nascidos, outra para guardar os animais doentes e em tratamento, outra para a tirada de leite, outra para vacinação, onde teria o funil ou corredor e outras duas para guarda e contagem de animais. Estes dois últimos eram os maiores reservados do curral e não teriam telhados.

Depois, Bernardo e Otávio definiram o local e desenharam o galinheiro, a parte dos ninhos para as galinhas botarem os ovos e o grande cercado para passarem o dia. Definiram os lugares para fixação dos coxinhos, para a colocação dos alimentos e da água.

Em seguida, Bernardo e Otávio definiram o local onde criariam as cabras e cabritos, fariam uma grande manga cercada com várias divisões para que estes animais pudessem ser divididos e apartados e, também, para que não se misturassem ao gado, com um cercado mais restritivo ao tamanho destes animais e um curral pequeno para acolher, tratar e tirar leite, cuidar dos recém-nascidos e doentes, se necessário. E, por fim, definiram onde ficaria o chiqueiro, o tamanho necessário para a criação de quarenta a cinquenta porcos, com possibilidade de ampliação. Ao fim da tarde, passando pelo rio que separa as terras de Otávio das novas terras de Bernardo, este disse:

— Padrinho, acho que podemos fazer, nesta parte aqui, uma grande represa. Para isso, podemos puxar estas grandes pedras que temos na fazenda e construir a represa. Gostaria muito de criar peixes, peixes grandes para nossa alimentação e, também, para a venda, caso haja compradores. Comi pouco peixe em minha vida e gostei muito dos sabores deles. O que o padrinho acha?

— Se você quer, então podemos construir a represa, água para isso temos, pois neste córrego corre muita água e dá para fazer. Nardinho, estou gostando muito de você. Está planejando muitas construções e muitas atividades para a sua fazenda, isto é bom. Vai ter muito trabalho para vocês.

— Padrinho, a fazenda é nossa, minha, sua, da Mira e da "dona" Jacinta. Não pode ser diferente. Não posso desconsiderar o trabalho, sei que teremos muita coisa por fazer, mas temos tempo para isso. Gostaria muito que o padrinho fosse escolher o gado e os outros animais comigo, não tenho experiência na compra de gado e cabritos, e o padrinho pode me ajudar.

— Sim, Nardinho. Vamos fazer uma visita aos fazendeiros de gado da região e vamos comprar, pelo menos, uma centena deles, entre bezerros e novilhas, assim como reprodutores. Vamos começar com muitos bezerros, assim poderemos ter mais lucros quando vendermos. Compraremos dois touros, trinta novilhas prontas para enxertar e o resto em bezerros e, daqui quatro a cinco anos, poderemos vender os bezerros já garrotes.

— Sim, padrinho. Quero que o padrinho me ensine a comprar, a vender e a criar estes animais, assim como as diferentes raças, pois tenho muito pouco conhecimento disto.

— Sim, afilhado. Vamos começar a criar os animais. Vamos ver também os porcos. Eu tenho um pouco, mas é insuficiente. Vamos comprar porquinhos pequenos e vamos criar. Vamos comprar galinhas, porque o que tenho é pouco para o que você quer, assim como cabritos. Lembre-se de que vai dar muito trabalho.

— Padrinho Otavinho, o senhor conhece alguma professora de ler e escrever e fazer contas no povoado?

— Conheço a "dona" Maria Clemente, uma professora aposentada. Ela está viúva há uns dez anos, mas sabe ler e escrever muito bem. Por que você quer uma professora se você já sabe ler e escrever?

— Não é para mim, padrinho. É para Mira e para o Pedro, os dois não sabem ler nem escrever e quero que eles aprendam tudo o que sei. Preciso deles para fazer as contas da fazenda, quero que eles aprendam a negociar os nossos animais quando forem ao povoado ou à cidade. Não quero que eles fiquem excluídos do nosso negócio. Eles precisam estar engajados, precisam acompanhar todos os negócios que nossa fazenda proporcionar.

— Está certo, Nardinho. É verdade, eles precisam saber ler e escrever. Estou de pleno acordo com sua decisão. Se eles não souberem ler e escrever, eles ficarão alheios aos negócios da fazenda, de maneira que vai sobrar tudo para nós dois e isto é prejudicial.

O tempo foi passando, já estavam no quinto mês após a compra da fazenda, o marceneiro Tião já havia iniciado a construção da casa e estava na fase final da obra, estava na cobertura, na colocação do telhado. O próprio marceneiro Tião era quem fazia as compras dos materiais que usavam na casa, que somente Bernardo pagava na loja. E os preços eram negociados pelo marceneiro muito a favor de Bernardo. Bernardo passou a fazer amizade com o marceneiro Tião em razão destes entendimentos da construção da casa. Os meses foram passando e quando estava chegando o Natal, início do mês de dezembro, Bernardo e a família de Otávio mudaram para a nova casa, agora casa grande da fazenda Padre Cícero, nome dado a pedido de Raimundo Matoso.

Todos os animais e os objetos pessoais foram carregados para a nova fazenda. Camas novas foram construídas pelo marceneiro, assim como as mesas, as cadeiras e os outros móveis de residência também. Jacinta e Miriam ficaram muito contentes com as novas condições da casa, pois esta era muito mais qualificada que a antiga, que era um casebre simplesmente. Otávio e Jacinta ficaram com um quarto de casal, o melhor que havia, Miriam ficou com um quarto contíguo ao de Jacinta e depois vinha o quarto de Bernardo. Do outro lado da casa, havia o quarto de casal de Raimundo e Mirtes, e, depois, o quarto de Pedro e, por fim, mais dois quartos de visitantes. Entre um lado e outro estavam a sala, a cozinha, os banheiros, a área da lavagem de roupas e o poço. Maria Clemente veio morar na casa e ocupou um dos quartos de visitantes.

Os meses foram passando, o gado ia crescendo em estado de engorda, as vacas estavam se emprenhando e enxertando-se, os porcos e as aves se multiplicavam, enfim todos os tipos de animais progrediam. Otávio e Jacinta enxergavam a olhos nus o progresso, o aumento dos animais. Certo dia, Otávio disse, na hora do jantar, em família:

— Nardinho e Mira, nossa fazenda é pródiga, os animais crescem, engordam, multiplicam-se muito mais depressa que as outras fazendas por aqui. Tenho visitado algumas fazendas, nossas vizinhas, e percebo que a nossa fazenda é diferente, parece-me que foi abençoada por Deus e seus frutos só crescem. O capim que plantamos tem nascido e crescido bem, principalmente nas mangas em descanso. A cana que plantamos está uma maravilha, não tem como andar no meio dela, ela está toda frondosa. Temos servido a cana ao gado e este tem aceitado muito bem. Sua engorda vai ser antecipada por causa da doçura da cana. O milharal é outra maravilha, as espigas são grandes e os grãos também. Nossa colheita de milho vai ser uma maravilha, uma bênção. A plantação de mandioca está muito boa. Tiramos alguns pés e verificamos que as raízes estão bem grandes e os animais aprovaram o seu sabor, por isso têm consumido muito destas raízes. As árvores frutíferas do pomar estão crescendo demais. Só a criação dos peixes é que não consigo ver por que eles vivem no fundo da água e a nossa água não é tão clara para enxergarmos os peixes, a não ser aqueles que vêm à tona, à superfície. As taboas não têm permitido a gente ver claramente, pois os peixes ficam escondidos. Vamos ter que fazer uma limpeza desses vegetais para recolher os peixes com redes. Deus realmente abençoou nossa terra.

Então, Bernardo disse:

— Padrinho Otavinho, eu e o senhor precisamos visitar os povoados ao nosso redor e, também, a cidade de Cabrobó para vendermos nossos animais. Precisamos ter algum acordo com eles para que, quando chegar o tempo certo, tenhamos os compradores definidos e certos dos nossos animais. O leite que tiramos todo dia é muito pouco ainda, mas temos mais de vinte vacas emprenhadas, vai ser uma cria atrás da outra, quando nascerem. Vamos ter muito trabalho para cuidar de tantos bezerros por vez. Mira, como vão as aves?

Miriam respondeu:

— As galinhas e os frangos estão crescendo e engordando rapidamente, comem demais. É um saco de farelo a cada dois a três dias, isto porque tenho racionado o farelo. Tenho jogado mandioca e outras raízes para eles, não sobra nada, eles comem tudo. Tenho recolhido muitos ovos, por isso que temos comido ovos todos os dias. É um alimento saudável e rico, isso é o que diz a professora "dona" Maria. Os porcos, que por enquanto são poucos, eu tenho controlado melhor, mas também são muito comilões. Esta raça é de comer muito.

Bernardo disse:

— Padrinho, precisamos contratar o marceneiro Tião para construir um grande galpão, uma tulha para guardarmos os nossos produtos o milho, a cana, a mandioca e as ferramentas, assim como o leite tirado. Temos que ver na cidade ou na vila como devemos guardar o leite.

Otávio disse:

— Sim, Nardinho. Eu tinha que ter falado com você a respeito há algum tempo e me esqueci. Amanhã mesmo vamos à Vila falar com o marceneiro.

Bernardo voltou a falar:

— Mira e Pedro, como vão as aulas com a professora, "dona" Maria Clemente?

Miriam respondeu:

— "Dona" Maria é muito brava, exige muito de nós. Todas as noites, depois do jantar, ela nos ensina.

Pedro falou:

— Nardinho, "dona" Maria pega muito no meu pé. Eu não consigo acompanhar as aulas dela. Mira acompanha bem mais fácil que eu, sou cabeça dura. Ela me força demais, não tenho jeito para estas coisas. Prefiro cuidar do gado.

Maria Clemente, que estava junto à mesa de jantar, disse:

— Sei que é difícil, Pedro, mas é necessário. A fazenda precisa que vocês dois saibam ler e escrever, assim como fazer as contas. Minha missão é fazer vocês dois aprenderem a ler e a escrever para ajudar o Sr. Bernardo e o Sr. Otávio nos negócios da família. Aliás, quem não sabe ler nem escrever e nem fazer contas não pode viver em totalidade das oportunidades que a vida proporciona. Por isso é importante saber ler e escrever, para participar da vida em negócios. Como é que vocês vão comprar coisas nas lojas e no mercado se não sabem contar o dinheiro, não sabem ler o que está escrito nos produtos que vão comprar? É necessário um esforço grande de vocês porque já são grandes, se fossem crianças seria mais fácil. É para o bem de vocês.

Bernardo disse depois:

— Concordo plenamente com os dizeres da professora, "dona" Maria. Quando "dona" Mirtes me ensinou a ler e escrever e a fazer contas, eu sofri muito também, porque ela jurou me denunciar ao chefe Lampião e isto me incomodou muito. Vocês não estão pressionados como estive. A fazenda está crescendo e somente eu e o padrinho Otavinho para cuidarmos de tudo é muito difícil. Portanto, vou pedir ao padrinho Otavinho para arrumar um rapaz lá no povoado para trabalhar com você, Pedro. Então, como Mira e Pedro vão continuar tendo as aulas todas as noites, assim, daqui a três meses, Mira vai começar a fazer as contas da fazenda, vai fazer a minha tarefa de contas da fazenda. Está certo, Mira?

— Mas, Nardinho, eu não sei fazer as coisas que você faz. Eu nem sei ler e escrever direito, como vou fazer estas coisas que você faz?

— Mira, eu também não sabia e aprendi a fazer. Padrinho Otavinho me ensinou tudo o que sei, ele vai te ensinar também. Aliás, a partir de hoje, o padrinho vai levar você, junto dele, para todos os lugares que ele for, para você ir aprendendo a negociar e conhecer as outras pessoas que nós nos relacionamos. Vai ser bom para você. Você já tem dezesseis anos e precisa conhecer a vida fora desta fazenda.

E, assim, a vida na fazenda continuou, os animais cresciam e se duplicavam. Algumas vendas já estavam sendo feitas, principalmente para os moradores dos povoados próximos da fazenda. Bernardo e Otávio fizeram bons relacionamentos nos povoados ao redor, negociaram com as mercearias para comprarem seus animais, o leite e os ovos. Depois foram para a cidade de Cabrobó e negociaram com as mercearias e alguns mercados ali existentes, porque a população era grande nesta cidade. Para as mercearias dos povoados, como para as mercearias e os mercados de Cabrobó, os animais deveriam ser buscados. Bernardo negociou que os animais deveriam ser retirados na sua fazenda, deveriam ser escolhidos e conduzidos pelos próprios compradores, depois de terem sido pesados. Otávio Pereira negociou, com dois frigoríficos pequenos da cidade de Cabrobó, o fornecimento de cinquenta reses por mês, inicialmente, e depois ia aumentando conforme as necessidades dos frigoríficos. Esta negociação, de retirada dos animais na própria fazenda, pois os frigoríficos possuíam caminhões próprios para o transporte, ocasionou muita tranquilidade a Bernardo, porque os bandidos proliferavam em todas as regiões do sertão.

Certa ocasião, cinco bandidos entraram na fazenda Padre Cícero para roubar e anarquizar as coisas da fazenda. Bernardo havia contratado dois jagunços que ficavam amoitados perto da casa grande e um deles percebeu o ingresso dos bandidos e começou a atirar.

Bernardo e Pedro ouviram os tiros e foram em ajuda ao empregado. Eles derrubaram os cinco ainda montados nos cavalos. Este caso foi muito comentado nos povoados, pois era incomum que os coronéis fossem bons de tiro, eles tinham jagunços que faziam este tipo de trabalho. Quando a polícia estadual esteve em sua fazenda para identificar e retirar os corpos, o delegado mostrou respeito para com Bernardo. Coronel Bernardo ficou muito comentado na região, a população começou a conhecer o novo fazendeiro, pois ele andava, juntamente com o Otávio, para todo lado, negociando seus animais e comprando novos para criação. Nestas idas e vindas pela região, Bernardo ia conhecendo as fazendas, assim como as pessoas que moravam nelas, fazia negócios com os fazendeiros, mas conversava também com os empregados e seus familiares. Bernardo era ávido para aprender coisas novas, jeito novo de fazer os trabalhos. Em razão deste jeito de ser, comunicativo, porém simples, as pessoas o respeitavam e o admiravam muito, pois era um jovem que dava e exigia respeito. Sua maneira de proceder e de falar passou a ser muito comentada nas redondezas de Cabrobó. Era tido como homem direito e respeitoso, pois sua maneira de se comunicar era apregoada como respeitosa e de consideração aos outros, independentemente de suas condições sociais e econômicas.

Em razão desta forma de ser e de se comunicar, Bernardo tornou-se muito conhecido na região como homem de bem, coronel respeitoso. Isto também causou, por outro lado, muita inveja e ciúmes em vários fazendeiros e seus filhos na região, mas Bernardo não levou isso em consideração. Certa feita, Bernardo foi procurar certo produtor de bezerros para fazer compras, pois precisava aumentar seu rebanho. Quando chegou à fazenda, foi recebido pelo fazendeiro, que tinha aproximadamente trinta e oito a quarenta anos de idade, com muita reserva e frieza, sem muita vontade de comercializar, portanto precisou Bernardo de muita argumentação para chegar ao preço médio da região, pois o preço estipulado pelo fazendeiro estava bem acima do aceitável. Este fazendeiro era pouco conhecido na região como produtor de gado, apesar de já estar morando nela havia, pelo menos, vinte anos, desde a sua juventude, enquanto Bernardo, com menos de cinco anos, já contava com fama que não era desejada. Acabou Bernardo comprando deste fazendeiro cinquenta cabeças de bezerros desmamando, bem menos do que queria, mas o riscou de seu caderno de fornecedor. No caminho de volta para a fazenda Padre Cícero, Otávio disse:

— Afilhado, está na hora do moço começar a olhar para alguma moça em especial, estou sabendo que há um par de dúzias que gostariam de namorar o coronel. Por acaso, meu afilhado tem simpatia por alguma moça?

Esta pergunta pegou Bernardo desprevenido, despreparado. Ficou calado, quieto, sem demonstrar qualquer sentimento ou reação. Só depois de vários minutos, disse:

— Ainda não é o meu tempo para casar, padrinho, preciso melhorar bem a nossa fazenda, pelo menos dobrar a quantidade dos nossos animais. Assim teremos uma renda melhor para poder dar melhores condições a nós, que estamos morando juntos na casa grande. Depois disso, vou decidir qual moça vou querer.

— Mas, meu afilhado tem algum bem querer para alguma moça em especial ou moças?

— "Seu" Otavinho, há duas ou três moças que me encantam, mas ainda é cedo para decidir. Precisamos cuidar do futuro da Mira primeiramente, ela já está chegando à idade de se casar. Ela tem alguma preferência?

— Posso assuntar minha Jacinta, as duas sempre estão conversando, quem sabe Mira abriu o bico e falou de quem está gostando.

— Então, assunta a madrinha e depois vem me falar. Não demore em me dizer.

— Sim, afilhado. Assim que chegar em casa, vou assuntar a Jacinta para saber se há alguém no coraçãozinho da Mira.

Uma semana depois, em outra viagem de negociação para vender animais, Bernardo retoma o assunto da Miriam. Agora de forma mais acalmada. O assunto tinha sido melhor digerido por ele, de maneira que a pergunta foi feita com certa tranquilidade, mais como um assunto de prosa, de conversação.

— Padrinho Otavinho assuntou a madrinha a respeito da Mira?

— Sim, falei com Jacinta e ela me disse que Mira tem simpatia por Pedro, seu primo, e que Pedro também tem olhado para Mira com olhar perdido. Jacinta acha que os dois estão se gostando. Não obstante Jacinta ter dito isto, fiquei de atenção nos dois, mas não percebi nada entre eles. Acho que este assunto de namoro não tenho prática, não tenho mais atenção para perceber entremeios. Talvez ...

Bernardo não disse nada sobre o assunto comentado por seu padrinho, apesar de Otávio querer saber o que o afilhado estava pensando a respeito do assunto. Vamos dizer que aguçou a sua curiosidade, mas ao mesmo tempo sentiu receio, ficou vexado em questionar seu afilhado sobre um assunto muito restrito. Achou melhor deixar o assunto como estava e não matar sua curiosidade, pois não queria desgostar seu afilhado. Sabia que Jacinta perguntaria sobre a opinião de Bernardo, mas pensaria depois em alguma coisa para responder.

# CAPÍTULO 7 — A CEIA DE VÉSPERA DE NATAL E O BALANÇO DO QUINTO ANO

Quando Bernardo e Otávio chegaram à cidade de Cabrobó para tratar dos negócios da fazenda, o assunto citadino não era outro senão a morte de Lampião e de seu bando. Os jornais mostravam as fotos do bando com as cabeças decapitadas, exposição vexatória dos seus amigos, seus ídolos, com manchetes escrachando os cangaceiros, seus amigos e conhecidos. Não só os homens foram sacrificados, mas as mulheres e as crianças foram assassinadas, um verdadeiro genocídio de inocentes também. Os comentários dos cidadãos eram os mais variados, desde os que aplaudiram a ação do governo em perseguir e liquidar com o bando de Lampião, incluindo mulheres e crianças, como aqueles que choravam pela morte de pessoas queridas. Os jornais editaram vários comentários tanto a favor quanto contra a ação violenta por parte do exército ou volantes governamentais. Os jornalistas a favor da ação do governador de Sergipe superaram em muito os contra, tanto em quantidade de matérias quanto no tamanho expressivo de seus artigos, principalmente, estampadas na primeira página. Os artigos dos membros do Governo eram taxativos na expectativa em acabar com o grupo de Lampião e a realização destas expectativas trouxe contentamento aos homens ricos, fazendeiros e ao próprio Governo.

Ao ler estas manchetes e ver as fotos dos amigos, Bernardo sentiu um mal-estar muito grande, atordoando seus pensamentos e seu sistema nervoso. Apesar de não ter encontrado nos jornais a fotografia das cabeças de seu padrinho Raimundo e da madrinha Mirtes, sabia que eles também estavam mortos, desprezados e abandonados em algum lugar do sertão, perto da fazenda Angicos. Sentia dores na cabeça e na barriga, começou a sentir ânsia e correu para um lugar ermo para descarregar o que tinha comido. Depois de ter vomitado, sentou-se em uma pedra que estava exposta na rua e esperou melhorar seu estado físico. Otávio, que o acompanhou todo o tempo, não comentou nada, não falou, apenas compartilhou com seu afilhado, a certa distância. Nada a falar neste momento tão cruel, tão triste. Passada meia hora, já mais aliviado do mal-estar, Bernardo se levantou, se aprumou e disse a Otávio:

— Padrinho, a vida é uma merda. Hoje, sinto que perdi novamente meus pais. Quando chegar em nossa casa, vou chorar a minha perda. Agora, temos um trabalho a fazer. Vamos agilizar o passo para terminar o quanto antes e voltarmos para casa para me recolher e homenagear os meus entes queridos, a minha família.

Otávio disse:

— Nardinho, gostaria de levar o jornal? Pode ter notícias de interesse, para serem lidas depois.

— Não, padrinho. Meu passado morreu novamente. Meus pais morreram e eu os enterrei no passado bem lacrado do meu coração. Agora, meus padrinhos morreram e estou enterrando novamente em meu passado, também bem lacrado, para que eu não fique remoendo as lembranças que tanto me doem. Agora, só me restam Mira, minha irmã querida, padrinho Otavinho, madrinha Jacinta e, também, meu primo Pedro. O resto não me interessa mais. Minha família ficou reduzida novamente, portanto vou considerar, de agora em diante, somente os que moram comigo, os que estão ao meu lado serão minha família, pois já não tenho mais meus entes bem-queridos e amados junto a mim, somente em minhas lembranças doloridas.

Os dois apressaram os passos e conseguiram terminar quase todos os assuntos de negócios que se propuseram a fazer na cidade. Faltaram dois, de menor importância, que não foram realizados. Deixaram-nos para a próxima viagem. O trajeto todo de volta foi de um silêncio mordaz, sem assunto, sem comentários, sem choro. Um dia inteiro passado em silêncio, em luto. Os dois jagunços acompanhantes ficaram muito apreensivos com este silêncio, mas conheciam os patrões suficientemente para não questionarem ou falarem sobre algo que não lhes interessava ou dizia respeito.

Quando chegaram à fazenda, Bernardo recolheu-se imediatamente ao seu quarto e ficou meditando nos acontecimentos ocorridos com seus amigos. Quando raiou o dia, ele voltou ao normal, trabalhava muito, falava como se nada tivesse acontecido. E assim foram os meses, tudo voltou à rotina. A fazenda crescia em produtividade, em prosperidade, o gado crescia muito bem, os porcos e os cabritos também evoluíam. As galinhas cresceram tanto que precisou aumentar a oferta para que não tivessem problemas de alojamento. Mesmo assim, fizeram outro cercado, quase do mesmo tamanho, de um dos lados, para poder acomodar tantas aves, não obstante as vendas realizadas.

No Natal do quinto ano da fazenda, no jantar de véspera, Jacinta preparou uma boa comilança. Otávio disse que, neste jantar, iam ser festejados os grandes resultados da fazenda e que Bernardo pediu este jantar comemorativo. Jacinta mais Miriam e Maria esmeraram-se em providenciar um jantar diferenciado, com frutas compradas na cidade e outras coisas mais. Otávio mais Jacinta e Miriam foram à cidade e fizeram muitas compras. Além dos produtos para o jantar, compraram também roupas para todos de casa, todos ganharam roupas novas, da moda. Jacinta foi muito feliz na escolha das roupas. Miriam foi a que mais ganhou roupas novas, quatro vestidos muito bonitos, vistosos, de maneira que deixavam as curvas do seu corpo mais realçadas. Comprou vários pares de sapatos, roupas íntimas, chapéus e badulaques. Bernardo ganhou várias mudas de roupas vistosas para suas viagens de negócios. Otávio e Jacinta também ganharam roupas novas e modernas. O mesmo aconteceu com Pedro, que se sentiu estranho e incomodado por estar vestindo roupas novas e diferentes.

No dia de véspera do Natal, todos deixaram suas obrigações de lado, descansaram. Bernardo pegou novamente os livros de registro da fazenda e tomou pé da situação financeira com os últimos dados e anotou vários outros para atualização. Otávio o acompanhou na leitura, ora explicava uma conta ora explicava outra e Bernardo sabia, de antemão, as explicações, mas ouviu seu padrinho com muito interesse. Bernardo sabia que o financeiro da fazenda estava totalmente correto. Miriam, que era a responsável, detalhava tudo, registrava tudo, não deixava um centavo para trás, para que não houvesse questionamento de erros ou de falhas ou de relapsia. Miriam era uma perfeccionista, não gostava de críticas negativas.

Ao cair da noite, todos foram se banhar e vestiram as roupas novas que ganharam. Os homens fizeram a barba, cortaram as unhas, enfim, se prepararam para a comemoração. Jacinta e Miriam conseguiram terminar a preparação da ceia antes do anoitecer e foram também se banhar. Vestiram-se com vestidos novos e atraentes e se perfumaram também. Enquanto Jacinta não se perfumou toda, Miriam não a deixou em paz. A própria Miriam borrifou o perfume que acabara de comprar e tinha um cheiro adocicado esplêndido, muito agradável. O clima da casa era de festa, de comemoração do dia de Natal.

O jantar começou às sete horas da noite. Primeiramente, Jacinta mais Miriam e, depois, juntou-se Otávio, colocaram as panelas, os pratos, os talheres e as bebidas à mesa. Depois, todos se achegaram à mesa e Bernardo disse:

— Vamos fazer uma oração a nosso Senhor, agradecendo suas bênçãos, antes de nos sentarmos. Mira faz a oração.

Miriam levou um susto, ficou desconcertada, não esperava que ela fosse escolhida para fazer a oração, não era costume ser feita por ela. Esta sempre fora feita por Bernardo ou Otávio e ela estava despreocupada, não havia preparado nada. Como ela fora designada, não tinha como recusar e, resignada, falou:

— Senhor, nosso Deus, criador de tudo, agradecemos o alimento que está sobre esta mesa, que vai nos alimentar e nos sustentar. Senhor abençoa estes alimentos da nossa mesa, assim como os alimentos de todas as mesas. Senhor abençoa a todos nós com saúde. Amém.

Todos responderam:

— Amém.

Então, Bernardo disse:

— Senhor Jesus, abençoa a nossa fazenda que nos proporcionou muitas vitórias neste ano, assim como foram os anos anteriores. Agradecemos e louvamos ao Senhor por nos ter dado esta fazenda. Acolha em Seu lar os meus pais, Zeca e Fina, assim como os meus padrinhos, Mundinho e Mirtes. Que descansem em Vossa Paz. Amém.

E todos responderam:

— Amém.

Todos se sentaram e depois colocaram os alimentos em seus pratos, sempre obedecendo à ordem de idade, primeiro foi Otávio, depois Jacinta, depois Bernardo, depois Pedro e, por fim, Miriam. Quando o jantar estava chegando ao fim, Bernardo disse:

— "Dona" Jacinta, a senhora fez algum doce para nós, para depois do jantar?

Ela respondeu:

— Mira fez doce de leite e doce de abacaxi. Está muito gostoso porque eu provei.

Bernardo disse:

— Então, depois de jantarmos, vamos comer os doces. E, durante a degustação dos doces, vamos falar sobre os números da fazenda e tomei algumas decisões sobre o nosso futuro.

Todos se olharam com surpresa, isto era uma novidade para eles, novas decisões foram tomadas e todos ficaram apreensivos sobre do que se tratava. Este era um costume que Bernardo tinha. Antes ou durante o jantar, anunciava que havia decisões tomadas e que anunciaria ao final do jantar. Enquanto transcorria o jantar, todos ficavam na expectativa das decisões que seriam anunciadas por

Bernardo. Quais decisões Bernardo havia tomado que afetassem a cada um deles? Depois que Miriam distribuiu os doces nos pratinhos, Bernardo disse:

— Mira, você está encantadora com este vestido bonito. Ele ficou muito bem em seu corpo. Este perfume que você está usando também é de muito bom gosto. Gosto muito da essência deste perfume. Jasmim. Tenho uma remota memória que nossa mãe, Fina, também usava este perfume quando a gente viajava.

Miriam se retraiu toda, pois o elogio foi dito para que todos ouvissem e ela não gostava de ser motivo de atenção, pois imediatamente todos olharam para ela com olhar de observação, de atenção, não obstante seu coração ter gostado muito da observação do irmão. Miriam tirou o olhar dos outros e olhou para si, passando as mãos sobre o vestido, sobre seus contornos e disse:

— Obrigado, Bernardo. É um vestido muito bonito, foi escolhido pela madrinha Jacinta.

Depois, Bernardo disse:

— Gostaria de falar sobre os nossos números. Para tanto, Mira, fale sobre o nosso último ano.

Mais uma vez Miriam foi pega de surpresa, agora tinha que informar os números da fazenda e ela não se sentia confortável em relacionar estes dados.

— Mas, Nardinho. Sempre foi você ou o papai que fala sobre os números! Não preparei nada. Como vou falar?

— Vai até o escritório, pega os livros e lê para nós!

— Mas você já sabe de tudo, por que eu tenho de falar?

— Porque é assim que se faz. E já fica definido que, no nosso jantar de véspera de Natal, você vai falar sobre os números do ano.

Miriam foi ao escritório e pegou os dois livros que estavam sobre a mesa e levou-os para a sala de jantar. E perguntou:

— Nardinho, você quer que eu leia o livro todo?

— Não, Mira. Leia para nós apenas a soma das vendas feitas este ano, está no final dos registros de um dos livros.

E Miriam começou a ler as vendas do ano que estava findando. Começou desde janeiro, cada tipo de animal em separado e foi falando, mês a mês. Em uma folha à parte, solta, que Bernardo havia preparado, estava a soma do ano. Miriam também leu. Os números eram muito bons para quem estava começando. Depois pegou os livros de compras e leu da mesma forma, mês a mês, e por tipos de animal e depois a soma do ano. Então, finalizou dizendo:

— A diferença das compras e das vendas é a soma dos animais que estão na fazenda e, também, os que morreram por algum motivo, estes também foram anotados. Estamos com novecentas e quarenta e sete cabeças de gado no pasto, entre mamando e caducando. Estamos com trezentos e noventa e oito cabritos no pasto. Estamos com cento e cinquenta e dois porcos nos chiqueiros. Estamos com setecentas e cinquenta e seis galinhas no galinheiro, não considerando os pintainhos, os que têm menos de quinze dias.

Então, Bernardo acrescentou:

— São números bons, mas precisamos dobrar para o ano que vem. E vamos dobrar estes números. Para tanto, tomei algumas decisões que vou, agora, falar e preciso da aprovação de todos aqui. Vou repetir, preciso da concordância de todos, senão não consigo dobrar os nossos números.

E continuou.

— Primeiramente, padrinho Otavinho, vê se arruma duas senhoras para ajudar "dona" Jacinta nos cuidados da casa e comida. Faz tempo que "dona" Jacinta precisa de ajuda. Chegou a hora da gente ajeitar tudo aqui dentro, vamos colocar empregados para nos ajudar, para que nós, da família, possamos administrar, organizar e controlar a nossa produção, a nossa fazenda e isto inclui a "dona" Jacinta. Quero que o padrinho Otavinho consiga mais dois rapazes que, somados ao que temos, totalizem seis, para cuidarem do gado e dos outros animais, tirar leite, cuidar dos animais doentes, assim como do resto das tarefas que têm tomado muito do nosso tempo, meu e do primo Pedro. Padrinho, quero que o senhor me ensine tudo o que sabe sobre negociar, não só o gado e os outros animais, mas as outras coisas da fazenda, da vida. Sei que o padrinho sabe muita coisa, quero aprender, quero que ensine a Mira e o Pedro também. Quero que todas as decisões nesta fazenda sejam tomadas por todos nós. Padrinho pode providenciar tudo isso?

Otávio respondeu:

— Nardinho, a partir de agora, todos nós vamos chamá-lo de coronel Bernardo Cardoso, assim mostramos respeito e consideração à sua pessoa e ao seu patrimônio. Tem muita gente que tem menos terra que você e é chamado de coronel. Nada mais justo que chamá-lo de coronel Bernardo. Sim, coronel Bernardo. Vou ensinar tudo o que sei a você, a "dona" Miriam e ao Pedro, seu primo, mas, de certa maneira, isto já venho fazendo há muito tempo. Coronel Bernardo está com vinte e três anos e "dona" Miriam está com dezessete, quase dezoito, vamos mostrar respeito e consideração a vocês dois que são os proprietários destas terras todas. Nestes cinco anos que estamos aqui, nesta fazenda, tem crescido muito a criação de nossos animais, têm muitos clientes interessados em nosso gado, em nossos porcos, cabritos e galinhas, principalmente, nos finais de ano porque são animais saudáveis, gordos e de boa aparência. Nossas vendas aumentam neste período do ano, por causa das festas de fim de ano. O povo come mais carne nesta época e temos suprido nossos clientes com muita dedicação. Só temos poucos clientes para os peixes, que abundam em nossa represa. Ou comemos mais peixe ou os peixes vão começar a sair da represa, porque o espaço está ficando pequeno. Isso é sinal que nossa terra é abençoada.

E Otávio continuou:

— O coronel Bernardo está certo, está na hora de só controlarmos, de gerenciarmos a nossa terra, a nossa produção. Vamos pôr empregados para cuidar dos animais; trabalhar a terra. Vamos cuidar das vendas e quero colocar "dona" Miriam para fazer estes serviços de contas. "Dona" Maria disse que "dona" Miriam já aprendeu quase tudo em matéria de fazer contas, então vamos deixar estes controles para ela, a partir de hoje. Quanto ao coronel Bernardo, começarei a ensinar outras coisas em matéria de negociação, tivemos tempo juntos para que o coronel pudesse ter mais segurança nas decisões que tem tomado e terá que tomar. Vamos ficar mais juntos ainda.

E prosseguiu:

— Coronel Bernardo, acho que podemos deixar o comando dos homens e das tarefas da fazenda ao "seu" Pedro, ele está com vinte e dois anos e já está na hora de ter outras responsabilidades aqui na fazenda. O que o coronel Bernardo acha de tudo isso?

Bernardo ficou pensativo, meditando naquilo que Otávio havia dito, muitas coisas importantes acontecendo ao mesmo tempo e ele não havia pensado sobre tantas providências. Mas, no fundo da mente, sabia que este dia chegaria a qualquer momento, pois a fazenda tinha capacidade de produzir ainda mais, pelo menos o dobro da produção atual. Depois de alguns instantes, Bernardo disse:

— "Seu" Otavinho, a partir de hoje, nós o chamaremos de professor Otávio, porque o senhor tem sido o nosso professor todo este tempo, tem nos ensinado a cuidar dos animais, arrumar a fazenda, administrar a fazenda, fazer os negócios da fazenda, enfim, tem nos ensinado a todos como sermos proprietários. Tenho muita estima e consideração pelo professor Otávio, não só pelos ensinamentos, mas por ter cuidado de "dona" Miriam, minha irmã, e de mim, quando cheguei em suas terras. Concordo com as definições feitas pelo professor, logo, a partir de hoje, deixaremos de fazer algumas coisas e passaremos a fazer outras, de maiores responsabilidades e relevâncias. Pedro vai ser o capataz da fazenda, vai cuidar dos homens e das tarefas todas. A partir do ano que vem, quero ter aqui dentro seis homens para cuidarem dos animais e Pedro será o capataz para eles. Pedro conhece todos os serviços com os animais, não precisa mais aprender, ele já sabe. Se precisar de alguma decisão deverá recorrer a mim ou ao professor Otávio ou à "dona" Miriam que, prontamente, daremos apoio, mas não acredito que Pedro venha precisar de ajuda. Pedro é uma pessoa muito inteligente, muito trabalhador e de grande senso de responsabilidade, qualidades muito importantes em uma pessoa do bem. Dará conta de suas novas responsabilidades com muita competência, porque assim tem sido em todas as tarefas que executa. Pedro tem o meu total apoio em suas responsabilidades.

Assim que terminou este assunto, Bernardo mudou totalmente a prosa e olhando para Miriam, disse:

— "Dona" Miriam, você está com dezessete anos, perto de fazer dezoito, está na hora da moça pensar em namorar e se casar. Vai procurando alguém para sua vida. Se já tem alguém em seu coração, fala logo, que vejo se vou concordar ou não.

Miriam branqueou-se toda, era a terceira vez no jantar que Bernardo a desconcertava. Queria falar alguma coisa, mas gaguejou tanto, que não se entendeu nada. Ora olhava para Bernardo, ora olhava para Jacinta como que pedindo socorro para este momento de grande embaraço. Ficou perdida, sem chão, descontrolada. Bernardo percebeu a besteira que fez e disse:

— "Dona" Miriam, vamos deixar este assunto para outro dia. É um assunto muito delicado para se falar deste jeito e estou vendo que você não está preparada para falar.

Sem perder tempo, Otávio disse:

— Coronel Bernardo, já que o coronel está falando em união conjugal, podemos saber o que o coronel pensa a respeito de sua futura esposa? O coronel já definiu a pretendente? Se este assunto não for indelicado e indevido.

Esta pergunta pegou Bernardo de surpresa também, não estava preparado para responder, não obstante Otávio já o ter questionado a respeito antes. Então disse:

— Muito bem, já que estamos em família, nada mais justo eu saber a opinião dos meus familiares. Sim, tenho uma simpatia muito forte.

Quero saber a opinião de todos vocês. Estou pensando na filha do coronel Frondoso, a moça Raquel Frondoso. Ela deve ter dezoito anos, se não tiver, deve faltar muito pouco, muito bonita, parece-me de boa índole e de bom caráter. O que vocês falam a respeito dela?

Este anúncio pegou todos da família desprevenidos também, ficaram pensando o que falar da moça por uns instantes, quais qualidades poderiam ser ditas para satisfazerem Bernardo e disseram. Primeiro foi o Otávio:

— Coronel Bernardo, o coronel sabe escolher muito bem. De várias moças que conheço e qualquer uma poderia ter sido escolhida pelo coronel, a moça Raquel é uma ótima escolha, moça bonita, moça inteligente, moça comunicativa, moça perspicaz. Gostei da escolha do coronel. Das poucas vezes que a vi na cidade, pareceu-me uma moça discreta, elegante e familiar. A escolha foi muito feliz, pois ela é de família religiosa e próspera.

Em seguida, Bernardo olhou para a Jacinta. Esta disse:

— Nardinho, eu conheço muito pouco as moças da região. Não tenho saído para ter conhecimento. Só ouvi algumas coisas a respeito dela e, pelo que ouvi, ela é uma boa moça. É o que posso falar.

Depois Bernardo olhou para a Miriam, que disse:

— Nardinho, a Raquel é muito bonita e elegante, sei que ela tem muita leitura. Vai ser boa para você.

Depois Bernardo olhou para o Pedro. Este disse:

— Coronel Bernardo, não tenho informações sobre a moça, mas se o patrão a escolheu é porque ela é a pessoa certa.

Bernardo disse:

— Muito bem. Vocês tiveram a chance de dizer alguma coisa ou contra ou a favor da moça. Como a opinião do professor Otávio é a mais explicativa, então seguirei a opinião dele. Para tanto, preciso que o professor Otávio vá falar com os pais dela sobre a concordância do namoro. Professor Otávio se disporia a me ajudar neste assunto? Pode comparecer diante do pai dela, o coronel Frondoso, e pedir a aprovação ao meu pedido? Claro que não quero fazer disto uma obrigação ao professor, mas se não for muito grande o meu pedido, gostaria que o meu professor fosse a pessoa indicada para tratar do assunto. Acho que não caberia a mim mesmo tomar esta atitude de comunicar a minha pretensão ao coronel Frondoso, pareceria presunção de minha pessoa e não quero dar esta impressão à família dela.

— Coronel Bernardo, é uma honra fazer este entremeio. Quando o coronel quer saber a resposta?

— O mais rápido possível, se não for muito dispendioso ao professor.

— Não há nada mais importante que esta missão. Tomarei as medidas cabíveis para levar ao coronel Frondoso, o pai da moça Raquel, os sentimentos do meu coronel Bernardo para com ela. Farei desta missão a minha responsabilidade principal para os próximos dias. Não desapontarei o coronel Bernardo, meu afilhado estimado.

O jantar e as conversas terminaram por volta das nove horas da noite. Assim que Bernardo se despediu para dormir, voltou-se e disse a Pedro:

— Pedro, tenho um assunto a falar com você. Era para ser hoje, mas o rumo da nossa conversa não deixou condições para falar. Amanhã, à primeira hora, preciso acertar este assunto com você.

— Pois não, coronel. À primeira hora do dia.

Todos se retiraram para dormir. Jacinta mais Miriam começaram a desarrumar a mesa, guardar a comida e ajeitar os pratos, talheres e panelas na cozinha para serem lavados pela manhã. Miriam sentia-se intrigada com a indagação que Bernardo fez à sua pessoa, assim como sobre os sentimentos que tinha sobre Pedro. Curiosa, Miriam perguntou à Jacinta:

— Madrinha, por que Nardinho perguntou se estou gostando de alguém? A senhora disse alguma coisa a ele?

— Não, querida. Não disse nada a Nardinho. Mas você não acha que ele precisa saber que você está gostando do Pedro? Imagina se Nardinho arrumar um coronel velho para se casar com você, não é melhor ele saber que você gosta do Pedro?

— Mas, madrinha. Tenho medo que Nardinho não aprove que eu goste do Pedro. Ele pode mandar Pedro para bem longe e aí ficarei sozinha, não poderei mais olhar para ele, vê-lo diante de mim. Tenho muito medo disso, não sei se Nardinho gosta do Pedro como meu namorado.

— Mira, acho que Nardinho deve saber seus sentimentos para com o Pedro, afinal de contas Pedro é como se fosse da família e Nardinho tem muita consideração por ele. Fale com Nardinho, explica a ele os seus sentimentos, afinal de contas, você não quer se casar com Pedro?

— Quero Madrinha, mas tenho medo que ele não queira o nosso casamento. Ficarei infeliz o resto de minha vida se Nardinho não quiser o Pedro. Oh! madrinha, tenho muito medo.

Miriam e Jacinta falavam tudo isto e, ao mesmo tempo, iam trabalhando, arrumando os objetos e a comida nos armários. Em dado momento, Miriam olha para a porta e vê Bernardo encostado, ouvindo toda a conversa. Ela só teve a reação de colocar a mão à boca, correr ao encontro de Jacinta, colocar seu rosto no peito dela e falar:

— Madriiiinha!!!

Jacinta percebeu que Miriam estava assombrada, voltou o olhar para a porta e viu Bernardo sorrindo. Jacinta disse:

— Nardinho, faz tempo que você está aí, na porta?

— Sim, faz muito tempo.

— E você ouviu toda a nossa conversa?

— Sim, ouvi tudo o que vocês falaram.

— E, e, e, e o que você vai fazer?

— Primeiramente, vou dar uma surra em Mira.

Neste momento, Miriam caiu em soluço e choro, abraçada à sua madrinha e disse:

— Madrinha, estou perdida, estou perdida.

— Não, minha filha. Está tudo bem, Nardinho só está brincando, ele está sorrindo. Olha para ele, ele está sorrindo. Tudo está bem, tudo está bem. Olha para ele!

Miriam sentia-se totalmente desconcertada, seu coração estava amargurado, despedaçado, batia mais de cento e cinquenta por minuto. Sentia-se muito contrita e constrangida por seu irmão tomar conhecimento dos seus sentimentos mais profundos para com Pedro. Inadvertidamente, denunciara seus sentimentos a Bernardo e agora não sabia o que poderia acontecer tanto a ela quanto a Pedro. Em seguida, levantou seu rosto dos seios de Jacinta e olhou para Bernardo com os olhos cheios de lágrimas. Ao olhar Bernardo, viu que ele estava sorrindo e olhando para ela. Então, Bernardo disse:

— Mira, minha irmã querida. Vamos conversar agora sobre seu futuro. Quando eu perguntei a você se gostava de alguém, é porque eu já sabia que você gosta do Pedro e sei que ele gosta de você. Estou sabendo disso, mas precisávamos oficializar seu namoro diante da família. Era uma oportunidade de oficializar seu namoro, mas como você se perturbou tanto quando perguntei, achei melhor deixar este momento para depois. Eu não tenho nada contra o seu casamento com o Pedro, muito pelo contrário, tenho satisfação que vocês dois se unam, desde que você, Mira, goste dele o suficiente para se casarem. Eu nunca daria você, em casamento, a um coronel velho, feio, chato. Então, podemos oficializar seu namoro com o Pedro no almoço de amanhã?

Miriam saiu correndo dos braços da sua madrinha e caiu nos braços de seu irmão Bernardo. Ainda chorando e soluçando ela disse:

— Nardinho, é o que eu mais quero. Quero o Pedro para ser meu marido.

Bernardo disse:

— E o Pedro quer a mesma coisa?

Ela respondeu:

— Pedro me disse que quer se casar comigo.

— Então, podemos oficializar seu namoro com ele e, no Natal do ano que vem, nós faremos o casamento, com padre e tudo. Pode ser assim?

Miriam voltou a abraçar o irmão e beijava suas faces de alegria.

— Nunca pensei que você fosse ser tão bom para mim, você é um homem bondoso.

— Mira, tudo o que estou fazendo para você é o que nosso pai

Zeca e nossa mãe Fina fariam. Estou apenas fazendo o que eles gostariam de fazer por você.

# CAPÍTULO 8 — PEDIDOS DE NAMORO

No dia seguinte, dia de Natal, também ninguém trabalhou na fazenda Padre Cícero. Quando Bernardo se levantou, verificou que todos já tinham se levantado. Antes de tomar o café, olhou para Miriam e só viu sorriso em suas faces, cheia de alegrias, fazendo suas tarefas cantarolando. Depois, olhou para a Jacinta que também estampava um sorriso longo e largo. Tudo era alegria, neste dia de Natal, em sua casa e pensou: "como seria bom se meu pai Zeca e minha mãe Fina estivessem conosco neste dia". Bernardo sentiu seu coração feliz e apaziguado, pois Miriam estava feliz, irradiava alegria e contentamento. A mesa já estava posta, sentou-se. Era sempre o primeiro a sentar, depois os outros vinham e se sentavam. Pedro era sempre o último a se sentar. Quando todos estavam sentados, Bernardo disse:

— Pedro, ontem eu disse que tinha um assunto para tratar com você. Está certo? Pois então, vou falar agora sobre o assunto.

Pedro respondeu:

— Pois não, patrão.

— O que você acha de Mira?

Pedro levou um susto danado, quase se borrou diante da pergunta, remexeu-se todo na cadeira, sentiu que seu rosto ficou todo vermelho, algo quente queimava suas faces e pescoço. Olhou assustado para Bernardo, depois olhou para o chão, depois voltou a olhar para Bernardo, tentou falar alguma coisa, engasgou-se. Então, Bernardo disse:

— Pedro, não precisa ficar nervoso. Eu fiz só uma pergunta simples, responde o que perguntei. O que você acha de Mira?

Pedro respondeu ainda muito nervoso, para não dizer desesperado:

— É... é... é... ééé uma moça honesta, éééé uma moça respeitosa, éééé uma moça bonita.

— Está certo, Pedro. Então Mira é uma moça bonita. Bonita quanto?

— Éééé muito bonita, é muito bonita, muito elegante também, é muito graciosa também, é ...

— Está bem, Pedro. Já entendi o que Mira é para você. E você gosta dela?

De cabeça baixa, olhando para o prato vazio diante de si, remexendo-se todo na cadeira, respondeu.

— Sim... sim... sim, gosto muito dela, muito mesmo.

— E você quer namorá-la?

Pedro olhou para Bernardo com olhar espantado, olhos arregalados, não entendendo bem o que aquela pergunta poderia dizer, ficou estarrecido, nervoso. Por fim, respondeu arriscando tudo sobre os seus sentimentos:

— Sim.. muito.. muito.. muito mesmo. Ah, meu padrinho Padre Cícero! Como é difícil. Quero muito namorar "dona" Mira.

— Mira, vem aqui perto de mim.

Miriam, que estava junto ao fogão, com o coração na boca ouvindo aquela conversa toda e já cheia de lágrimas que escorriam pelas faces, sentou-se ao lado de Bernardo.

— Então, Pedro. Peça a Mira em namoro.

Pedro não sabia o que fazer, o que falar, para onde olhar. Todos da família estavam diante dele, olhando para ele. Dizer que Pedro estava nervoso era pouco, estava desamparado, sentia-se solto no espaço sideral. Perdido. Seu coração estava disparado, batia mais de cento e cinquenta por minuto. Tudo escureceu diante de seus olhos, que se encheram de lágrimas e escorriam pelas faces. Tomou aquela coragem de ou tudo ou nada, levantou-se e disse.

— Mi... Mi... Miiira, você quer se casar comigo? Eu quero me casar com você! Eu quero muito me casar com você!

Miriam levantou-se depressa e foi abraçá-lo e disse:

— Sim, Pedro. Eu quero me casar com você, gosto muito de você.

Então, Bernardo disse:

— Professor Otávio, no Natal do ano que vem, vamos realizar o casamento de Mira e Pedro. Contrate o padre para fazer o casamento, vamos fazer uma festa no casamento de Mira, ela merece. O Pedro merece uma festa. "Dona" Jacinta, neste ano que começa, prepara o enxoval da Mira. Compra de tudo e do melhor. Mira e Pedro vão morar aqui conosco, vão ficar no quarto que temos para o padrinho Mundinho. É um quarto grande, o melhor que temos, vai servir para o casal. Até o Natal do ano que vem, Mira e Pedro vão namorar, namorar faz bem para o moral da gente, provoca o nosso ego, estimula muita alegria em nossos corações, deixa a gente mais leve, apesar de eu ainda não ter provado estes sentimentos.

E continuou:

— Professor Otávio, veja se há alguma fazenda à venda, vamos pesquisar. Se pudermos comprar, eu quero comprar. De preferência, quero que sejam terras contíguas à nossa. Está certo, professor Otávio?

— Sim, coronel Bernardo. Vejo que o coronel quer crescer rápido.

E Bernardo continuou:

— Hoje é dia de festa. É Natal e é dia em que se oficializou o namoro de minha irmã Mira e meu primo Pedro. Deus continua abençoando nossa casa e nossa fazenda. Graças a Deus, tudo está certo, tudo está indo pelo caminho do bem.

O Natal foi abençoado na fazenda Padre Cícero. Depois do Natal, a rotina da fazenda voltou ao normal, muito trabalho para ser feito, todos estavam muito ocupados com seus afazeres. Duas semanas depois, no horário do almoço de domingo, onde todos estavam presentes, Otávio disse:

— Coronel Bernardo, estou voltando da fazenda do coronel Frondoso.

Bernardo perguntou de maneira fria, insensível, mas seu coração disparou:

— Você foi tratar do assunto combinado no Natal?

— Sim, coronel. Tratei com o coronel Frondoso o seu namoro com a moça Raquel. O coronel Frondoso ficou muito satisfeito com o seu pedido e falou para você ir combinar o namoro com ele, tratar dos entremeios.

— Professor, o coronel pediu prazo para a minha visita?

— Coronel, o coronel Frondoso disse que o quanto antes será melhor.

— Então, apronte os cavalos que vamos partir amanhã. Vamos, eu, o professor e Mira. Quanto tempo de viagem, professor?

— Se apressarmos os passos, quase um dia, não muito além disso.

— Vamos sair de madrugada. Pedro, deixe os animais preparados.

— Sim, patrão.

Faltando uns cinco quilômetros da fazenda do coronel Frondoso, Bernardo disse a um dos seus jagunços:

— Belmiro, vai adiante e depressa e avisa o coronel Frondoso que estamos chegando.

Belmiro saiu a galope adiante e foi cumprir o mandado. Já passava das quatro horas da tarde, Bernardo e sua comitiva passavam pela porteira que adentrava a casa do coronel Frondoso. Bernardo dirigiu-se à porta de entrada da casa e quando chegou diante da porta, parou e desmontou. Assim fizeram Otávio e Miriam. Um empregado da fazenda apressou-se e recolheu os animais molhados por andarem a passos largos. Os homens de Bernardo que os acompanhavam ficaram retirados à sombra em um curral. O coronel Frondoso estava à porta da sala e falou:

— Coronel Bernardo e família, podem entrar que a casa é vossa.

Bernardo respondeu:

— Obrigado, coronel Frondoso. É uma honra estar em sua casa. Estou muito satisfeito em estar aqui.

— Sejam bem-vindos. Vamos entrar e beber alguma coisa para refrescar-nos deste calor estafante até o jantar ser servido. O coronel quer beber uma aguardente?

— Deixo a escolha para o coronel que me hospeda.

Depois que todos se cumprimentaram e se acomodaram nas

cadeiras na sala de visitas, o coronel Frondoso disse à empregada que estava esperando a ordem:

— Traga muito suco e a garrafa que está no armário.

E voltando-se para Bernardo, disse:

— Coronel Bernardo, a viagem foi boa? Tudo correu bem?

— Sim, coronel Frondoso. A viagem foi boa, chegamos no tempo estimado.

— E os negócios, coronel Bernardo, tudo anda bem também?

— Sim, os negócios estão bem, graças a Deus.

— Muito bom, coronel. De onde o coronel é?

Bernardo começou a contar sua história, mas furtou tudo sobre o cangaço, falou de Raimundo como se fosse um mascate comum, proveniente de uma família do sertão baiano. Nenhuma referência ao grupo de Lampião, pois sabia que Lampião era considerado um bandido, um fora da lei para os grandes fazendeiros do sertão. Esta história demorou quase trinta minutos de monólogo, para tanto, falou bem devagar e cheio de enfeites e travessuras. Como o coronel Frondoso conhecia a região do sertão da Bahia, a narrativa do passado de Bernardo ficou confiável e verdadeira. Então, Bernardo perguntou:

— E a história do coronel Frondoso, com certeza é cheia de aventuras?

— Não, coronel Bernardo. Sempre vivi nesta região, meu pai sempre foi fazendeiro e nunca gostou de viajar por aí, não era aventureiro. Eu já tive um pouco de aventuras, mas não como as aventuras do coronel, sou bem pacificado, tranquilo.

— Está certo, coronel. Mas, muitas coisas da vida a gente não escolhe, somos obrigados a participar, mesmo sem querer.

— É verdade, coronel.

Em seguida, Bernardo puxou o assunto que o levou até a presença do coronel Frondoso.

— Então, coronel Frondoso, mandei meu emissário, o professor Otávio, aqui em sua casa para trazer uma proposta. Estou interessado em me unir à sua filha, a jovem Raquel Frondoso. Caso seja a minha proposta também satisfatória ao coronel, podemos fechar um acordo bom para ambas as partes, pois tive bons olhos para sua preciosa filha e não poderia ser diferente a minha propositura se não fosse a de proporcionar a felicidade a ela. Minha vontade e minha intenção em me unir em matrimônio à sua filha, são de proporcionar felicidade a ambas as partes, sua filha querida e a minha pessoa. O coronel Frondoso faz gosto nesta minha propositura de união entre mim e sua filha, "dona" Raquel Frondoso?

— Coronel Bernardo, antes de responder à sua pergunta, necessito falar algumas coisas. Foi de grande surpresa para mim, confesso, quando recebi a visita de seu emissário trazendo sua proposta de união com minha filha Raquel. Não sei se o coronel sabe, mas tenho três filhas e Raquel é a menor delas. Todas são solteiras e é de bom costume que as mais velhas se casem primeiro, para que não haja tristeza diante das outras. Gostaria que o coronel Bernardo, claro que respeitando sua escolha, desse uma contemplação diante das outras duas e se, porventura, apreciasse a mais velha, ficaria o coronel aqui muito mais em dívida para com o coronel Bernardo. Esta minha outra proposta é viável, coronel Bernardo?

Bernardo ficou pensando alguns instantes e depois respondeu:

— Coronel Frondoso, talvez em outra oportunidade, diversa desta que estamos, eu apreciasse conhecer suas outras filhas e claro que devem ser tão belas quanto a do meu desejo. Mas eu já fiz a minha propositura, logo não posso recuar em minha decisão. Sinto muito pelas outras duas filhas do coronel Frondoso para as quais ainda não apareceram pretendentes, mas tenho certeza de que não faltarão pretendentes a elas, muito em breve. Isto não impede de que eu venha a conhecer suas outras filhas, mas a minha escolha está selada e definida. Espero agora a resposta do coronel Frondoso ao meu pleito.

— Coronel Bernardo, pensei muito sobre sua propositura e constatando, como constatei, a hombridade, a honestidade, o caráter e o respeito que todos temos para com o coronel, minha resposta é positiva. Fica o coronel Bernardo oficialmente comprometido com minha filha querida, Raquel. E como o coronel quer que se realize o evento do casamento?

— Coronel Frondoso, no Natal deste ano, vou realizar o casamento de minha irmã Miriam que está me acompanhando. Gostaria muito de realizar o meu casamento juntamente com o de minha irmã Miriam. O coronel Frondoso está de acordo?

— Coronel Bernardo, eu pensei que o casamento se realizasse aqui, em minha fazenda, pois seria o primeiro casamento de minhas filhas e isto é um grande desejo nosso. Haveria a possibilidade do coronel Bernardo agradar aos pais da noiva e realizar, nesta fazenda, o evento do casamento?

Nardinho parou uns instantes e ficou pensando em como convencer o coronel a realizar seu casamento em sua fazenda. Então disse:

— Coronel Frondoso, não gostaria de abrir mão do meu

casamento em minha fazenda. Para dividir as alegrias das famílias, posso dar uma proposta para solucionar este impasse? Podemos realizar a festa de noivado no mês de agosto, aqui em sua fazenda, assim eu e sua filha, a jovem Raquel, estaríamos comprometidos diante das famílias. O padre poderia realizar um cerimonial de noivado, seria um pré-casamento, quase casamento e tudo estaria resolvido. O coronel Frondoso poderia proporcionar uma grande festa e convidar seus familiares e amigos. O coronel Frondoso concorda?

O coronel Frondoso abaixou a cabeça e ficou pensando por uns instantes. Depois, levantou a cabeça e disse:

— O coronel Bernardo tem razão, afinal de contas é o casamento do coronel e realizar em sua fazenda é muito importante para o coronel. Fica a festa de noivado a ser realizada em minha fazenda. Estamos de acordo para o mês de agosto.

Os dois coronéis deram as mãos e selaram o acordo de cavalheiros, ou melhor, de coronéis. Durante o jantar, Raquel sentou-se ao lado esquerdo de Bernardo, que estava em uma das cabeceiras da mesa: Miriam sentou-se do outro lado do irmão e o Otávio ao lado de Miriam. Do lado de Raquel sentaram suas irmãs e depois sua mãe e esposa do coronel Frondoso. O coronel sentou-se na outra cabeceira e ficando sua esposa ao seu lado direito. Durante o jantar falaram sobre vários assuntos, dos animais que criavam, dos assuntos políticos. Sobre estes assuntos, Bernardo pouco falou, não gostava de falar em política, ainda mais que seus padrinhos haviam sido assassinados pelas polícias e pelos governadores. Bernardo sempre puxava o assunto para os negócios, venda de animais, compra de animais, raças de animais, este tipo de coisas.

Ao findar o jantar, Bernardo se levantou e retirou do bolso uma caixinha vermelha aveludada. Abriu a caixinha e disse:

— Jovem Raquel, trouxe um anel de comprometimento meu a você. Este anel sinaliza que meu amor por você é verdadeiro e real, sinaliza também que tenho o meu coração e a minha mente ligados a você. Como seu pai garantiu que você tem apreço à minha pessoa, vejo com bons olhos que este anel simbolize o nosso namoro e a nossa futura união conjugal. É do agrado da jovem Raquel receber este anel em sinal do nosso namoro?

Os olhos da Raquel brilhavam, não só pelas lágrimas que brotavam deles, mas pelo sentimento de alegria que seu coração irradiava, assim como seu corpo todo demonstrava. Ela tremia-se toda, suas mãos tremiam tanto que quase a impossibilitou de se levantar, agarrou a borda da mesa e se firmou, depois se levantou e, olhando para sua mãe, sinalizou se podia falar. Com o consentimento afirmativo de cabeça dado pela mãe, Raquel disse:

— Coronel Bernardo, fico muito honrada em receber este anel, assim como usá-lo. Usarei este anel todos os dias da minha vida, pois ele representa o meu bem querer à sua pessoa. Eu estou radiante de felicidade. O coronel é um homem muito bonito e dou graças a meu Deus e Senhor por ter-me colocado ao seu lado. Não sei o que dizer, estou muito nervosa, as palavras sumiram da minha cabeça. Mãe, o que devo falar?

E Mariana disse:

— Filhinha, você já disse tudo. O coronel Bernardo já entendeu o que você quis dizer. Fica tranquila que o coronel ainda tem algo a dizer a você.

E Bernardo disse:

— Peço permissão aos pais da jovem Raquel para colocar o anel em seu dedo.

Após o consentimento de ambos, Bernardo ainda de pé, ficou ao lado da Raquel que continuava de pé, e disse:

— Jovem Raquel, este anel representa o meu carinho e apreço para com a sua pessoa, representa também o compromisso que terei de levar a cabo em me unir em casamento com a senhorita, assim como proporcionar felicidade à sua vida como minha esposa querida. Peço permissão à jovem Raquel para colocar o anel de compromisso em seu dedo.

Raquel enxugou suas mãos no vestido que estava usando, pois elas estavam úmidas de tanta emoção. Lágrimas continuavam saindo de seus olhos, escorrendo pelas faces e caindo sobre seu vestido. Ela não sabia para onde olhar, ora para o rosto do jovem à sua frente, ora para as mãos do jovem que estavam segurando o precioso anel. Seu peito arfava de tanta emoção, não controlava mais seu respirar nem seu coração, que batia a mais de cento e setenta por minuto. O sangue subia ao seu rosto que chegava a queimar, sentia que suas faces estavam em brasas, um calor sufocante arfava seu rosto. O ar faltava aos seus pequenos pulmões. A boca ressecou, a garganta queimava. Por fim, fixou seu olhar nos olhos do rapaz e ali o descansou. Depois entregou sua mão direita toda trêmula ao jovem Bernardo.

Bernardo segurou aquela mão tão delicada, macia, seu coração não batia, trepidava, pululava em seu peito, parecia que ia subir pela garganta e sufocá-lo. O perfume que vinha da jovem entrou em suas narinas e adocicava todo o seu ser. Que perfume sublime, que aroma estonteante era aquele? Pensou ele. Bernardo tentou enfiar o anel no dedo do meio da jovem e o anel não entrava, isto deu motivo para mais nervosismo ainda do que já estava sentindo. Bernardo pensou:

"Que desgraceira, o anel não serve no dedo dela. O que faço agora?"

Por fim, a mãe, "dona" Mariana, disse:

— Coronel Bernardo, é no outro dedo. Olha para mim.

Bernardo olhou para a Mariana que indicava o dedo correto para colocar o anel. Então, Bernardo achou o dedo correto e ao colocar, disse:

— Jovem Raquel, eu, Bernardo Cardoso, entrego e coloco em seu dedo, este anel como forma de demonstrar o meu bem querer à sua pessoa. Prometo à moça que, no Natal deste ano, a receberei em minha casa como minha esposa e a farei feliz. Darei a minha vida para dar-lhe felicidade. Esta é minha promessa. Gostaria de ouvir a jovem Raquel comprometer-se para comigo. Assim ficarei muito feliz até o Natal, quando nos casaremos.

Depois que Bernardo colocou o anel no fundo do dedo de Raquel, ela, ainda olhando nos olhos do rapaz, disse:

— Bernardo Cardoso, eu, Raquel Frondoso, prometo ser sua esposa no Natal deste ano. Afirmo que estou tremendamente nervosa e trêmula, meu coração vai explodir, mas quero ser sua esposa, quero dar a você muitos filhos e quero ser feliz com você. Prometo viver com você todos os dias da minha vida. Esta é a minha vontade, este é o meu desejo do fundo do meu coração. Eu quero ser sua, toda sua para o resto da minha vida.

Enquanto os dois seguravam a mão um do outro, Raquel virou-se para sua mãe e disse:

— Mãe, quero dar um beijo nele, posso?

A mãe, sem olhar para seu marido, respondeu:

— Se o coronel Bernardo aceitar, você pode dar.

Raquel voltou seu olhar novamente para Bernardo e disse:

— Deixa-me te dar um beijo?

Bernardo não sabia o que fazer, sua alegria era tremendamente incontrolável que, simplesmente, abaixou o rosto para próximo a ela e disse:

— Jovem Raquel, você tem o direito de fazer o que quiser comigo.

Raquel abraçou apertado no pescoço de Bernardo, deu um beijo em sua face e cochichou dizendo:

— Você promete me fazer feliz?

Bernardo respondeu cochichando também:

— Prometo fazer você feliz, muito mais do que você vai me fazer feliz.

Ela respondeu:

— Estou feliz por você me querer.

Depois se separaram e as mãos voltaram a ficar presas uma na outra. Bernardo, voltando-se para o coronel Frondoso e elevando as mãos unidas, disse:

— Coronel Frondoso, gostaria que o coronel abençoasse nossa pré-união, se é gosto do coronel.

Coronel Frondoso, do lugar onde estava sentado, disse:

— Eu abençoo esta união.

Inesperadamente, Mariana disse:

— Um momento aos noivos.

Ela se levantou de onde estava sentada, foi até o jovem casal e segurando as duas mãos unidas, disse:

— Que nosso Deus todo poderoso abençoe esta união, que este casal seja verdadeiramente feliz, que Raquel e Bernardo tenham uma união cheia de carinho e amor. Que Deus abençoe seus filhos que virão, pois eles serão alegrias nesta nossa casa.

Depois Mariana deu um beijo no rosto de Bernardo e abraçou sua filha, beijando também sua face e disse:

— Raquel, acho que você vai ser muito feliz com o seu noivo, ele tem um jeito muito especial para com você e isso é um sinal muito importante, demonstra que ele gosta de você e a fará feliz. Que sua união com ele seja cheia de amor e compreensão de um para com o outro, pois o casamento representa muitas agruras e sofrimentos, mas pode ser recheado de muitos momentos de alegrias e contentamentos. Que o casamento de vocês dois seja repleto de alegrias, de compreensão, de ternura e de carinhos, de um para com o outro, pois Deus todo poderoso abençoará vocês dois.

Assim que Mariana se separou da filha, suas irmãs vieram ao seu encontro e a abraçaram desejando muita felicidade. Então, Bernardo disse:

— Coronel Frondoso, a hora está avançada e eu preciso repousar, pois as emoções desta noite me deixaram atordoado e amanhã preciso partir cedo. Quero me despedir do coronel e de sua família, pois vou me recolher. Gostaria que "dona" Mariana acolhesse minha irmã Miriam, pois eu mais o professor Otávio vamos nos juntar aos meus homens.

Então, o coronel disse:

— Coronel Bernardo, em minha casa os meus hóspedes dormem sob o meu teto. Há quartos reservados para você e sua família.

Bernardo disse:

— Fico muito agradecido ao coronel Frondoso pela consideração a mim e à minha família.

Mariana disse:

— Raquel, leva o coronel Bernardo e sua família aos seus aposentos. Em seguida, venha falar comigo.

Então, Raquel disse:

— Bernardo, meu noivo, jovem Miriam e "seu" Otávio, podem me acompanhar, por favor.

Bernardo, Miriam e Otávio começaram a seguir a jovem Raquel. A certa altura do corredor, Raquel pegou na mão de Bernardo e disse:

— Esta noite é a noite mais feliz da minha vida. Você é a causa da minha felicidade.

— Raquel, você é muito linda. Estarei esperando, ansiosamente, pelo nosso casamento, quando a terei para sempre. Quero que você se guarde para mim e me guardarei para você. Em agosto, estarei de volta para noivar com você.

Raquel disse:

— Morrerei de saudade de você. Esperarei por você. Não demore para retornar e me levar. Meus pensamentos estarão sempre em você.

— Boa noite, Raquel.

— Boa noite, Bernardo. Amanhã, nós não vamos nos ver?

— Acho que não. Vou sair muito cedo. Tenho vários compromissos para resolver e não me posso tardar.

Lá dá cozinha, ouviram Mariana chamar.

— Raquel, venha.

Então, Raquel disse:

— Boa noite a todos vocês. Até agosto.

Todos responderam ao desejo de boa noite da jovem. Raquel deu ainda um último olhar para Bernardo, com um sorriso escancarado no rosto. E o sorriso foi respondido por ele. Quatro horas da manhã, Bernardo se levanta e chama o Otávio. Este se levantou rapidamente e começaram a se vestir. Depois de se arrumarem, Bernardo foi ao quarto de Miriam e bateu à porta. Depois, disse baixinho:

— Mira, está na hora. Levanta que estamos nos aprontando para viajar.

— Bernardo, já me levantei. Não vou demorar, dê-me alguns minutos apenas.

Às quatro horas e meia da manhã, Bernardo, mais Otávio e Miriam, assim como os homens de Bernardo estavam já voltando à fazenda Padre Cícero. Durante o trajeto de volta, vieram falando sobre os últimos acontecimentos, da maneira como o coronel Frondoso os recebera, os comportamentos de Mariana e suas filhas, assim como do comportamento de Raquel, sua forma muito carinhosa para com Bernardo e sua família. A maneira como Raquel se comportou foi muito boa, mais do que esperavam dela. Otávio disse:

— Coronel Bernardo, no meu entender, a menina Raquel quer desesperadamente sair daquela casa. Acho que o coronel Frondoso não é muito querido pela menina Raquel. Você também percebeu isso?

— Sim, professor Otavinho. Eu também tive esta impressão da jovem Raquel. Acho que o Natal está muito longe para ela, vamos dizer que é quase eterno. Mas, pode também ser um exagero nosso ou, talvez, um sentimento momentâneo dela. Vamos esperar até agosto para ver o que acontece.

E Bernardo continuou:

— Mira, o que você achou das irmãs de Raquel?

— Nardinho, achei as irmãs dela muito bonitas. Não sei o porquê elas ainda não se casaram. Claro que a Raquel é a mais bonita, a mais expansiva, mas as outras irmãs são muito bonitas.

— Eu também achei as duas muito bonitas. É uma boa pergunta o porquê elas ainda não se casaram.

Otávio disse:

— Talvez seja pela maneira de ser do coronel Frondoso. Ele me pareceu ser muito autoritário, prepotente. Talvez ele não achou um coronel com qualidades ou com coragem para ser seu genro. Talvez ...

Miriam retrucou:

— Eu concordo com o parecer do professor Otávio. O coronel é muito grosso.

Chegaram por volta das seis horas da tarde, cansados e silenciosos. Jacinta e Pedro, assim como as empregadas da casa estavam ansiosamente esperando por eles. O jantar estava posto à mesa. Assim que viram o grupo passar pela porteira, Pedro correu para abrir a porteira que dava para a casa. Pedro a abriu e ficou ali esperando pelo seu amor chegar. Percebeu que Miriam estava bem, então seu coração tranquilizou-se. Assim que o grupo ia passando, Pedro perguntou:

— Coronel Bernardo, tudo bem na viagem?

— Sim, Pedro. Tudo está bem, só estamos cansados.

Quando o Otávio passou, Pedro disse:

—Professor Otávio, tudo bem com o senhor?

— Sim, Pedro. Eu estou bem, só um pouquinho de dores nas costas e no assento.

Quando Miriam ia passando, Pedro disse:

— "Dona" Miriam, a senhora está bem?

Como Bernardo e o Otávio já davam certa distância, Miriam olhou nos olhos de Pedro e disse:

— Querido, estou muito bem, e você também?

— Sim, Mira, estou bem, muitas saudades de você. Por aqui, tudo está bem agora, afinal de contas, você está com a gente novamente.

Depois que Pedro fechou a porteira, os dois se dirigiram à casa. Pedro segurou as rédeas do cavalo e seguia para a porta da casa. E disse:

— Mira, você faz muita falta para a gente. É ruim quando você não está em casa.

Miriam brincou:

— Eu pensei que fazia falta só a você, mas a casa sente a minha falta?

— Não, Mira, não. Você faz muita falta a mim.

E os dois sorriram um para o outro. Pedro ajudou Miriam a descer do cavalo, apertou-a junto ao peito e disse baixinho:

— Eu gosto muito de você.

Ela respondeu:

— Eu também gosto muito de você, Pedro.

Ela respondeu alto e todos ouviram o que ela disse. Pedro não sabia onde pôr sua cabeça, a vergonha tomou conta dele. Então, ele disse baixinho, novamente:

— "Dona" Miriam, a senhora falou alto e todos ouviram.

— Mas você não é meu namorado? Então, estou dizendo que gosto muito de você.

— Mas o coronel Bernardo ouviu tudo.

— Pedro, o coronel Bernardo sabe que eu gosto de você e que você gosta de mim. Não é segredo para ninguém, nós estamos namorando, vamos nos casar no fim do ano. E mais uma coisa, pode comprar um anel muito bonito de namoro, eu quero um anel muito bonito, está certo?

Pedro ficou estatelado. Pensou:

"De onde esta garota linda tirou esta ideia, preciso falar com o professor Otávio, ele precisa me ajudar".

A SAGA DO CANGACEIRO NARDINHO

# CAPÍTULO 9 — O CASAMENTO DE BERNARDO

Os dias foram passando, os meses foram passando. Iniciado o mês de agosto, poucos dias antes de Bernardo viajar para a cerimônia de noivado a ser celebrada na fazenda do coronel Frondoso, em um dia de domingo, logo após o jantar, quando as reuniões aconteciam, Otávio disse a Bernardo:

— Coronel Bernardo, Pedro me procurou e falou sobre um assunto muito importante. Pedro, você pode falar ao coronel Bernardo sobre o assunto que me informou?

Então, Pedro disse:

— Coronel Bernardo, neste primeiro semestre, o coronel comprou muito gado, ainda que não tenha dobrado ao número do Natal passado. Mas tenho observado que a fazenda não está aguentando tanto gado e cabritos. Nesta temporada, a quantidade de chuvas não foi como nos anos anteriores e o capim não cresceu como antigamente, apesar de termos feito o rodízio das mangas. Sugiro que devamos aliviar o número do gado e dos cabritos. Estamos com um mil e duzentas cabeças de rês e quinhentos e cinquenta cabritos. É uma quantidade muito grande para que as mangas se recuperem em razão da falta de chuva. A estiagem está muito forte este ano. Se tivesse chovido, não haveria problemas, mas isto não aconteceu.

Então, Bernardo disse:

— Professor Otávio, o professor verificou se há terras à venda por esta região? Não pode ser muito grande porque o nosso caixa não está tão alto para comprar grande quantidade.

— Só há as terras do coronel Santiago Mesquita à venda, deve ter uma légua e pouco daqui. Está mais para o fundão, mas as terras são boas e são mais planas que as nossas. Tem água que é o mais importante e tem uma casa grande em boas condições, pois o coronel mora lá.

— E por que o coronel está vendendo suas terras?

— Não conversei com o coronel, mas a minha fonte disse que seus filhos foram para a capital e nenhum quer dar continuidade aos negócios do pai.

— Então, professor, você pode assuntar junto ao coronel Santiago a possibilidade de vender estas terras para mim? Você sabe o tamanho delas? Gostaria que o professor desse uma olhada para ver se são boas.

— Deve ter entre sessenta a oitenta alqueires. Vou assuntar com o coronel Santiago amanhã mesmo. Depois te informo sobre o que acordamos. Até quanto você pode chegar no preço?

— Bem, se a fazenda do coronel Santiago chegar a cem alqueires, vamos dizer que você pode chegar até duzentos mil réis. Se tiver oitenta alqueires, você pode chegar a cento e setenta mil réis. Se for só sessenta alqueires, não passa de cento e trinta mil réis. E pede prazo, porque vamos ter que vender nossos animais para chegar ao montante de duzentos mil réis. Faça o melhor para nós, professor Otávio. Confio plenamente em sua negociação.

Três dias depois, Otávio retorna à fazenda pouco antes do jantar. Descansou da viagem, pois ficara sobre o cavalo o dia todo e precisava descansar. Tomou um chá para aliviar as dores das costas e foi repousar por uma hora. A idade já cobrava o preço do abuso da juventude. Ao terminar o jantar, Otávio puxou o assunto. Todos estavam presentes e Otávio disse:

— Coronel Bernardo, a negociação foi dura, o coronel Santiago não tem muita estima pelo coronel Bernardo. Foi exaustiva. Ele tem noventa e cinco alqueires e iniciou o preço em duzentos e oitenta mil réis. Como ele começou com valor alto, então eu comecei com o valor baixo. Contraofertei com cento e cinquenta mil réis. Ele quase me pôs para fora de sua casa. Realcei que estávamos negociando e que, assim como ele se chateou com o meu preço, eu também me chateei com o valor dele por ser muito alto para o momento do mercado. Depois de muitos lances e contra lances e discussão, chegamos ao preço de duzentos mil réis e o prazo máximo que ele deu foi de seis meses para receber o restante de trinta mil réis, praticamente não deu o prazo. Para isso, ele exige uma parte hoje, no fechamento do negócio, a outra parte, na escritura e os trinta mil até o vencimento deste prazo. As condições que ele nos impôs não ajudaram muito.

Bernardo disse:

— A fazenda dele tem pretendentes?

— Não consegui identificar se tem pretendentes, mas posso dar um pulo lá em Cabrobó e dar umas ouvidas. Quem sabe eu fique sabendo de alguma coisa.

— Professor, amanhã mesmo o professor dá um pulo na cidade. Se tiver alguém interessado, então temos que correr e fechar o negócio. Caso não tenha interessado, podemos ratear mais. Professor, dê umas orelhadas pela cidade e veja se descobre alguma coisa a nosso favor. Outra coisa, professor, precisamos do padre para abençoar o meu noivado, veja com o padre Humberto para estar presente na fazenda do coronel Frondoso.

— Sim, coronel Bernardo. Vou dar umas sapeadas por lá. Tenho alguns conhecidos para perguntar. E vou conversar com o padre Humberto.

No fim de semana seguinte, era a festa de noivado de Bernardo e Raquel. Bernardo passou esta semana muito nervoso, tenso, comprou outro anel para sua noiva, mas, ainda assim, estava insatisfeito com alguma coisa que não conseguia saber ou descobrir. De passagem pela igreja, entrou e rezou algumas orações que sabia de cor, depois rogou pela felicidade de seu casamento e, por fim, foi falar com o padre Humberto.

— Boa tarde, Padre Humberto. Sábado que vem haverá uma festa de noivado na casa do coronel Frondoso. Sua mulher, "dona" Mariana, pediu-me para chamá-lo para abençoar o noivado de sua filha. Posso confirmar à "dona" Mariana a sua presença para a bênção?

— Sim, pode sim. "Seu" Otávio esteve aqui e já me avisou também.

— Padre Humberto, "dona" Mariana pediu segredo. Por favor, não comente com ninguém.

— Coronel Bernardo, também fui avisado do segredo pelo "seu" Otávio.

— Então, ficamos agradecidos pela presença do padre Humberto. Até mais, padre.

— Até mais, coronel Bernardo.

Depois que saiu da igreja, Bernardo foi até a loja do relojoeiro e foi escolher o anel de ouro para o seu noivado. "Seu" José, o relojoeiro, mostrou aproximadamente vinte anéis de ouro. Bernardo tinha que escolher um que coubesse no dedo da noiva, para isso já tinha a medida do anel anterior.

— "Seu" José, não gostei destes anéis que me mostrou. Preciso de um anel de ouro do mesmo tamanho que levei da outra vez. Dê-me algumas amostras para eu escolher um.

— Coronel Bernardo, vou te mostrar três anéis com o mesmo tamanho de argola. Qualquer um destes que vou mostrar, a noiva vai gostar.

O relojoeiro José escolheu três anéis em seu cofre e disse:

— Escolhe um, qualquer um ela vai gostar. De cada um destes, não tenho outro, não tenho outro anel do mesmo modelo, isso é muito importante para as moças daqui. A exclusividade é muito apreciada pelas moças ricas da região. Tenho certeza absoluta que a noiva apreciará qualquer um deles que o coronel levar. Estes três anéis são de grande apreciação, mas o preço tem descartado as compras.

Depois de alguns instantes, Bernardo escolheu um dentre os três anéis e disse:

— Escolho este porque é rubi, o vermelho chama muito mais a atenção. Mais uma coisa, "seu" José. Quero uma aliança para dezembro, pois vou me casar. Quero que coloque rubis e esmeraldas na aliança. Dá para fazer assim?

— Coronel Bernardo, o que o coronel pedir, eu faço.

— "Seu" José, ficamos assim combinados. Providencie a caixinha e a embalagem para este anel que vou levar. A aliança pode providenciar também. E mais uma coisa, quero outra aliança com rubi, do mesmo tamanho da argola, também para dezembro. "Seu José", vou pedir um grande favor, não fale para ninguém sobre o meu noivado e meu casamento. Estou fazendo algumas negociações e é muito importante o sigilo da minha vida particular. Posso confiar no senhor?

— Totalmente, coronel Bernardo. Farei as alianças conforme mandou. Fique tranquilo, tudo estará pronto até dezembro.

— Obrigado, "seu" José. Boa tarde. E passe bem.

Pronto. Bernardo ficou mais tranquilo, pegou o anel de noivado e guardou-o no bolso do paletó. Praticamente fez tudo o que precisava para o noivado. Foi encontrar-se com seus homens e retornou para casa e, logo em seguida, seguiria para a fazenda do coronel Frondoso.

Três dias depois, Bernardo e sua comitiva, formada por Miriam, sua irmã, professor Otávio e sua esposa Jacinta, seu primo Pedro e mais oito homens de segurança, seus jagunços, chegaram à fazenda do coronel Frondoso. Era sexta-feira, passava das cinco da tarde. Assim que passaram pela última porteira, já no terreiro da casa grande, desceram do lombo dos animais e foram recebidos pelo coronel Frondoso, mais sua esposa, Mariana, e dois empregados que recolheram os animais. Seus jagunços desceram as malas que estavam sobre os animais e colocaram na varanda da casa e depois se dirigiram para um barraco, um galpão que estava a cento e cinquenta metros da casa grande e ali se recolheram como foi da vez anterior.

Após todos se cumprimentarem, ainda na recepção, Mariana disse:

— Coronel Bernardo, estamos felizes pela sua visita e da sua família. Gostaríamos que vocês tomassem um suco para refrescar e os banhos já estão preparados. A casa de banhos já está preparada, com as tinas prontas para seus banhos antes do jantar. Vamos entrar e tomar o suco, por favor.

— "Dona" Mariana, agradecemos sua preocupação para comigo e minha família. Sim, estamos muito cansados da viagem, afinal de contas, apesar do frio, o desgaste é grande. Podemos tomar o suco e, em seguida, os banhos.

Mariana continuou:

— "Dona" Jacinta e menina Miriam, depois do suco, vocês me acompanham que vão tomar banhos em meus aposentos. Lá é muito mais confortável.

Jacinta disse:

— Obrigada, "dona" Mariana. A senhora é muito gentil. Sim, precisamos de um banho urgente.

Na mesa do jantar, o coronel Frondoso sentou-se em uma ponta da mesa e Nardinho na outra ponta. Do lado direito do coronel Frondoso sentaram-se, primeiramente, sua esposa Mariana, depois suas três filhas, sendo que a jovem Raquel se sentou na última cadeira, ao lado esquerdo de Bernardo. Do lado direito de Bernardo sentaram-se, Miriam, depois o Otávio e Jacinta e por último Pedro. Então o coronel Frondoso disse:

— Coronel Bernardo, o coronel está preparado para realizar o seu noivado com a minha filha Raquel?

— Coronel Frondoso, desde a minha última visita à sua casa, estou preparado.

— O coronel está providenciando a festa para o casamento também?

— Coronel Frondoso, tudo já está pronto para o casamento. Algumas providências já foram tomadas e as outras estarão prontas antes de dezembro chegar. Enfim, os preparativos estão bem encaminhados para nosso casamento.

— Muito bom, coronel. Sinto que o coronel não gosta de perder tempo, nem negócios. Admiro suas qualidades, coronel.

— Eu também tenho admiração pelas decisões do coronel Frondoso.

Houve um silêncio. Depois de alguns instantes, Bernardo sentiu que tocaram em seu pé e ouviu a jovem Raquel falar ao seu lado, bem baixinho:

— Fiquei com saudades do meu noivo Bernardo. Fiquei esperando por sua visita este tempo todo. Não gosta mais de mim?

Bernardo também respondeu baixinho.

— Também senti saudades suas, Raquel. Não consegui me ausentar da minha fazenda. Estou com várias negociações e não pude visitar você. Estou gostando ainda mais da jovem do que da última vez em que estive aqui. Você está ficando encorpada, mais bonita ainda. Está uma mulher encantadora, você me encanta muito.

— Posso fazer um pedido muito especial? Gostaria de ir embora com você. Peça aos meus pais para me autorizarem a ir com você, afinal de contas vou ser sua mesmo. Você não me quer agora?

— Sim, eu quero você agora.

Bernardo abaixou a cabeça e ficou em silêncio por alguns instantes e retornou o diálogo:

— A jovem Raquel tem certeza do que está me pedindo? Absoluta certeza?

— Sim, tenho certeza total. Meu coração anseia para estar com você. Não aguento mais ficar longe de você. Se for do seu agrado e bem-querer, gostaria muito que me levasse com você, amanhã. Não tenho vontade de ficar um dia a mais nesta casa. Estou ficando desesperada para me casar com você o mais breve possível.

Todos ainda estavam comendo, quando Bernardo disse:

— Coronel Frondoso, não obstante o meu compromisso com o coronel e com sua filha Raquel, eu gostaria de mudar algumas condições do nosso combinado, desde que o coronel concorde.

O coronel Frondoso parou de comer, deixou os talheres ao lado do prato, juntou suas mãos à mesa e, olhando frontal e profundamente nos olhos de Bernardo por alguns instantes, jeito muito comum de mostrar descontentamento por um coronel, respondeu:

— Coronel Bernardo, não gosto de mudar as condições quando já fechei o acordo. Como o noivado de minha filha é o nosso primeiro acordo pactuado, vou fazer uma exceção em ouvir a sua nova proposta, deixando já avisado que tenho o total direito de recusar, seja qual for a sua nova proposta. Pode dizer as suas novas condições agora.

Esta resposta dada pelo coronel Frondoso entristeceu muito o coração de Bernardo, sentiu que a sua pessoa não tinha tanta consideração do coronel Frondoso. Então, tomando coragem e vontade para fazer sua comunicação e decisão, disse:

— Coronel Frondoso, também não gosto de mudar aquilo que já acordei. Mas a pedido de uma pessoa muito importante para mim, deixei-me levar e vou fazer o seu pedido como meu pedido. O essencial não será mudado, apenas um detalhe, ainda que importante. Gostaria de alterar uma condição do meu compromisso com o coronel e com sua filha Raquel. Gostaria de alterar a data do nosso casamento para amanhã, ao invés de noivarmos amanhã, faríamos a celebração do nosso casamento. Claro que desde que o coronel Frondoso aceite.

Caso contrário, desconsidere o meu pedido e manteremos as nossas condições já pactuadas e acordadas. O coronel tem alguma coisa a dizer?

Depois de alguns instantes, diante de um silêncio ensurdecedor, o coronel disse:

— Coronel Bernardo, vejo que o coronel está ansioso demais para apressar seu casamento. Como o coronel já havia pronunciado que o casamento seria em sua fazenda, não organizei uma festa condizente a um casamento, assim, se o casamento de minha filha for realizado amanhã, a festa ficará muito aquém comparada com a que se fosse proporcionada pelo coronel Bernardo.

— Coronel Frondoso, deixemos de lado a festança e pensemos somente na felicidade do casal. Estou disposto a realizar o meu casamento em sua fazenda, independentemente de festa, de convidados ou qualquer outra coisa, desde que minha noiva tenha a sua vontade realizada. Esta é a minha vontade, a vontade de minha futura esposa. Seja a festa aqui, em sua fazenda, ou acolá, em minha fazenda. Não importa o local ou data, só importa a vontade de minha noiva, a sua filha. Posso passar a ela a palavra final ou o coronel quer manter a sua palavra como final?

— A ideia de mudar é de minha filha, coronel Bernardo?

— Coronel Frondoso, a mudança é minha vontade, mas podemos deixar para a minha noiva decidir qual é a vontade dela? A palavra dela é definitiva para mim, claro que desde que o coronel Frondoso aceite estas condições.

Coronel Frondoso se acomodou no encosto da cadeira e ficou olhando nos olhos do coronel Bernardo, que também não tirou o seu olhar. Olho no olho, durante alguns instantes como forma de mostrar autoridade. Prepotência pura. Marrudeza de orgulho. Por fim, o coronel Frondoso disse:

— A mãe Mariana resolve a questão. Ponto final.

Então, Bernardo, sentindo-se menos embaraçado com o enlace da questão, disse:

— "Dona" Mariana, mãe de minha noiva, peço, encarecidamente, que reconsidere a data do nosso casamento, ao invés de dezembro deste ano, no Natal, em minha fazenda, que seja feito amanhã, aqui na fazenda do coronel Frondoso. Podemos aceitar esta nova data como acertada?

Mariana, de lágrimas jorrando dos seus olhos e rolando pelas faces, muito contrita, respondeu:

— Coronel Bernardo, eu aceito as novas condições do casamento de minha filha. Se o noivo propõe uma nova data e se minha filha está de acordo, os pais dela estão de acordo, pois é a vontade de Deus que ouviu as preces de minha filha.

Bernardo voltou a dizer:

— Coronel Frondoso, neste caso em que as partes chegaram a um novo acordo e vendo que os pais de minha noiva prepararam uma festa de noivado, que agora servirá para uma de casamento, eu declaro o meu contentamento diante deste novo acordo. Fico eternamente grato aos pais de minha noiva Raquel pela permissão concedida para a realização do nosso casamento, amanhã, na fazenda do coronel Frondoso. Eu e minha família sentimo-nos muito horados e agradecidos por realizar a festa de meu casamento em sua fazenda, coronel. Há alguma coisa que o noivo possa fazer a gosto da família de minha noiva?

Mariana respondeu:

— Coronel Bernardo, tudo já está preparado. A não ser que o noivo tenha alguma coisa diferente que queira fazer.

— O noivo não tem nada diferente, "dona" Mariana. Estou completamente satisfeito com as providências que a família Frondoso tomou. Nada há a acrescentar.

Respondeu Bernardo. Neste instante, Raquel levantou-se e deu um abraço em Bernardo e ainda abraçados, disse:

— Meu noivo me honrou mais uma vez. Só tenho a agradecer e colocar toda a minha vida a seu dispor. Muito obrigado, Bernardo, meu noivo. Cada vez mais admiro sua honra, seu caráter diante desta sua noiva que muito o aprecia e considera. Não tenho palavras para demonstrar os meus sentimentos diante de sua pessoa, amado noivo.

E o jantar continuou sem mais diálogo. O clima foi aos poucos se amenizando e por fim, Miriam disse:

— Raquel, gostaria de conhecer seu quarto. Você pode me mostrar?

As duas tinham quase a mesma idade, Miriam era mais nova em quase um ano e a espiritualidade era a mesma. Curiosas, inteligentes, espertas, cheias de energia.

— Sim, Miriam. Vamos então ao meu quarto que vou mostrar tudo o que tenho.

As duas saíram, pois o jantar já havia acabado. O coronel Frondoso convidou Bernardo para conversarem na sala de estar. Chegando lá, coronel Frondoso disse:

— Coronel, como vão os seus negócios?

— Coronel Frondoso, meus negócios estão bem, não como eu queria, mas dentro das possibilidades.

— E o que o coronel queria a mais que não está chegando até lá?

— Preciso de mais terras, coronel Frondoso. Meu gado cresce, meus cabritos crescem, os outros animais crescem e para tanto preciso de mais terras e a chuva não foi como nos outros anos.

— E o coronel Bernardo já procurou por novas terras?

— Estou procurando, coronel Frondoso. Mas as terras estão muitas caras, hoje em dia. Os proprietários estão pedindo uma fortuna pelas suas terras.

— Coronel, a terra está sendo muito valorizada. Quem tem terra não quer se desfazer dela, é um bem muito precioso.

— O coronel Frondoso sabe de algum proprietário que quer vender suas terras?

— Coronel Bernardo, como eu não estou procurando por mais terras, então não tenho conhecimento de quem está vendendo seus bens.

— Está certo, coronel Frondoso. Está certo.

A conversação continuou com o preço das terras, depois foi para gado e os outros animais. Coronel Frondoso sempre reclamando do preço baixo para o produtor rural. Depois eles conversaram sobre outros assuntos e, por fim, o coronel Bernardo disse:

— Coronel Frondoso, desculpe-me, mas preciso ir para a cama, estou muito cansado. O coronel me dá licença?

— Sim, coronel Bernardo, é claro.

Então, o coronel Frondoso chamou pela sua esposa:

— Mariana, por favor, o coronel Bernardo está cansado e quer descansar.

Mariana conduziu os convidados para seus respectivos quartos, menos a Miriam que dormiu no mesmo quarto que a Raquel. As duas conversaram por muito tempo, às escuras e bem baixinho para que não as ouvissem. Raquel fez muitas perguntas a Miriam sobre Bernardo, não poderia ser diferente, queria conhecer seu futuro esposo mais amiúde. Miriam respondia da melhor maneira possível, pois não queria dar nem tirar as expectativas da noiva. Raquel perguntou:

— Miriam, como é o jeito de Bernardo em casa? Ele é muito bravo, é nervoso, é estúpido?

— Raquel, você não precisa se preocupar com este tipo de atitude por parte de Nardinho. Ele é muito tranquilo. Não é bravo nem estúpido. Pelo contrário, ele é uma pessoa gentil. Mas tem um problema.

— Tem um problema? Que tipo de problema? Ele é muito raivoso?

— Não, Raquel. O problema é que ele é muito quieto, precisa ser cutucado para falar.

— Ahhh, bom. Que susto que você me deu. Ufa! Tremi-me toda quando você falou que ele tem um problema. Ser quieto não é problema, vou cutucá-lo o tempo todo, ele vai ficar falante. Kkkk.

— Falei isto porque meu noivo também é quieto demais e preciso cutucá-lo a toda hora para ele falar alguma coisa do seu coração. Fico insistindo e isto cansa a gente. É só isto. Kkkk.

— Mas não vai me cansar, sou muito bagunceira e vou fazer ele rir bastante. Você vai ver. Kkkk.

— Então vamos fazer um acordo, nós duas vamos cutucá-los

bastante, assim uma ajuda a outra.

— Kkkk. Sim, vamos juntar nossas forças contra eles, os quietinhos.

No dia seguinte, às sete horas da manhã, o café foi servido. Todos tomaram o café juntos, sem discriminação, sem rodeios. Após as oito horas, o coronel Frondoso saiu para confirmar se tudo estava de acordo com as suas orientações. Mandou alguns de seus homens convidarem alguns familiares que não tinham sido convidados, assim como alguns conhecidos. Mandou buscar mais aguardente e cervejas no povoado mais próximo, assim como contatou algumas senhoras que faziam bolos para que fizessem vários bolos. Mandou que matassem alguns animais a mais em razão dos novos convidados. Por volta de uma da tarde, o padre chegou e Mariana foi comunicar a mudança do cerimonial. O ato cerimonial começaria às quatorze horas, então as providências estavam sendo tomadas rapidamente.

Prepararam um terreiro com cadeiras e bancos improvisados e, também, várias outras cadeiras diferenciadas, onde sentaram os familiares e outras duas foram colocadas diante de uma mesa que serviu como altar. Todas as mesas foram cobertas por toalhas brancas, frutas e outros comestíveis. Às quatorze horas, Bernardo, já preparado, foi se colocar em seu lugar, assim como toda a sua família posicionou-se nas cadeiras identificadas. Quinze minutos depois, o coronel Frondoso chega com sua família, tomam posse das cadeiras diferenciadas, restando somente a noiva e a sua mãe.

Com meia hora de atraso, a mãe tomou o seu lugar e a noiva, a jovem Raquel, saiu pela porta da sala e dirigiu-se ao terreiro, onde estavam acomodados os móveis e as pessoas. Andou bem devagar, como se aquele ato cerimonial fosse um grande evento de sua vida e foi aplaudida por todos os convidados. Caminhou de cabeça erguida, sorriso contido, mas, do fundo do seu coração, a alegria jorrava, sabendo que sua liberdade estava a pouco mais de meia hora, olhos nos olhos do noivo e foi postar-se em seu lugar, ao lado do noivo. Assim que se aproximou, agarrou as mãos do noivo, ainda olhando em seus olhos, disse bem baixinho, o que somente Bernardo poderia ouvir:

— Hoje é o dia mais feliz da minha vida. Bernardo, meu noivo, você é a razão desta minha felicidade. Saio da escravidão para a liberdade, saio da tristeza para a alegria. Saio da dor para o conforto. Muito obrigado, meu Bernardo, por abrir as portas da alegria para o meu coração sofrido e amargurado. Você é a razão da minha alegria. Vou ser sua esposa por completo e quero você como meu esposo por completo. Ter você em minha vida é como ter o ar que respiro, o sol que clareia tudo e me faz ver as cores que emanam das flores e fazem meus olhos brilharem e os frutos que me alegram. Você é tudo o que quero, você é tudo em minha vida. Você é a razão do meu viver. É assim que vejo você diante de mim. Uma nova vida terei a partir de agora. Estou ansiosa por unir-me a você, pertencer somente a você e à nossa nova família, que construiremos neste momento. Eu te amo muito.

Então, Bernardo disse:

— Raquel, de onde você tirou tudo isso? Eu não tenho jeito com as palavras. Meus sentimentos, eu os guardo dentro do meu coração, mas fique sabendo que, mesmo não podendo dizer tudo isso que você acaba de me falar, você é tudo para mim, é o meu sol, o meu ar, é o meu encanto e a razão de meu viver. Não sei mais o que dizer, pois meus sentimentos estão tão fortes em meu coração que ele bate a mais de duzentas vezes por minuto. Você é a noiva mais linda de todos os tempos. Quero viver minha vida com você. Eu também te amo.

O padre estava sentado em uma cadeira ao lado, levantou-se e deu início ao cerimonial. O padre falou belas palavras e por fim os noivos juraram fidelidade, compreensão e amor eterno. Bernardo tirou do bolso o anel de noivado e o colocou no dedo da outra mão, como se fosse aliança de casamento. Ao final, Bernardo abraçou a noiva e deu um beijo em seus lábios, ovacionados pelos convidados. Por fim, os noivos receberam as congratulações dos familiares e convidados e foram sentar-se em duas cadeiras postadas junto a uma mesa com comezainas. Depois de terem recebidos os cumprimentos dos amigos e convidados, Raquel disse:

— Nunca vou esquecer o que me fez ontem e hoje. Sempre te lembrarei e a mim também, que o nosso amor é maior que qualquer desavença, qualquer impedimento, qualquer conflito que venhamos a ter, porque você provou a mim que me ama e lutará sempre para eu estar ao seu lado. Você é o homem que sempre sonhei para me fazer feliz. Você é o homem que sempre esperei encontrar para a minha vida. Deus fez maravilhas quando você foi me pedir em namoro. Chorei por vários dias depois que você foi embora, agradecendo sempre a Deus pela grande dádiva que Ele me deu, você, Bernardo. Quero viver toda a minha vida ao seu lado, ser sua esposa fiel e completa. Não preciso de mais nada. Estou saindo da prisão, do sofrimento, da tristeza para viver no paraíso, na felicidade, junto de você, meu Bernardo.

Estas palavras todas, novamente, emocionaram Bernardo de tal forma que lágrimas brotaram de seus olhos e escorreram pelas faces. Depois de alguns instantes, Bernardo disse:

— Minha felicidade não é completa porque faltam os meus pais e os meus padrinhos. Caso contrário, eu seria o homem mais feliz da face da terra, porque você está ao meu lado, você é a mulher mais encantadora que conheço. Raquel, muito obrigado por ser minha esposa. Tenho a certeza absoluta que nossas vidas serão maravilhosas, seremos felizes.

Raquel disse:

— Bernardo, meu marido. Que Deus todo poderoso ouça as suas palavras e diga amém.

Os dois se abraçaram e se beijaram. Depois de ficarem uma hora juntos conversando e acariciando-se, depois que se alimentaram, Bernardo disse:

— Raquel, preciso dar umas voltas, assim como você também. Vamos mostrar a este povo que estamos felizes, que juntos somos as pessoas mais felizes e separados somos independentes e comprometidos. Vá conversar com sua família e amigos. Puxa a Miriam para ficar ao seu lado, pois ela está sozinha e precisa de companhia. Miriam será sempre uma boa companhia para você. Depois que você a conhecer melhor, verá que ela será sempre muito amiga sua, muito confiável, pois esta é a característica muito forte nela.

— Sim, meu querido. Vou mostrar a todos que estou feliz, principalmente ao meu pai carrasco. Vou levar e ficar com a Miriam o tempo todo, isto mostra que agora tenho uma nova família, uma família alegre, uma família de verdade.

Esta palavra "carrasco" deixou Bernardo assustado, preocupado, esta forma de Raquel adjetivar seu pai foi uma pancada em sua cabeça. O que sua jovem esposa quis dizer com isso? Ficou a apreensão para ser sanada depois. Nesta noite, os dois dormiram no quarto em que Bernardo se hospedou, acarinharam-se bastante, muitos beijos e cheiros, enfim conheceram as formas dos corpos amantes, não tiveram sexo, ficou para quando chegassem à fazenda Padre Cícero, pois Raquel não quis que seu filho fosse concebido neste lugar de calvário.

Logo pela manhã, antes das seis horas, Raquel e Bernardo e sua família, mais seus homens tomaram o rumo de sua fazenda. Durante a viagem, Raquel e Miriam permaneceram juntas, inclusive descansaram próximas. Falavam vários assuntos, uma querendo saber das coisas da outra. Um dia de marcha não tão acelerada. Assim que chegaram à fazenda Padre Cícero já passava das seis horas da tarde, já estava anoitecendo. Jacinta sentiu demais esta viagem e disse ao seu marido:

— Otavinho, não me leva mais para viagens tão longas, não aguento viajar como antigamente.

— Sim, querida. Vou estar atento a isto, prometo não levar mais você para tão longe. Nem eu mesmo aguento mais estas viagens, estou quebrado.

Assim que Jacinta desceu do cavalo, esperou a firmeza das pernas para andar e depois andou cambaleando, apoiada no ombro da empregada, conforme os passos das pernas. Depois foi orientar as senhoras que cuidavam da casa, para providenciarem água quente para os banhos e chamou Miriam.

— Mira, você pode me ajudar a arrumar o quarto do coronel Bernardo e da "dona" Raquel? Não estava prevista a vinda da "dona" Raquel. Vamos ter que dar uma ajeitada e amanhã a gente termina. Vamos?

— Sim, "dona" Jacinta. Vamos arrumar enquanto "dona" Raquel está conversando com o coronel Bernardo.

Assim que terminou de beijar e abraçar Bernardo, Raquel foi procurar pela Miriam e foi encontrá-la no quarto do esposo, juntamente com a Jacinta. Então, Raquel disse:

— Mira, o que vocês estão fazendo?

— Estamos arrumando o seu quarto e do coronel Bernardo.

— Mira, não precisa arrumar nada, não preciso que arrume nada. Deixa tudo como está. Eu estou cansada e vocês duas estão também. Então vamos descansar, amanhã a gente mexe com isso. Vamos preparar o jantar para nós e para os homens desta casa.

Miriam olhou para Jacinta, olhar de espanto, pois esperava que a esposa de seu irmão fosse uma pessoa mais pomposa, arrogante e estava vendo o contrário. Então disse:

— "Dona" Jacinta, a "dona" da casa está mandando nós duas para a cozinha. Vamos preparar o jantar.

Raquel imediatamente retrucou:

— Não! Não! A "dona" da casa, não. Eu não sou mais "dona" da casa do que cada uma de vocês. Somos uma família e, mais, eu disse vamos para a cozinha e não vão vocês para a cozinha. Está certo? Nossos homens precisam comer e descansar e nós três vamos preparar o jantar para eles. Nós três temos os nossos homens trabalhando o dia todo, então precisamos alimentá-los e depois nós vamos acarinhá-los.

Então, Miriam disse brincando:

— Eu ainda não me casei. Só em dezembro, no Natal.

Raquel perguntou, enquanto se dirigiam para a cozinha:

— Quer dizer que teríamos dois casamentos no Natal? Bem, agora vamos ter só o seu, Miriam. Você vai ser a única a se casar no Natal, você poderá ser radiante neste dia, quando ele chegar.

— Então, era para sermos nós duas, agora que você furou o nosso Natal, vai ser só o meu. KKKK.

As três mulheres riram e foram para a cozinha preparar o jantar. Durante o jantar houve muita falação de todos os presentes, falação sobre o casamento, sobre a festa do casamento, sobre o futuro da fazenda e tudo mais. A cada assunto que Raquel não tinha conhecimento, Bernardo ou Miriam explicavam detalhadamente para que ela ficasse inteirada. No fim do jantar, Bernardo disse:

— Raquel, tenho dois assuntos que quero te deixar a par. Primeiramente, estamos negociando a compra de uma fazenda e tudo indica que, dentro de quinze dias, fecharei o negócio. A princípio, vamos ter que vender boa parte do nosso gado e cabritos para fechar a compra da fazenda, para completar o dinheiro. Ela tem uma légua de distância daqui, é pertinho. Segundo, preciso que você aprenda com a Miriam as contas da fazenda, quero que você cuide desta parte, as contas. Tudo bem para você?

— Bernardo, eu não sou boa de contas, sei ler e escrever um pouco. Preciso aprender tudo isso primeiro.

— A Miriam vai te ensinar tudo o que você precisa. É importante que as duas corram com isto, porque a terceira coisa que preciso falar é que Pedro vai cuidar da outra fazenda. E como Pedro e Miriam vão se casar no final do ano, a Miriam deverá acompanhar o Pedro para lá, por isso preciso que você, Raquel, aprenda rapidamente a fazer as contas desta fazenda. Miriam vai fazer as contas da outra fazenda. Eu preciso dos livros das duas fazendas registrando tudo o que ocorre nelas. Tudo bem para vocês, Pedro, Miriam e Raquel?

Pedro não sabia desta decisão do chefe Bernardo. Tomou um susto quando ouviu Bernardo dizer que ele tomaria conta sozinho. Então, Pedro disse:

— Coronel Bernardo, quem vai cuidar dos homens desta fazenda aqui, já que eu terei de cuidar dos homens da fazenda de lá?

— Pedro, a princípio vou cuidar desta fazenda. Mas há algum empregado que tenha condições de ser capataz?

— Sim, temos dois vaqueiros que sabem ler e escrever e fazer contas. Eles têm condições de ser capatazes.

Bernardo disse:

— Então, você leva um para te ajudar e eu vou fazer do outro o capataz daqui. Assim não preciso ter que acompanhar os empregados diariamente.

— Sim, coronel Bernardo. Vou levar um para ser o capataz na outra fazenda.

Três semanas depois, Bernardo e o Otávio foram fechar a compra da fazenda "Cabeça de Porco" pertencente ao coronel Santiago. Assim que chegaram à fazenda, o coronel Santiago foi avisado que o coronel Bernardo tinha chegado. O coronel Santiago apareceu pela porta da sala e cumprimentou Bernardo de forma ríspida e seca.

— Bom dia, coronel Bernardo.

— Bom dia, coronel Santiago. Faz muito calor hoje, heimmm?

— O calor é importante para nós.

Esta recepção fria e seca despertou a curiosidade de Bernardo, que fez diversas perguntas, mas por fim desistiu de ser amigo do coronel. Bernardo disse:

— O calor judia dos animais, embora seja bom para a terra lavrada. O ideal é que chova e faça sol.

— O coronel disse tudo.

Já estavam os três sentados nas cadeiras da sala da casa do coronel Santiago, quando Bernardo disse:

— Coronel Santiago, soube que o coronel está interessado em vender suas terras. Acho que podemos fazer um bom acordo sobre estas terras. Meu amigo, professor Otávio, veio até o coronel e fez um pré-acordo da venda delas. O coronel está de acordo com o negociado?

— Para falar a verdade, coronel Bernardo, o nosso acordo, este falado com o "seu" Otávio, não me satisfez muito, afinal de contas, minhas terras são as melhores desta região e o valor que havíamos conversado foi muito pouco pelas qualidades das minhas terras. Sei que elas valem muito mais do que o ofertado pelo "seu" Otávio.

Bernardo disse:

— Coronel Santiago, nós sempre valorizamos muito quando a propriedade é nossa e desvalorizamos quando ela é alheia. Sei que o coronel quer ganhar mais e eu, por ser comprador, quero pagar menos. Esta é a lei do mercado. Mas o coronel não aceita mais o valor negociado com o professor Otávio, o valor de duzentos mil réis pela sua fazenda?

— Isso mesmo, coronel Bernardo. Eu quero duzentos e trinta mil réis pela minha propriedade. Podemos fechar o acordo nestes termos.

O coronel Santiago terminou sua fala não como uma pergunta, mas como uma afirmativa. Não aceitava mais o acordo anterior e colocou novo valor nas terras e sem condições de novas negociações.

— Coronel Santiago, estou aqui como comprador de um negócio já fechado, um acordo já fechado. Estou vendo que o coronel se arrependeu e isto me entristece porque vim honrar o acordo feito entre o professor Otávio e o coronel Santiago. Entristece-me que o coronel não queira mais honrar o acordo feito.

— Coronel Bernardo, o seu entristecimento não cabe porque, como o coronel mesmo disse, foi um pré-acordo e pré-acordo pode ser mudado a qualquer momento. O seu entristecimento é minha alegria, não posso fazer nada pelo coronel.

— Está certo, coronel Santiago. Minha oferta pelas suas terras caiu para cento e setenta mil réis, a mesma diferença que o coronel puxou para cima, agora eu puxo para baixo. Se, por acaso, amanhã o coronel quiser fechar comigo, sabe onde me encontrar. Estou sabendo que o coronel colocou sua fazenda à venda há mais de um ano e que não houve nenhuma proposta real de compra. Eu sou o único que fez uma proposta de compra muito razoável. Pena que o coronel a desprezou, assim como a mim e a meu professor Otávio. Boa tarde, coronel Santiago, passe bem.

— Coronel Bernardo, só para seu conhecimento, tive várias propostas pelas minhas terras e não aceitei, assim como não aceitei a sua. Não vou jogar minhas terras no lixo, quero um valor bom para mim. Tenho certeza que venderei minhas terras ainda este ano. Boa tarde, coronel Bernardo, passe bem.

Bernardo e o Otávio montaram em seus cavalos e partiram. Após saírem das terras do coronel Santiago, Bernardo disse:

— Professor Otávio, há outras terras próximas que estão à venda?

— Coronel Bernardo, há três outras terras à venda. Uma delas é a do coronel Frondoso que está vendendo uma fazenda de quase cem alqueires, um pouco morrada, mas de boa qualidade. Estas terras ficam entre as duas fazendas, a sua e a dele. Dá umas duas léguas de distância, mais ou menos.

— Professor Otávio, assunta as três fazendas e vamos analisar a melhor para nós, tanto em termos financeiros quanto em proximidade e qualidade das terras. Faça este favor para mim, investigue a melhor opção.

— Coronel Bernardo, nenhuma delas é melhor que a fazenda do coronel Santiago, mas vejo que ele não se sentiu satisfeito em fazer negócios com o coronel Bernardo.

— Vamos deixar de comprar os animais dele também, não precisamos mais nos submetermos aos caprichos dele. Lembre-me sempre disto, professor.

— Sim, coronel Bernardo.

Dois meses depois, durante o jantar de sábado, Otávio disse:

— Coronel Bernardo, tenho notícias das fazendas que estão à venda. Podemos falar depois do jantar?

Então, Miriam disse:

— Bernardo, por que não podemos falar durante o jantar mesmo, estamos sós, em família?

Raquel ratificou:

— Também acho, Bernardo. Se não falarmos de algum assunto, as refeições serão todas em silêncio. Acho mais interessante ter alguns assuntos para falarmos. Não queremos ficar alheias aos assuntos da família.

Bernardo disse:

— Eu também concordo com vocês. Professor, pode falar sobre as fazendas ou outro assunto qualquer.

Raquel disse:

— Mas, Bernardo, você vai esquecer a fazenda do coronel Santiago? Ela não é a melhor terra que está à venda?

— Raquel, as terras do coronel Santiago são as melhores, mas o coronel não quer vendê-las a mim, acho que ele tem alguma rusga comigo. Não posso fazer nada, não vou pagar o preço que ele pediu porque está acima do mercado. Deixe-o com as terras dele e eu vou comprar outras. Melhor assim. Sem confusão.

Raquel disse:

— Concordo com você, Bernardo. É a melhor coisa a fazer.

Então, Otávio disse:

— Vou começar a falar sobre as terras e sobre os preços. Coronel Ceciliano está vendendo sua fazenda de duzentos e cinquenta alqueires, mas ele vende parte de cem alqueires e está pedindo duzentos e cinquenta mil réis. Consegui chegar aos duzentos mil réis. Mas o problema é que fica longe, fica a cinco léguas daqui.

Bernardo disse:

— Fica muito longe daqui, é ruim.

Então, Pedro disse:

— Coronel Bernardo, qual é a distância que o coronel acha boa?

— Pedro, até duas léguas, duas léguas e meia, é preferível. Claro que as terras têm de ser boas para o plantio do capim.

Otávio continuou:

— As terras do coronel Laudelino têm cento e trinta alqueires e ele pede trezentos mil réis. Depois que negociamos ele chegou até duzentos e cinquenta mil réis. Disse que não abaixa mais. Estas terras estão distantes em quatro léguas daqui. Falei também com o coronel Frondoso, ele tem cento e cinquenta alqueires para vender, mas separa cem alqueires para o coronel Bernardo e vende a duzentos e dez mil réis. Ele pediu duzentos e setenta, mas abaixou porque era para o coronel Bernardo. Dei esperança em fechar estas terras do coronel Frondoso, pois está a menos de três léguas daqui. É a mais perto das três. A todos os coronéis eu disse que falaria com o coronel Bernardo que é quem decidirá.

Bernardo disse:

— O professor olhou todas as terras?

— Em todas elas, eu andei. Todas são terras boas para o cultivo de qualquer plantação.

— Professor, posso então comprar as terras do coronel Frondoso sem problemas?

— Coronel Bernardo, esta é a minha escolha.

— No começo do ano, vamos à fazenda do coronel Frondoso fechar o negócio. Pedro, você vem com a gente, quero que você assunte as coisas na fazenda do coronel Frondoso para aprender alguma coisa boa e importante para nós.

— Sim, coronel Bernardo. Estarei junto.

# CAPÍTULO 10 — COMPRA DA FAZENDA QUEBRA COCO

Natal chegou e a família proporcionou uma festa muito bonita. Todos da família de Bernardo, assim como todos os empregados e suas famílias e todos os jagunços estavam presentes, exceto alguns que ficaram em vigília, na segurança, e suas famílias festejaram o Natal junto à casa grande. Pedro matou um novilho bonito, mas que não chegava ao peso para ser vendido e foi uma grande alegria. Nesta época, a fazenda já estava com cinco empregados e seis jagunços. Tanto os empregados quanto os jagunços andavam armados e faziam a segurança geral. Os treinos de tiro ao alvo eram constantes, todos tinham boa mira. Três jagunços mantinham posições estratégicas de segurança na fazenda, em forma de rodízio, não trabalhavam na lida diária, somente faziam a guarda da casa e da família de Bernardo.

O casamento de Miriam e Pedro foi muito bonito, foi junto com a festa de Natal. Muita cantoria e muita comida regaram a casa nestes dois dias. Vieram amigos de vários lugares, dos povoados e da cidade de Cabrobó, pois a família de Bernardo era muito conhecida por lá. Os familiares vestiram roupas novas, elegantes e todos se divertiram, inclusive os empregados. O vestido de noiva da Miriam foi encantador. Raquel ajudou-a a escolher em Cabrobó e foi comentado por toda a região, porque o vestido ficou em exposição depois do evento. Muita alegria e muito contentamento foram demonstrados nos rostos dos convidados, dos empregados e dos familiares.

No começo do ano, já na segunda semana do mês, Bernardo mais Otávio e Pedro se levantaram de madrugada e rumaram para a fazenda do coronel Frondoso. Chegaram por volta das treze horas. Assim que chegaram, foram recebidos pelo coronel Frondoso. Este estava com ares de contentamento, de alegrias.

— Boa tarde, coronel Bernardo. É um prazer receber meu genro em minha casa.

— Boa tarde, coronel Frondoso. O prazer é todo meu.

Desmontaram e Pedro recolheu os animais e se juntou com os empregados da fazenda. Ali mesmo começou a vasculhar com o empregado encarregado dos animais sobre os procedimentos e as atividades da fazenda. Bernardo e o Otávio entraram, tomaram um suco. Mariana disse:

— Coronel Bernardo, como vai minha filha, Raquel?

— "Dona" Mariana, "dona" Raquel vai bem, ela está muito contente com a vida na nossa fazenda.

— Coronel, fico muito contente que minha filha se deu bem com o coronel. Ela é uma garota muito divertida, cheia de vida e aqui ela não conseguia levar a vida como queria. Fico muito feliz que ela esteja bem na sua fazenda, coronel.

— Posso garantir que ela está muito feliz em nossa fazenda, "dona" Mariana.

Mariana disse ao seu esposo, coronel Frondoso:

— Frondoso, posso colocar o almoço na mesa ou vocês vão

negociar primeiro?

O coronel Frondoso disse:

— Podemos fazer as duas coisas juntas, coronel Bernardo?

— Do jeito que o coronel quiser.

— Então, Mariana, põe o almoço que estamos com fome.

Durante o almoço, Bernardo inicia as negociações da compra da fazenda do coronel Frondoso.

— Coronel Frondoso, há alguma razão para o coronel estar se desfazendo da fazenda "Quebra Coco" de sua propriedade? Pelo que ouvi dizer é uma fazenda boa, capim formado, bem estruturada, com muita água. Fiquei curioso da razão do coronel querer vender estas terras.

— Coronel Bernardo, estou vendendo esta fazenda de duzentos e cinquenta alqueires porque estou interessado em outra de quatrocentos alqueires e preciso deste dinheiro para completar o valor, assim como para poder comprar algumas cabeças de gado para ocupá-la.

Bernardo respondeu:

— Está certo, coronel. Você se desfaz de uma pequena para comprar outra bem maior, isso chamo de promover bons negócios. E como está a venda do seu gado, está conseguindo bons preços?

— Na verdade, coronel Bernardo, não tenho conseguido o preço que eu gostaria, mas está dando para o gasto. Os compradores têm receio de que não consiga pôr no mercado, então preferem ir com calma. Mas eu tenho um vislumbre de que os preços subirão, pois a população está ficando mais informada e a carne bovina é o melhor alimento que há. Estou certo disto.

— Muito bom, coronel Frondoso. Vejo que o coronel terá muito lucro com esta possibilidade. Vamos ao que nos interessa, coronel Frondoso. Meu professor Otávio esteve em sua casa e assuntou o preço da fazenda "Quebra Coco" e deixou mais ou menos certo que eu estaria interessado. Como estou realmente interessado, gostaria de colocar os pontos nos "is" e chegar ao acordado. Professor Otávio disse que o coronel Frondoso chegou ao preço que eu propus, ou seja, pelos cem alqueires o coronel aceita os duzentos mil réis. O coronel confirma?

— Sim, coronel Bernardo. Para o coronel, eu faço este preço porque o coronel é parente meu, não poderia ser diferente. Se fosse para outro comprador, cobraria um pouco mais, mas o valor está de bom tamanho. Ganho eu e ganha o coronel Bernardo.

— Mais uma coisa, coronel Frondoso. O coronel poderia fechar o negócio com metade agora e metade daqui a um ano?

O coronel Frondoso silenciou por uns instantes e disse:

— Coronel Bernardo, como eu disse antes, preciso do valor destas terras para comprar outra já em combinatória. Se o coronel precisa de um tempo, então vou facilitar um pouco para o coronel, mas fica sabendo que não posso elasticar tanto assim. Proponho cento e cinquenta mil réis hoje e cinquenta mil réis daqui a seis meses. Não posso mais que isso, coronel.

— Está certo, coronel Frondoso. É justo. Ficamos assim combinados. Dou os cento e cinquenta mil réis hoje e os outros cinquenta mil em seis meses. Fechado, coronel Frondoso, compro suas terras.

— Fechado para mim, também, coronel Bernardo.

Então, Bernardo voltando-se para o Otávio, disse:

— Professor Otávio, pague ao coronel Frondoso os cento e cinquenta mil réis agora.

E Bernardo, voltando-se novamente para o coronel Frondoso, disse:

— Coronel Frondoso, manda fazer a documentação, a escritura, e peça para o cartorário pegar minha assinatura em minha fazenda. Tudo certo, coronel?

— Assim farei, coronel Bernardo.

— Coronel Frondoso, estou tomando posse hoje destas terras porque preciso aliviar minha fazenda. Os animais cresceram demais, por isso preciso de terras.

— Coronel Bernardo, sei que o coronel vai precisar de mais terras e eu sei que terei de me desfazer de algumas das minhas. Tenho uma fazenda de duzentos e cinquenta alqueires, na região do "Boqueirão Queimado" e, talvez, terei que vendê-las daqui a uns cinco anos, mais ou menos. Tem interesse em comprá-las?

— Coronel Frondoso, não posso garantir nada para daqui a cinco anos, mas se o coronel quer me dar a preferência, aceito. Quando for o seu momento de vendê-las, por favor, ofereça-me na preferência.

— Assim farei, coronel Bernardo.

Assim que o Otávio terminou de contar e separar o dinheiro, Bernardo disse:

— Coronel Frondoso, preciso partir senão vou chegar em casa a altas horas da noite e não gosto de viajar à noite. Agradeço o coronel pela venda das terras, assim como da hospitalidade especial que me coube. Desejo bons negócios ao coronel e saúde a toda família.

Coronel Frondoso respondeu:

— Coronel Bernardo, eu que tenho a agradecer pelo seu interesse. Voltaremos a negociar no futuro. Mande lembranças minhas à minha filha. Bom retorno para casa e vão com Deus.

Bernardo voltou-se para Mariana e disse:

— "Dona" Mariana, o almoço estava muito gostoso, como sempre. Muito obrigado pelo almoço. Fiquem na paz do Senhor.

— Coronel Bernardo, é um prazer receber o coronel em nossa casa. Venha sempre que puder e traga a minha querida Raquel junto para eu matar a saudade. Saudade da minha querida filha.

— Assim farei, "dona" Mariana.

Bernardo, mais o Otávio e Pedro retornaram imediatamente para casa, não perderam tempo. Montaram em seus cavalos e em marcha rápida voltaram. Bernardo iniciou a conversação e disse:

— Professor Otávio e primo Pedro, acho que, se temos até seis meses para pagar, não vamos precisar vender gado ou cabras tão rapidamente. Vamos aos povoados e à cidade para ver se conseguimos um incremento nas vendas e juntar o restante, caso não consigamos o total, então vendemos somente o suficiente para cobrir o que falta, quando chegar a hora.

Otávio disse:

— Coronel Bernardo, também acredito que vamos conseguir todo o dinheiro para pagar o coronel Frondoso. Pensei que ele fosse regatear o preço, mas foi bom assim, afinal de contas, o coronel Frondoso abaixou o preço como nós queríamos.

— Professor Otávio, é bom não acreditar muito nestes coronéis. Todos eles são meio que afetados, eles simulam demais e acaba a gente sendo enganado. O coronel Frondoso não é diferente, sempre o considerei um oportunista, o meu casamento foi um caso destes.

— O coronel Bernardo tem razão, como sempre. Vou me preocupar mais com isso.

E Bernardo, voltando-se para Pedro, disse:

— Pedro, amanhã, você e alguns de nossos homens levam nosso gado maior para lá. Como a terra ficou sem gado por muito tempo, o capim deve estar muito bom, assim a engorda se dará mais rapidamente. Verifica também o estado da casa, veja se está em boas condições de se morar, assim como as casas dos vaqueiros e jagunços. Pedro, veja também as condições das cercas externas e internas, talvez tenhamos que refazê-las. Presta muita atenção sobre o tamanho das mangas, se elas estão em conformidade. Pedro, vou falar uma coisa muito importante para você agora, mas, na hora do nosso jantar do sábado, vou repeti-la para que todos tenham conhecimento. Eu quero que você e Mira morem nesta fazenda, no futuro, vou dar a vocês dois esta fazenda para que vocês possam iniciar a vida de vocês. Mas, antes quero deixar tudo junto, o que é meu e o que é de Mira, juntos nós temos mais condições de fazer crescer nosso patrimônio. Professor Otávio concorda comigo ou não?

— Concordo plenamente com o coronel Bernardo. Se as fazendas trabalharem juntas, tiverem a mesma administração, é mais fácil crescer, porque os frutos podem ser juntados e assim poderemos adquirir mais terras e animais.

Então, Pedro disse:

— Coronel Bernardo, gostaria que tudo fosse junto, não houvesse separação. Não quero me separar do coronel, estou sempre aprendendo tanto com o coronel Bernardo como com o professor Otávio. Gosto de estar junto dos senhores.

Bernardo e Otávio se olharam e riram.

— Primo Pedro, é por isso que gosto de você. Você é ambicioso, mas é mais inteligente. Desta forma, você vai ficar mais rico que se fosse separado.

Pedro respondeu:

— Coronel Bernardo, não estou pensando em riqueza, mas apenas na convivência, no relacionamento. Sei que Mira não vai gostar de nos separarmos da família, assim como eu não quero me separar. Acho que a nossa família unida é mais forte, é mais profícua e, o mais importante, temos que cuidar uns dos outros. Esta é a grande diferenciação que existe a nosso favor. Todos têm o apoio de todos, isto é muito importante para mim e para Mira.

Otávio comentou:

— Estou de pleno acordo com as palavras de Pedro, sou totalmente a favor da continuação de nossa unidade da família. Se houver a separação, haverá, no futuro, grandes perdas, por exemplo, não teremos o melhor aproveitamento das mangas e dos animais, e gerará redução de oportunidades e negócios. Pedro está certíssimo em sua visão de unidade.

No sábado seguinte, durante o jantar, Bernardo falou:

— Atenção, família, preciso falar algumas coisas muito importantes para nós todos. Estive falando com o professor Otávio e com o primo Pedro a respeito das novas terras e de nossas condições familiares e, agora, quero participar a todos da família. Eu disse que a fazenda que compramos deveria pertencer ao primo Pedro e a Mira, já que eles estão casados e precisam formar uma família independente. Mas o primo Pedro não aceitou e eu preciso ouvir a opinião de Mira e de todos a respeito, para que não tenhamos qualquer discórdia sobre o assunto.

Então, Miriam disse:

— Bernardo, Pedro falou comigo a respeito deste assunto. Acho que Pedro está correto, somos uma família e quanto mais unidos, mais fortalecidos seremos. Se for necessário separar no futuro, então faremos a divisão quando for necessário. Estamos tão fortes agora que não vale a pena nos separarmos. Para falar a verdade não queremos, nem eu e nem Pedro, sair daqui, desta casa, do convívio com os demais. Mas se for preciso, nós sairemos.

Depois, Raquel falou:

— Eu concordo com a Miriam, somos uma família unida, sem rusgas e nem futricas. Vamos ficar todos juntos, uns ajudando os outros. Unidos podemos crescer muito mais, uns colaborando com os outros. Acho que seremos mais felizes se estivermos todos juntos.

Bernardo disse:

— Gostaria de ouvir o professor Otávio e "dona" Jacinta falarem sobre o assunto.

Otávio disse:

— Eu conversei este assunto com a Jacinta e somos da mesma opinião que a "dona" Mira e a "dona" Raquel. Unidos seremos mais fortes e mais controladores das duas fazendas. Não vejo necessidade de haver separação, atualmente.

Bernardo disse:

— Então, está resolvido. Ficamos todos juntos em tudo. Fico feliz por vocês estarem aprovando tudo o que estamos fazendo, afinal de contas, não posso fazer tudo sozinho, preciso muito de todos vocês, de todos.

E continuou:

— Já que não moraremos naquela fazenda, quero deixar lá um capataz muito competente, comprometido e responsável. Pedro, temos alguém assim?

— Sim, coronel. Temos o "seu" Deocleciano, trabalhador, não tem canseira nem preguiça. Ele sabe ler e escrever, assim como fazer contas. Ele tem muito conhecimento de como cuidar dos animais, está sempre preocupado com a saúde deles. Sempre está medicando, dá muita atenção a aqueles machucados e doentes.

— Pedro, você viu se tem casas lá que possam receber os nossos empregados?

— Sim, lá tem cinco casas em condições de se morar e mais três em estado precário. Precisamos apenas reformar as três em estado precário para tornar todas habitáveis. Mesmo as cinco casas em estado melhor precisam de melhorias também, principalmente nos telhados. Precisamos ajeitar os poços de água, talvez tenhamos que inutilizar os que existem e abrir novos, pois eles têm que ter água limpa.

— Faça isso, Pedro. Contrate o marceneiro Tião para as reformas necessárias, assim como as melhorias para tornar todas as casas habitáveis e, depois, mande para lá duas famílias daqui e contrate mais três empregados com família, para cuidarem da fazenda de lá, sob as ordens do capataz, "seu" Deocleciano. Mande três jagunços para lá, pegue dois daqui e contrate mais um. E tudo o que sair daqui, providencie a reposição deles, tanto dos empregados quanto dos jagunços.

Quando completou seis meses, Bernardo tinha juntado os cinquenta mil réis para pagar ao coronel Frondoso, sem que houvesse a necessidade de vender os animais fora do tempo. Os animais cresciam bem, as vacas sempre dando crias e leite que eram vendidos nos povoados e na cidade. Uma empresa da cidade buscava o leite tirado todos os dias. O leite vendido era um recurso financeiro muito importante no orçamento das duas fazendas, pois era um dinheiro que entrava todo mês e era usado para as compras da família. A cada semestre que passava, Miriam confirmava o incremento das vendas dos animais e, também, do leite extraído e vendido.

Em um dos jantares de fim de semana, Bernardo disse:

— Pedro, pegue três jagunços e leve o dinheiro do coronel Frondoso. Agradeça a ele pela espera e compreensão.

Pedro respondeu:

— Coronel Bernardo, amanhã mesmo irei levar o dinheiro. Fique tranquilo.

Antes de chegar o final do ano, a fazenda "Quebra Coco" sofreu um assalto, onde dois vaqueiros e um jagunço faleceram, assim como uma garotinha de cinco anos, filha de um dos vaqueiros que faleceu também. Do outro lado, os seis jagunços que estavam assaltando, todos vieram a falecer, pois aqueles que ainda estavam vivos quando terminou o tiroteio, dois jagunços da segurança deram fim neles. Bernardo compareceu à fazenda e orientou a todos os empregados os procedimentos cabíveis que precisavam tomar. Confortou os familiares dos empregados de maneira que os sofrimentos fossem amenizados. Os vaqueiros mais a garotinha, assim como o jagunço, foram enterrados em uma área reservada, que ficou especificamente para esta finalidade. Esta área foi cercada e ficaram sob a responsabilidade do capataz a sua preservação e cuidados. A polícia estadual foi avisada e compareceu ao local, recolheu os cadáveres dos assaltantes. Registrou a ocorrência e deu o caso por encerrado.

Dois dias depois, durante a reunião familiar, Bernardo disse:

— Primo Pedro, é preciso repor os vaqueiros e o jagunço. Você conhece bem os vaqueiros da região, ande pelos povoados e pela cidade e reponha o pessoal que perdemos. Aumente o número de jagunços de três para cinco lá, assim como aumente para seis o número de jagunços para a nossa fazenda. Como eles fazem as duas coisas, vaquejar e segurança, não é desperdício o que estamos fazendo, pois vamos aumentar o número de animais nas duas fazendas.

Pedro perguntou:

— E as duas famílias dos vaqueiros mortos?

Bernardo respondeu, perguntando:

— Eles tinham filhos em idade de trabalhar?

— Não. Acho que o maior deve ter onze ou doze anos, eles estão estudando.

— Diga às mulheres que elas podem continuar morando na fazenda. Ordene ao capataz para dar alimentos a elas e a suas famílias. Daqui a alguns anos, os garotos vão estar em condições de trabalhar, então nós os contrataremos. Sabemos que teremos que empregar mais gente, então não tem o porquê descartar estas famílias. Vamos honrar os nossos empregados que deram a vida pela nossa fazenda.

— Sim, coronel. Vou providenciar o que determinou.

Bernardo continuou dizendo:

— Raquel, você e Mira vão até o povoado de "Santa Inês" e vejam como está indo a escola que implantamos. Faz mais de um ano que não passo por lá para verificar e conferir. A partir de hoje, você e Mira são responsáveis pelo gerenciamento da escola. Das nossas fazendas, todas as crianças de sete anos para cima devem frequentar a escola, independentemente da vontade dos pais. É uma obrigação nossa para com as crianças. Agora, das outras fazendas não podemos gerir sobre a obrigatoriedade, porém vamos acolher a todas, sem exceção.

— Sim, Bernardo. Eu e Mira vamos cuidar da escola. Vou verificar também as condições dos professores, alojamento, alimentação, material escolar, estas coisas. Concordo com você, Bernardo, afinal de contas estamos investindo nesses jovens, pois amanhã trabalharão para nós e serão muito úteis.

# CAPÍTULO 11 — COMPRA DE NOVA FAZENDA

Alguns anos se passaram, as fazendas continuaram em progresso, os animais cresciam em tamanho e em quantidade, pois as fêmeas estavam sempre prenhas, sempre dando novas crias e a quantidade de animais só crescia, assim como novas compras de bezerros eram feitas. Em um jantar de sábado, já no mês de dezembro, Bernardo afirmou:

— Estamos fechando o ano, é o décimo ano que estamos na fazenda "Padre Cícero" e estamos muito felizes com a nossa produção, tanto desta fazenda como da fazenda "Quebra Coco". Quero que Raquel e Mira deem os números do último mês para termos uma ideia de como vamos acabar o ano.

Raquel falou:

— Mira, posso falar?

E diante do consentimento da cunhada, Raquel explicitou o assunto:

— Vou falar da soma das duas fazendas, afinal tudo é uma coisa só. Estamos com duas mil e trezentas cabeças de bovino, novecentos caprinos, quatrocentos e cinquenta suínos e duas mil e cem galinhas. Estamos com oito empregados nesta fazenda e seis empregados na Quebra Coco, estamos com dez jagunços contratados. A Mira vai falar do financeiro.

Em seguida, Miriam disse:

— Estamos com uma reserva de quatrocentos e oitenta mil réis guardados e trancafiados, isto é, um dinheiro que não entra nas contas mensais, nas despesas mensais. Estamos com vinte mil réis guardados aqui, em cima, que usamos para as despesas mensais, mas que estão bem acima das nossas necessidades mensais, não estou contando com o dinheiro que está para entrar pelas vendas de leite e dos últimos animais deste mês. Precisamos pôr este dinheiro para fazer lucro.

Otávio disse:

— Muito bem, Mira. Vejo que você aprendeu depressa. Dinheiro guardado não gera mais dinheiro, precisamos comprar mais terras e animais para gerar mais lucro. Então, coronel Bernardo, posso comprar a fazenda do coronel Frondoso?

— Professor Otávio, amanhã mesmo o professor vai comprar esta fazenda. Duzentos e cinquenta alqueires são muitas terras. Vamos ficar com quinhentos alqueires, é muita terra. Vamos parar neste tamanho. É impossível administrar mais que isto só com a nossa família. Não quero empregar administrador para cuidar de nossas terras. Por mim, considero este tamanho definitivo.

— Coronel Bernardo, amanhã mesmo vou procurar o coronel Frondoso. "Dona" Raquel quer rever seus familiares?

Raquel respondeu:

— Otávio, minha família está aqui. Vocês são minha família desde o dia em que Bernardo foi me pedir em namoro. Lá, eu só tenho minha mãe, pois minhas irmãs não moram mais lá. Otávio, vê se minha mãe quer passar uma temporada aqui comigo, pois ela gostará de vir.

— "Dona" Raquel, por que sua mãe não iria gostar de passar uns tempos aqui?

— Vou responder com muita calma, professor. Muita calma nesta hora. KKKK. Pois bem, lá vai. Eu e Miriam estamos grávidas! Estamos completamente felizes porque estamos carregando nossos primeiros filhos em nossos ventres. Não é maravilhoso, professor?

Os homens da casa não sabiam das notícias, foi um alvoroço geral. Bernardo levantou-se rapidamente e agarrou e abraçou Raquel com muito aperto e disse:

— Por que não me disse antes?

— Porque eu estava esperando a confirmação da gravidez da Miriam. Ela estava sentindo algumas coisas, mas não havia a confirmação e achei por bem que as duas dessem as notícias juntas.

Enquanto Bernardo e Raquel estavam abraçados e falando, Pedro agarrou Miriam também e em lágrimas de emoção disse:

— Querida Mira, estou muito feliz pelo meu filho que você carrega. Muito obrigado. Você é o meu amor eterno.

Depois que os dois casais se separaram, Otávio e Jacinta cumprimentaram as mães e os pais pelas notícias da natividade de seus filhos. Otávio disse:

— Meus filhos, estou tremendamente feliz pela notícia da gravidez das minhas filhas. Minha família está começando a crescer. No ano que vem, eu serei vovô de duas lindas crianças, não é verdade, Jacinta?

— Sim, Otavinho, nós seremos avós de duas lindas crianças. Meu Deus ouviu minhas orações e preces. Obrigado, meu Senhor, por ouvir esta sua filha tão sem importância diante de Vós.

Otávio abraçou Jacinta, com lágrimas nos olhos. Jacinta enxugava os olhos a toda hora, mas não conseguia mantê-los secos. Então,

Otávio disse:

— Coronel Bernardo e coronel Pedro. A partir de hoje chamarei meu filho Pedro de coronel Pedro, porque ele faz jus a este título. Coronel Bernardo e coronel Pedro, podemos abrir uma garrafa de vinho para comemorarmos estas duas grandes notícias, a gravidez de "dona" Raquel e a de "dona" Miriam? O que os coronéis acham?

Bernardo respondeu:

— Se o coronel Pedro aceitar a sugestão, então eu também aceito.

Pedro respondeu:

— Sim, coronel Bernardo, aceito a sugestão do professor Otávio com muita alegria no coração e lágrimas nos olhos.

Jacinta disse:

— Vou pegar duas garrafas e os copos.

Miriam disse a Raquel:

— Vamos juntas para ajudar "dona" Jacinta?

Três semanas depois, Otávio tinha negociado a compra da fazenda "Ribeirão Preto" do coronel Frondoso, e Bernardo estava em viagem para completar a negociação. Assim que chegou à fazenda do coronel Frondoso, perto das treze horas, o coronel estava o esperando na varanda de sua casa, impacientemente, andando de um lado até o outro.

— Bom dia, coronel Bernardo. Como foi a viagem?

— Bom dia, coronel Frondoso. A viagem foi boa, apesar de cansativa.

— O coronel vai passar o dia e a noite conosco?

— Sinto muito, coronel. Mas tenho que retornar ainda hoje.

O coronel Frondoso disse:

— Então, vamos entrar e lavar-nos para almoçar que o almoço já está na mesa, estava só te esperando.

Depois de se lavarem e sentarem-se à mesa, durante o almoço, o coronel Frondoso fez várias perguntas sobre sua filha e a família de Bernardo, assim como das fazendas.

— Coronel Bernardo, como vai a minha filha? Ela está bem de saúde?

— Graças a Deus, coronel, "dona" Raquel está muito bem. Aliás, estamos todos bem.

Depois falaram de alguns assuntos, como a viagem, a nova fazenda e o mercado de gado.

— Aproveitando o ensejo, coronel Frondoso, viemos fechar a compra da sua fazenda "Ribeirão Preto". Como havíamos conversado há alguns anos, estamos em condições de comprá-la. O professor Otávio combinou a compra da sua fazenda por seiscentos mil réis e, se o coronel mantiver o preço, estou aqui para fecharmos o acordo.

— O combinado está certo, coronel.

— Então, coronel Frondoso, tenho quinhentos mil réis aqui comigo e dou os cem mil réis em seis meses. O coronel aceita?

— Sim, coronel Bernardo. Se em seis meses o coronel não juntar os cem mil réis, não precisa vender seu gado. Manda-me o que tiver e o restante mande quando juntar. Combinado, coronel Bernardo?

— Sim. Muito obrigado coronel Frondoso pela facilitação das condições de pagamento.

Assim que terminaram o almoço, Bernardo voltou-se para o Otávio e disse:

— Professor Otávio, pode passar os bornais para o coronel

Frondoso conferir.

Enquanto Otávio passava os bornais, o coronel Frondoso disse:

— Não vou conferir agora, coronel Bernardo, confio plenamente em vossa pessoa. Se faltar você me supre e se sobrar fica para abater no restante a pagar.

— Justo, coronel Frondoso. Justo. Mais uma coisa, coronel Frondoso, a casa grande que há nesta fazenda é boa? Tem condições de receber minha família toda?

— A casa grande de lá é melhor que esta daqui. É muito grande, muitos quartos e várias salas. Tudo é grande lá. Morei lá por quinze anos, depois mudei para cá. Mas me arrependo de ter saído de lá. Saí porque esta fazenda tem quatrocentos alqueires e eu preciso estar aqui para administrar, só por causa disto. O coronel Bernardo pode morar tranquilamente, é uma boa casa. Talvez precise de uma arrumação geral, pois ela está abandonada há muito tempo e nada mais.

— Está certo, coronel Frondoso. Obrigado pela preferência na venda da fazenda. Obrigado pelo almoço. Estamos de partida, pois está querendo chover e a distância é longa. Passe bem, coronel, e boa tarde.

Os coronéis se despediram, assim como o Otávio e a Mariana. Na viagem de volta, Bernardo disse:

— Professor Otávio, pega o Pedro, mais Mira e, também, Raquel e deem um pulo lá na fazenda "Ribeirão Preto". Sei que o professor já esteve lá para avaliação, mas quero que as mulheres deem uma olhada na casa e depois combinem como melhorar as condições da casa. Faltam três meses para o Natal e antes, quero estar morando lá. Faça todo o esforço necessário para que possamos morar lá antes do Natal.

Quero fazer nossa festa na nova casa, quero fazer este agrado para minha mulher. Raquel vai gostar de morar lá, afinal ela nasceu e passou a infância nesta casa e vai ser boa recordação para ela. Se precisar de mãos para limpeza ou reforma, pegue nossos empregados ou contrate gente dos povoados.

À noite, durante o jantar, Bernardo retomou o assunto da compra da nova fazenda e disse:

— Querida Raquel, já que compramos a fazenda "Ribeirão Preto" de seu pai e sei, também, que você nasceu e morou naquela casa quando criança, quero que, antes do Natal, estejamos morando lá e, assim, fazermos nossa festa de Natal por lá. Já pedi para o professor Otávio para dar uma olhada nela e providenciar as reformas necessárias. Para tanto, pode pegar nossos empregados ou contratar mais nos povoados para tomarem estas providências. Quero que você, Raquel, mais a Miriam, cuidem das mobílias da casa, quero ela dos seus gostos.

— Ohhh!, Bernardo. Você sempre me surpreende. Nosso bebê vai nascer e morar na casa onde eu nasci e morei quando criança. Isso é muito reconfortante para mim. Eu e meu filho morarmos na mesma casa quando criança.

Depois, Bernardo voltou-se para Pedro e disse:

— Pedro, a nossa fazenda "Ribeirão Preto" é de duzentos e cinquenta alqueires, maior que as nossas duas fazendas juntas. Quero que você leve os empregados desta fazenda para trabalharem na do Ribeirão e contrate os novos para trabalharem nesta aqui. Você precisa contratar um novo capataz para esta fazenda "Padre Cícero", pois nós todos estaremos sitiados na do "Ribeirão".

— Sim, Coronel Bernardo. Algum tempo atrás, veio um senhor me procurar pedindo o cargo de capataz, fiz algumas anotações dele como do emprego atual e os empregos anteriores. Vou levantar a ficha dele e colher as informações nestas fazendas para ver se ele é competente. Seu nome é Osny Damora, se não me falha a memória.

— Faça isso, primo Pedro. E precisamos comprar muitos bezerros para encher aquela Fazenda do "Ribeirão". Lá, nós vamos criar gado e galinhas, não quero nem cabras e cabritos nem porcos nela. Vamos deixar para esta fazenda "Padre Cícero" e a fazenda "Quebra Coco" a criação destes animais. Agora, a criação de galinhas, podemos centralizar somente na fazenda do "Ribeirão", porque é o animal que mais vendemos para os povoados e para a cidade e esta fazenda é a mais próxima da cidade de Cabrobó. Não podemos desprezar esta situação. A fazenda "Ribeirão" é a mais próxima da cidade, ela está a meia légua de distância, vai ser bom para nós, pois estamos sempre indo à cidade e vai facilitar muito o nosso traslado.

— Sim, coronel Bernardo. Agora estaremos bem mais próximos da cidade de Cabrobó. Isso facilitará muito para nós, porque é na cidade que vendemos muito, os povoados compram bem menos que a cidade. Podemos também começar a vender na cidade de Floresta, que deve ter menos de quinze léguas da nova fazenda, assim como para a cidade de Belém de São Francisco, que deve ter um pouco mais de dez léguas. São duas cidades grandes e com grande população.

— Boa ideia, primo Pedro. Você poderia visitar estas duas cidades que são as mais próximas de Cabrobó e fazer clientes por lá. Não se esqueça de investigar os compradores, não quero perder dinheiro por lá. Eu poderia mandar o professor Otávio junto, mas o professor não tem mais idade para viajar para lugares tão distantes. Você poderia conversar com o "seu" Valdemar, da nossa Cooperativa, e pedir para ele te acompanhar. Fala para ele que você paga todas as despesas. Sei também que ele costuma viajar para estas cidades representando a Cooperativa, mas não sei os interesses que ele defende. Faça este convite e vamos ver o que ele diz.

— Farei assim como mandou, coronel Bernardo.

— Mais uma coisa, primo Pedro. Faça-se conhecido como coronel Pedro Cardoso, pertencente à família de Bernardo Cardoso, seu primo carnal.

— Sim, coronel. Assim farei. Mas por que devo ser conhecido?

— Logo, logo, você saberá. Você deverá encabeçar novas funções dentro do nosso negócio. Logo mais você tomará conhecimento de algumas coisas que estou decidindo.

— Coronel Bernardo, vou aproveitar e verificar os cercados das mangas, se o tamanho destas estão em conformidade ao nosso projeto. Vou escolher o terreno para a construção das granjas para acolher as galinhas. Acho que devemos construir com o triplo do tamanho desta aqui, da fazenda Padre Cícero, já que vamos centralizar o galinheiro lá. Estou bolando uma maneira de tirarmos os ovos sem adentrar o galinheiro, vamos tirar pela parte traseira, assim facilitará em muito a coleta.

— Sim, Pedro. Boa ideia essa sua sugestão. Faça assim mesmo e vamos ver como fica.

— Coronel, temos que transferir muitas galinhas e galos dos dois galinheiros que temos. Vou escolher as melhores aves para suprir o novo.

No começo de dezembro deste ano, Bernardo e toda a sua família se mudaram para a nova casa grande da fazenda "Ribeirão Preto". A casa foi reformada, a parte de alvenaria recebeu os consertos necessários, deixando-a muito apresentável e, também, o telhado que estava muito avariado, inclusive com as pinturas das paredes; a parte de madeira teve troca, assim como vernizagem. Todos os móveis foram encomendados sob orientações da Raquel e da Miriam e muitos já foram providenciados, pelo menos os mais necessários. Mesmo assim, a família se mudou para o novo recinto.

As festas de Natal e de fim de ano ocorreram na nova casa, onde toda a família Cardoso estava presente, assim como estavam os seus empregados e jagunços contratados e, também, algumas pessoas amigas da família. Como em todos os Natais, os presentes foram providenciados e entregues, sob a tutela de Jacinta. Todas as crianças das três fazendas receberam brinquedos conforme suas idades. Bernardo ficava muito feliz nestas festas de fim de ano e este ano não foi diferente, muito pelo contrário, suas fazendas estavam dando grandes lucros, a receita vinha em crescimento muito bom e os investimentos eram feitos também em proporcionalidade. Quanto mais entrava na receita, mais saía nos investimentos, como compras de animais recém-nascidos para engorda, alimentação e remédios, assim como ferramentas e utensílios e sementes de capim. Pedro vinha fazendo um excelente trabalho, muito competente e Bernardo tinha reconhecimento de seu trabalho.

Entre os dias do Natal e do ano novo, em um jantar em família, Bernardo mostrou seu contentamento e, tomando a palavra, disse:

— Minha família, quero, nesta noite, fazer um reconhecimento familiar pelo trabalho que vem fazendo o nosso primo Pedro. Em razão de seu trabalho junto aos empregados, a produção vem em crescimento constante em nossas fazendas, seu bom controle e seu bom gerenciamento são comprovados pelas nossas receitas em todos estes anos que Pedro esteve à frente do negócio. Isto só nos traz satisfação, Pedro. Quero que fique registrada a nossa satisfação e a nossa gratidão ao querido primo Pedro pelo bom trabalho realizado.

E continuou:

— Quero também deixar registrado o excelente trabalho realizado pelo nosso professor Otávio, em todos estes anos que estamos juntos. O professor, além de nos ensinar tudo o que sabemos, ainda realizou grandes negócios, como as vendas dos animais para os melhores clientes da cidade e as compras das três fazendas que temos. Foram negociações que nos proporcionaram bons acordos, em que deixamos de pagar grandes somas de dinheiro, poupando-nos para investir em animais e benfeitorias.

E prosseguiu:

— Eu não tenho mais interesse em comprar novas terras, porque acho que estamos no limite em gerenciar terras e produção e empregados. Se tivermos mais terras teremos que contratar mais pessoas com nível gerencial executivo e, acredito, não vale mais a pena. Para a nossa família, acredito que estamos de bom tamanho. Talvez, no futuro, com os nossos filhos passando a tomar conta das fazendas, possamos mudar de ideia e então decidiremos o melhor para todos nós. Se alguém está pensando o contrário, podemos ouvir as suas argumentações.

Otávio disse:

— Concordo plenamente com o coronel Bernardo. Estamos com ótimo tamanho, mais do que isto, perderemos o controle e o gerenciamento pleno. Vamos esperar por uns dez anos e fazermos uma nova avaliação. Quando coronel Bernardo e coronel Pedro tiverem seus filhos e eles estiverem na administração dos negócios da família, então poderemos fazer uma nova avaliação e mudar de decisão. Afinal, quanto mais filhos mais terras deveremos ter. Fica para o futuro a decisão de comprarmos mais terras. E aproveitando que a família está reunida, preciso falar mais uma coisa, já deveríamos ter falado antes, mas vou aproveitar esta oportunidade e dar o conhecimento a todos vocês. Eu e Jacinta tomamos a decisão de registrarmos, no cartório, os nossos nomes, assim como nossas datas de nascimento. Eu e Jacinta nos tornamos Cardoso também. Fizemos isto em razão do nosso bem-querer para com esta família. Agora somos oficialmente Cardoso como vocês.

Miriam, mostrando seu contentamento, disse:

— Ahhh!, maravilha. Agora somos todos Cardoso. Bernardo, podemos colocar professor Otávio e "dona" Jacinta como nossos pais adotivos, assim oficializaríamos o que de fato é. Eles são nossos pais adotivos, bem, pelo menos, para mim, são.

Bernardo disse:

— Não obstante seu Mundinho ter-me criado, sinto o mesmo que você, Mira. Tenho o sentimento de adoção para com o professor Otávio e "dona" Jacinta. Acho que você, Mira, pode providenciar a adoção junto ao Cartório de Cabrobó, tanto para você como para mim. Claro que se o professor e a "dona" Jacinta concordarem com isto.

Jacinta disse:

— Sim, nada pode ser mais reconfortante que esta decisão. Concordamos em sermos seus pais. Sempre tivemos este sentimento de que vocês são nossos filhos, nunca foi o contrário. Eu sempre me senti a mãe de Mira e, depois, a de Nardinho também, quando "seu" Mundinho o trouxe para nossa casa.

Miriam disse:

— Depois das festas de ano novo, vou ao cartório para providenciar a adoção. Estou muito feliz com a oficialização do que já é na realidade. "Dona" Jacinta foi e é minha mãe de verdade. Não tenho lembrança de minha mãe Fina, eu era muito pequena. "Dona" Jacinta foi quem me criou e me deu tudo o que sou e o que tenho.

Miriam e Jacinta se abraçaram e depois puxaram o Otávio para o abraço paternal entre os três. Bernardo e Pedro estavam ao lado, observando os três com alegria estampada em seus rostos. Por fim, todos se abraçaram felizes e falando ao mesmo tempo. Foi uma latomia familiar.

Os meses foram passando e no terceiro ano em que estavam morando na fazenda "Ribeirão Preto", durante as festas de fim de ano, em que a família comemorava as festas Natalinas, assim como os bons resultados das fazendas, em que os animais cresciam em tamanho e em quantidade, para alegrias dos Cardosos, aproveitando o ensejo da comemoração das festividades, Raquel pediu a vez para comunicar:

— Família, preciso comunicar algo muito importante, de novo.

Todos voltaram a atenção para Raquel e ficaram esperando o comunicado. Raquel esperou alguns instantes para sentir a ansiedade nas faces tão conhecidas e disse:

— Vocês estão com caras de patacas, parece até que nunca me ouviram dar um comunicado. Kkkk. Estou grávida de novo, estou atrasada em três meses no sangramento. Estou também me sentindo enjoada. Acho que vocês perceberam que estou comendo bem menos que o normal.

E todos se alegraram e foram abraçar a Raquel. Bernardo foi o último e a abraçou calorosamente, depois disse:

— Sou sempre o último a saber. Fico muito feliz pelo nascimento do meu novo filho. Obrigado, querida, pela gravidez de nosso filho.

Então, Jacinta disse:

— Se você está grávida, isto é, se está atrasada no seu ciclo e por isto não tem comido bem, então Mira também pode estar grávida. Ela está atrasada e tem sentido enjoos, assim como não tem comido bem nestes últimos dias. Mira, você está grávida?

Miriam respondeu:

— Ohhh!, meu Deus. Eu não sei, mãe Jacinta. Eu não sei. Mas estou bem atrasada no meu ciclo de sangramento. Vamos ter de esperar para confirmar.

Pedro abraçou apertadamente sua esposa e disse:

— Mira, querida. Você sempre me surpreende, sempre me dando grandes alegrias. Eu te amo muito. Obrigado pelo filho que vai me dar.

E se beijaram. Todos acorreram para abraçar Miriam e congratularam-se com a nova vida que estava se formando.

# CAPÍTULO 12 — BANDIDOS INVADEM A FAZENDA "QUEBRA COCO"

Semanas depois, na terceira semana de janeiro, Pedro entra correndo pela sala e encontra Bernardo e Raquel, em cima dos livros, fazendo o fechamento dos registros financeiros finais do ano anterior e o início dos registros do começo do ano, e diz:

— Coronel Bernardo, nossa fazenda "Quebra-Coco" foi invadida por sete bandidos e estão badernando por lá, mataram dois jagunços, machucaram os vaqueiros e as famílias. O Maneco acabou de chegar de lá, veio correndo as duas léguas. O homem está quase morto na casa do nosso capataz, "seu" Joaquim. Agora, ele está sendo tratado. Quero juntar dez homens para ir lá e acabar com os desgraçados.

— Faça isso, Pedro. Eu também vou com vocês. Pegue os melhores atiradores e os melhores rifles Winchesters e partimos em dez minutos, o tempo necessário para eu me vestir e sair.

Quinze minutos depois, o grupo, com Bernardo e dez homens, incluindo Pedro, partiu em disparada para a fazenda "Quebra-Coco", esporeando os animais para que alcançassem a maior velocidade possível. Esta forçada sobre os animais fez com que o grupo não ficasse unido, tendo alguns ficado mais para trás, pois seus cavalos não tinham tanta velocidade. Chegaram a menos de um quilômetro da casa grande em cinquenta e cinco minutos, praticamente esgotaram os animais. O restante do caminho, eles fizeram a pé, em fila indiana. Quando estavam a trezentos metros da casa grande, aproximaram-se pelas matas e árvores, de maneira que não se tornaram visíveis a olhos nus. Subdividiram-se em três grupos, e dois rodeariam a casa grande. Isto já era por volta das dezesseis horas. Bernardo recomendou:

— Em quinze minutos, quero todos os grupos preparados para atirar, não importa a ordem, isto é, se aparecer um bandido, atira para matar. Apenas um tiro no peito para não ter recuperação. Se não morrer, atira de novo.

E assim foi cumprida a ordem. Por volta das dezessete horas, três bandidos deixaram a casa grande, talvez para mijarem ou esticarem as pernas, foi o tempo de chegarem ao terreiro e levarem balas no peito. Três tiros, três corpos caídos. Os bandidos se alvoroçaram todos dentro da casa, foi uma gritaria danada. Começaram a ameaçar os vaqueiros e as famílias, pois todos os vaqueiros e suas famílias foram obrigados a permanecerem amarrados dentro da casa grande. Enquanto os bandidos tentavam obter respostas às suas perguntas, gritavam:

— Quem está atirando? O que vocês querem?

Perguntas estas para tomarem conhecimento da situação, mas não houve respostas. Pedro havia combinado que, às vinte e duas horas, haveria aproximação da casa grande e uma hora para a meia-noite ocorreria a invasão, pois, no escuro, eles não teriam noção para onde atirar.

— Quando vocês invadirem e entrarem na casa, não entrem atirando, fiquem alguns instantes dentro da casa para que seus olhos se acostumem com a escuridão. Depois, fica muito mais fácil para identificarmos os bandidos, não vamos atirar em nossos irmãos que estão presos lá dentro. Assim que identificados os bandidos, então atirem em todos. Se, por acaso, havia sete bandidos, agora restam somente quatro. Pensem neste número, pois ele define quantos tiros devemos dar lá dentro. Não se arrisquem de bobeira, tenham muita cautela, vão com o máximo de segurança possível.

Por volta das vinte e duas horas, quase todos os jagunços estavam emparedados, espreitados rentes às paredes, bem próximos das portas pelas quais deveriam entrar. Inesperadamente, uma das portas se abriu e uma cabeça apareceu para olhar para fora. Um dos jagunços de Pedro reconheceu que a cabeça não pertencia a qualquer vaqueiro ou jagunço da fazenda. O jagunço deu o tiro e a cabeça explodiu, caindo para trás e deixando a porta semiaberta. Imediatamente, o grupo se armou para possível saída de bandidos pela porta, mas não houve qualquer movimento dentro da casa. Restam agora somente três bandidos, na contagem de Pedro. Quando deu vinte e três horas, um sinal conhecido foi dado e os homens entraram porta adentro, bem devagar, rastejando praticamente no chão. As portas mal foram abertas, o suficiente para a entrada de um homem rastejando. Assim que os seis homens entraram, ficaram ainda bem próximos das portas que entraram, até seus olhos se acostumarem com a escuridão. Depois começaram a andar por dentro da casa, passo antepasso, agachados e ajoelhados. Os que entraram pela cozinha não encontraram ninguém. Os que entraram pela porta da sala de visita, também não encontraram ninguém nem mesmo os empregados e suas famílias. O grupo que entrou pela porta da copa de refeição, também não encontrou ninguém. Depois de alguns minutos em espreita, ouviram sussurros em um dos quartos, que era o quarto que pertencia ao coronel Bernardo. A porta estava trancada por dentro e não conseguiriam entrar sem fazer ruídos.

Um dos jagunços falou aos sussurros a outro jagunço.

— "Buscar coronel Pedro".

Imediatamente o jagunço partiu para a porta, ainda quase rastejando e saiu, foi encontrar o coronel Pedro. Assim que passou pela porta da cozinha, fez o sinal combinado de "companheiro", um assobio imitativo de pássaro, pois a escuridão podia causar confusão e o tiro ser dado indevidamente. Quando chegou bem próximo, fez outra vez o sinal de assobio e a situação ficou mais clarificada. Diante de Pedro, o jagunço disse:

— Coronel Pedro, o Tica está esperando o coronel lá dentro.

— Por que o Tica me quer lá?

— É que estão todos trancafiados em um quarto, a porta está fechada e precisamos das ordens do coronel.

— Está certo, então. Vamos.

Pedro e mais três jagunços foram para dentro da casa. Chegando lá, Pedro fez a leitura da situação e disse:

— Vamos entrar, mas antes vamos fazer um pouco de barulho. Esperem a minha volta.

Pedro pegou dois jagunços e foram para outro lado do quarto, que fazia parede com um quarto de um dos filhos do capataz. Então, Pedro disse cochichando a um dos jagunços.

— Sobe neste móvel e, a dois metros de altura, você verá um buraco que passa o cano do rifle. Veja se consegue achar o buraco.

Assim que o jagunço subiu no móvel, apoiando-se sobre os ombros de Pedro e do outro companheiro, viu o buraco que dava na altura de seu ombro, fez a mira para dentro do quarto. O quarto tinha uma lamparina acesa, luz suficiente para reconhecer onde estavam os bandidos. Pedro já havia dito a ele, antes mesmo que tivesse subido no móvel:

— Atire no bandido mais próximo de você, em um minuto.

Em seguida, Pedro caminhou com o outro jagunço e foi para a despensa que fazia parede com a do mesmo quarto onde estavam os bandidos. Arrastaram um pequeno móvel do lugar e, imediatamente, viram um feixe de luz passar por um buraco na parede do quarto, na altura de cinquenta centímetros do chão. Pedro cochichou:

— Agache aqui e faça a mira. Atire no bandido mais próximo de você. Dê-me um minuto para eu retornar à porta e já atira.

Pedro retornou para junto do grupo que ficou à porta e disse:

— Assim que começarem a atirar, nós vamos arrombar a porta e cair para dentro. Um de vocês, junto comigo, vai ficar com a mira pronta enquanto arrombamos a porta. Fiquem prontos.

Não deu dez segundos e dois tiros foram dados. Imediatamente, três jagunços jogaram seus corpos contra a porta e a arrombaram. Pedro mais dois jagunços entraram com os rifles armados e, assim que localizaram o único bandido vivo, perceberam que ele estava com uma criança à sua frente e a arma apontada para a cabeça dela. Três jagunços foram caminhando vagarosamente, com os rifles apontados para o bandido, em direção ao mesmo. Assim que ficaram a dois metros de distância, pararam e ficaram apontando os rifles à espera de uma oportunidade. Então, Pedro falou:

— Cabra, se você quer viver largue a arma e não machuque mais ninguém. Eu prometo que você viverá.

Então, o bandido disse:

— E quem é você para prometer a minha vida?

— Eu sou o coronel Pedro Cardoso, dono desta fazenda.

— O coronel dá sua palavra que vou viver?

— Pode confiar em minha palavra, você vai viver.

Depois de alguns instantes, o bandido deixa a arma cair ao chão e solta a criança. Em seguida, levanta as mãos para cima da cabeça. Dois jagunços caíram em cima do bandido, levaram-no para fora, para o terreiro, amarraram suas mãos às costas e, também, suas pernas e ficaram esperando novas ordens do coronel Pedro.

Dentro da casa, Bernardo e Pedro cumprimentaram a todos, os vaqueiros e suas famílias. Pedro perguntou:

— Vocês todos estão bem? Há alguém aqui machucado ou morto?

O capataz, Joaquim, disse:

— Eles mataram dois jagunços nossos que estão lá fora. Nós só apanhamos um pouco, as crianças estão assustadas, as mulheres foram bulinadas por eles. Nenhum vaqueiro morreu, graças a Deus.

Pedro retomou a palavra:

— "Seu" Joaquim, a fazenda está em paz agora. Exceto um, todos os bandidos estão mortos. Descansem esta noite, amanhã mande enterrar os dois jagunços. Depois, reponho estes homens. Amanhã, arrume tudo o que foi estragado e bagunçado. Agora, mande os vaqueiros e suas famílias e, também, os jagunços, para suas casas e vamos descansar. Eu retorno em três dias para falar com o senhor e ver o que podemos fazer. Preciso voltar para minha casa, depois falamos sobre o ocorrido aqui. Se precisar de médico, mande buscar no povoado o farmacêutico, ele vai dar remédios para vocês.

Joaquim disse:

— Está certo, coronel Pedro. Obrigado por vir nos ajudar.

Quando Pedro saiu da casa e viu-se diante do bandido, disse a seus homens:

— Arranque o pau deste bandido e corte as duas mãos. Tire ele das minhas terras.

Um dos jagunços da fazenda disse:

— Posso amarrar ele no pau e amanhã fazer o que o coronel mandou?

Pedro disse:

— Sim, pode fazer tudo amanhã. Vamos descansar esta noite.

Bernardo e Pedro discutiram o cenário e tomaram a decisão de não retornarem para a fazenda "Ribeirão Preto" esta noite; deveriam passar a noite junto ao capataz como forma de mostrar respeito e consideração. Portanto, Pedro disse ao capataz Joaquim:

— Joaquim, mudei de ideia, vou passar a noite aqui, junto de você e de sua família. É uma forma de mostrarmos respeito e consideração a vocês. Posso ficar esta noite com vocês?

— Sim, claro, coronel Pedro. Será uma honra ter o coronel Pedro e o coronel Bernardo em nossa casa.

Bernardo e Pedro recolheram-se em um dos quartos de hóspede da fazenda e passaram o resto da noite. Seus homens, que vieram da fazenda "Ribeirão Preto", procuraram lugar para dormir também junto ao galpão. No dia seguinte, logo pela manhã, conversaram com o capataz Joaquim e acertaram as providências a serem tomadas. Poucos minutos depois das dez horas, partiram em retorno à fazenda

"Ribeirão Preto". Antes, deram uma volta pela fazenda para fazer reconhecimento dos animais e das suas condições físicas. Depois pegaram o caminho de volta e a viagem demorou mais de três horas. Durante o caminho de volta, Bernardo conversou com Pedro sobre as condições de todas as fazendas, retomaram o assunto de segurança, pois precisavam orientar melhor os jagunços para evitarem que bandidos pudessem adentrar as fazendas com tanta facilidade. Pedro decidiu que iria orientar todos os jagunços, com treinamentos muito especiais para evitarem futuros casos. Assim que chegaram, foram se refrescar com banhos e sucos. Em seguida, almoçaram em família, como era costume ensinado pelo professor Otávio.

Durante o almoço, Pedro foi encarregado de narrar os acontecimentos ocorridos na fazenda "Quebra-Coco". Narrou os fatos excluindo alguns outros para não dar um impacto muito forte nos que permaneceram em casa. Mesmo assim, o Otávio disse:

— Coronel Pedro, percebi que os bandidos foram de uma crueldade impressionante e ousados. Mesmo sabendo que os jagunços haviam sido dominados, tiveram atitudes facínoras diante de pessoas inocentes e indefesas, as mulheres e as crianças. Em minha opinião, o extermínio do grupo foi uma limpeza bem-feita à nossa população. Com certeza, são sete homens que deixarão de praticar maldades aos inocentes, aos trabalhadores.

Pedro argumentou:

— Professor Otávio, os nossos empregados são pessoas fortes, são pessoas que gostam de trabalhar em nossas terras. Eles gostam muito de trabalhar em nossas fazendas porque respeitamos a todos, sem exceção. Temos muita consideração para com eles e eles sentem isto, sentem-se prestigiados e sabem que, nas outras fazendas, ocorre o contrário. Os empregados das outras fazendas são tratados como se fossem escravos, sem respeito, sem consideração. Os nossos empregados não se sentem excluídos em nossas terras. Eles se sentem como se fôssemos uma grande família. Afinal de contas, é exatamente isto o que a gente sente, uma grande família.

Então, Bernardo disse:

— Pedro, não tenho acompanhado, nos últimos tempos, os salários deles em relação aos dos outros trabalhadores das fazendas da região. Você tem informação disso?

— Coronel Bernardo, nossos homens recebem metade a mais que os outros trabalhadores da região, talvez um pouco a mais, principalmente os capatazes. Por que a pergunta?

— Como nós estamos tendo uma receita muito boa das três fazendas, quero que você negocie com eles um aumento de valor, não quero que seja em dinheiro, senão os outros fazendeiros vão reclamar. Quero que você fale com cada chefe de família, cada empregado, e dê uma compensação como forma de agradecimento. Talvez melhoramento nas casas, nos móveis, nos alimentos, melhore em alguma coisa para cada família, mas que seja muito bem percebido e aceito por todos eles.

— Está certo, coronel. Vou pedir ajuda para Mira, ela tem um jeito muito especial para isto. Talvez roupas, talvez utensílios domésticos. Mira deve saber melhor.

Então, Miriam disse:

— Eu posso ajudar. Tenho algumas ideias de melhorias para eles. A construção de casas com melhores acomodações é uma delas.

Tenho outros palpites também.

Bernardo disse:

— Mira, por favor, compense melhor os nossos empregados, vaqueiros ou jagunços, são todos empregados em igualdade. Mas é muito importante que eles não falem com os parentes e amigos sobre estas melhorias. Caso contrário poderá haver retaliação dos outros fazendeiros e não quero confusão com eles. Ultimamente, os outros fazendeiros têm nos acolhidos muito bem. Pedro, mais uma coisa, preciso falar com você no escritório, depois do jantar.

Então, Miriam disse:

— A conversa tem que ser em particular, os outros não podem ficar sabendo?

Bernardo respondeu:

— Mira, todos vão ficar sabendo o que vou falar com o primo Pedro. Só que a conversa que quero ter com ele precisa de privacidade no primeiro momento. O assunto não é segredo ou discriminação. Apenas quero que o assunto se desenvolva, sem outros comentando enquanto falamos. Não é segredo, eu te garanto. Assim que acabar a nossa conversa, eu chamo vocês e falamos o assunto em pormenores.

Então, Miriam desabafou:

— Eu sei que vocês dois têm segredos. Podem ir e falar à vontade, não quero mais saber.

Miriam saiu de perto, emburrada. Após o jantar, Bernardo se dirigiu ao escritório e Pedro o seguiu, sem que houvesse uma palavra dita. Os dois se sentaram e Bernardo tocou no assunto.

— Pedro, apesar do assunto ser importante para mim, tenho certeza que será para você também. Estou com ele em minha mente há muitos anos e, hoje, quero definir com você. Então, peço para que você ouça tudo o que tenho a dizer com muita atenção e, depois, você faz os comentários que achar importantes. Você veio morar comigo há muito tempo, foi na última vez que vimos nosso querido "seu" Mundinho, a quem tenho em muita estima no meu coração. Desde aquela época, você vive ao meu lado, sempre partilhando as minhas preocupações, as minhas angústias, assim como as minhas decisões, as minhas negociações, como as compras das fazendas e dos animais em todas estas épocas. Você costuma não tomar muita participação nestas negociações e, em muitas outras, mandei você cuidar sozinho e você as fez com muita competência, porque você é uma pessoa muito inteligente e capaz. Todavia, sinto que tenho tomado muito as rédeas dos assuntos da fazenda, talvez dando a impressão que sou o único dono delas, muito embora eu tenha delegado a você o gerenciamento de todas elas há muito tempo. Mas, de qualquer maneira, eu tomei a frente em assuntos de sua coordenação e, digo agora, sem o menor constrangimento, não fiz porque o considerei incapaz, mas é o meu jeito de ser. Diante de algum problema, tomei a iniciativa, a frente sem prestar muita atenção a quem caberia decidir, logo passei por cima de sua chefia. Quero, aqui e agora, deixar as minhas desculpas por estes constrangimentos que você passou e quero dar uma solução definitiva sobre a sua autoridade, as suas responsabilidades, diante dos nossos empregados. Antes de falar da minha decisão, quero saber sua opinião a respeito.

— Coronel Bernardo, tenho trabalhado com o coronel todo este tempo e nunca senti um ponto de constrangimento ou submissão diante das suas decisões. Todas as suas decisões tomadas foram as mesmas que eu tomaria, caso o coronel não me tivesse antecipado, salvo pouquíssimas exceções. Por isso, eu tenho a certeza absoluta que tenho aprendido muito bem as lições dadas tanto pelo coronel como pelo professor Otávio, pois foi o professor que nos ensinou como gerenciar homens e fazendas. O coronel Bernardo pode se tranquilizar que, em nenhum momento, senti-me inferior, muito pelo contrário, sempre me senti em igualdade de condições no comando das fazendas porque assim o coronel sempre quis. O coronel não precisa se desculpar. Sinto muita honra e orgulho em fazer parceria com o coronel.

— Mas e o coração de Mira, ela não tem certo constrangimento do relacionamento entre nós dois?

— Mira sempre admirou o coronel e sempre tem me dado apoio e conselhos para seguir seus passos, porque ela acha que você sempre tem razão em suas decisões. Ela tem muita admiração pelo coronel e suas decisões.

— Coronel Pedro, fico muito contente que seu coração esteja em paz comigo. Agora meu coração também está em paz porque tomei conhecimento que não há rusgas nem entreveros entre nós. Diante de você, afirmo agora, se já não o fiz, que tenho você como um irmão mais novo. E, diante de irmão, certas coisas não precisam ser ditas, pois temos certeza dos sentimentos para com a gente. Você é meu irmão e nada mais. Que fique muito bem esclarecido este nosso relacionamento. Podemos voltar para a sala de jantar e nos unirmos aos outros?

— Sim, coronel Bernardo. Vamos nos apresentar diante da família. Mas, o coronel não tinha outro assunto a tratar?

— Sim, tenho coronel Pedro. Mas este assunto vou falar diante de todos, para que não haja mal-entendidos na família. Vamos tratar diante de todos.

Os dois dirigiram-se à sala de jantar, onde a família ainda estava reunida. Assim que chegaram, Raquel disse:

— Marido, podemos saber o assunto tão sigiloso entre os mancebos?

Bernardo disse:

— Claro, não há o porquê vocês não saberem. Pedro vai contar o que conversamos.

Então, Pedro começou a relatar:

— O coronel Bernardo estava com uma dúvida muito atroz e antiga. Ele achava que eu me sentia constrangido por ele ser o cabeça da família. O coronel esclareceu seu ponto de vista diante desta situação, deste relacionamento de poder, de hierarquia que há em nossa família.

Imediatamente Miriam disse:

— E o que você respondeu?

— Eu disse que nunca passou pela minha cabeça ser inferior a qualquer um desta família. Por ele ter tomado a frente em algumas ações não implica que ele seja a pessoa mais importante aqui, bem, pelo menos para mim. Acho o professor Otávio a pessoa mais competente aqui dentro, pois tudo o que sei e que o coronel Bernardo sabe foi ensinado pelo professor Otávio. Então, deixo claro que nunca me senti constrangido ou inferiorizado por ter o coronel tomado as decisões referentes às fazendas. Mas o coronel tem algumas decisões que não me quis dizer, talvez as diga agora, diante de todos nós.

Raquel comentou:

— Desde quando ingressei nesta família, tenho percebido esta atitude de Bernardo diante de todos nós. Assim que ele toma conhecimento de alguma coisa que precisa de ação, Bernardo já define o que fazer, impossibilitando os outros de tomar em qualquer atitude. Também concordo com o Bernardo sobre a possibilidade de ter melindrado não só a Pedro como, também, ao professor Otavinho. Mas, se Pedro não teve estes sentimentos de inferioridade e exclusão, então fico muito contente pelos laços de relacionamento que há entre nós. Espero que o professor também se sinta deste jeito.

Otávio disse:

— Sempre tenho comentado com a minha Jacinta sobre este comportamento de Bernardo. Na verdade, eu sempre estimulei esta atitude, desde o começo, quando ele chegou aqui. Coronel Bernardo se sentia inseguro, então incitei-o a tomar as atitudes que necessitava tomar. Claro que, no começo, discutíamos muito, explicava cada ação a ser tomada diante de algumas situações, logo não posso me sentir inferiorizado porque era o coronel Bernardo quem deveria tomar as atitudes. Eu o estava preparando para gerenciar as fazendas e a casa grande. A competência e a capacidade em escolher as melhores resoluções foram ressaltadas nestas discussões. Fico muito satisfeito com as soluções praticadas pelo coronel. Em menor grau, também ensinei ao coronel Pedro que, igualmente, se mostrou competente e capaz.

Bernardo retomou a palavra:

— Bem, dou por encerrado este caso. Todos estão satisfeitos com a nossa situação atual. Sim, tomei algumas decisões e uma delas vou relatar agora. Eu gostaria de mudar de ares, quero mudar para a cidade de Cabrobó. Eu, mais Raquel e meu filho. Quero, a partir da minha estada em Cabrobó, estar voltado somente para as vendas. Quero ampliar os nossos clientes, quero, pelo menos, dobrar os nossos números em dois anos, sei que é uma meta elevadíssima, mas vou trabalhar para isso. Assim, deixo todas as fazendas nas mãos do nosso querido coronel Pedro. Pedro será o único a comandar as fazendas. Gostaria muito que todos dessem suas opiniões a respeito, inclusive Raquel, que não está sabendo nada a respeito.

Raquel disse:

— Não sabia mesmo, estou chocada com a sua decisão, pois não me consultou a respeito. Você terá que me convencer que estaremos melhor lá, na cidade, do que aqui, na fazenda.

Otávio disse:

— Se pensarmos nos nossos negócios, deixando o assunto família em segundo plano, é uma proposta muito boa, pois teríamos uma alavancagem nas vendas, aumentando nossos lucros em muito, pois teríamos o mesmo custo fixo e o dobramento das receitas. Se formos considerar a nossa família, é uma proposta ruim, não posso menosprezar a unidade que temos na família. Digo, ainda, não quero sair da fazenda, quero viver e morrer aqui, junto da minha família. Jacinta, diga sua opinião.

— Concordo com Otavinho, nossa família é mais importante que os negócios. Não quero que Bernardo e Raquel e mais meu neto vão morar longe de nós, quero todos juntos, aqui, nesta fazenda. Ainda mais que, daqui a alguns meses, teremos mais dois rebentos na família. Criar criança na fazenda é muito melhor que criar na cidade.

As crianças gostam muito daqui, pois há muitas crianças dos outros empregados que estão sempre juntas com nossos netos. Eu fico com o meu Otavinho.

Otávio disse:

— Mira, fale alguma coisa a respeito.

Miriam falou:

— Eu quero morar, aqui, nesta fazenda nem em outra eu quero mais. Quero também que meu irmão, mais Raquel e meu sobrinho fiquem aqui, juntos da gente. Se for para aumentar as vendas, Nardinho pode viajar, ficar dois ou três dias fora, mas que retorne para cá, para ficar junto de nós. Eu penso assim.

Então, Otávio disse:

— Coronel Bernardo, seu ponto de vista foi recusado pela sua família. Mira deu uma alternativa à sua decisão. Acho melhor o coronel repensar a respeito, pois a família quer o coronel junto de nós. Todos nós amamos o coronel Bernardo. Mais um ponto muito importante, coronel Bernardo, dinheiro não é tudo em nossa vida e não deveria ser. Família é muito mais importante. Somos uma família abençoada, não temos problemas de inveja, de intrigas, de confusão, somos muito respeitosos uns com os outros. Cada um sabe muito bem o seu papel nesta família. Não podemos desconsiderar isto. Os lucros que as fazendas vêm obtendo são muito bons. Nós temos condições de comprar fazendas com quatro ou cinco anos de produção. Poucas fazendas têm algo parecido. Não precisamos mais de terras, pois nossos netos têm condições de administrar as que temos e terem uma vida de príncipes. Não joguemos fora esta condição familiar. Peço ao coronel Bernardo e à "dona" Raquel que meditem muito bem a respeito deste assunto. Confio plenamente que o coronel Bernardo vai revogar esta decisão de sair do nosso convívio. Tenho dito. Precisamos ouvir, também, a opinião da "dona" Raquel que ainda não opinou.

Raquel afirmou:

— No meu entendimento, as palavras do professor Otávio são esclarecedoras. Eu penso como o professor definiu. Talvez devêssemos morar uma temporada na cidade quando nossos filhos estiverem estudando na faculdade, mas, mesmo assim, é por períodos escolares. Não vejo a necessidade de morarmos em Cabrobó para aumentar nossas vendas. Há outras formas de aumentá-las sem termos que mudar daqui. É isso o que penso.

Bernardo disse:

— Eu ouvi todos vocês e vou refletir a respeito do assunto. Vou analisar, juntamente com a Raquel, e depois levamos ao conhecimento de todos vocês. Obrigado pela opinião de cada um, por isso que tenho honra em pertencer a esta família maravilhosa. Muito obrigado a todos.

Não obstante Bernardo fazer tal assertiva, seu coração sentia que precisava de novos ares, mais espaço, outros desafios que o estimulassem na vida e morar na cidade e buscar dobrar suas vendas seriam uma forma de desafiar sua vida, sua realidade. Apesar de achar que todos os seus familiares queriam continuar na mesmice de suas vidas, ele sentia que algo precisava mudar, buscar novas metas, novos objetivos que pudessem chacoalhar o seu comodismo, o seu imobilismo intelectual. Sentia que precisava de novos rumos para animá-lo, impulsioná-lo para a frente. Algo dentro de si fumegava, abrasava a sua mente, desabotoava seu peito, precisava destravar a sua vida, pura angústia. Mas, com a decisão da família, ele teria que esperar por uma nova oportunidade, novo momento favorável para pautar o assunto.

226

# CAPÍTULO 13 — A PERDA DE DOIS FAMILIARES

Dois anos depois, Bernardo continuava morando na fazenda, junto com família. As fazendas continuaram apresentando bons resultados, como sempre apresentavam. A família Cardoso guardava muito dinheiro quando fazia as vendas de seus animais. Pedro fez vários acordos comerciais com vários clientes residentes em Cabrobó e nas cidades circunvizinhas, assim como em outras mais distantes. Praticamente tornou-se o maior fornecedor de animais para o abate da região. Tudo isto colaborava para o aumento da riqueza dos Cardoso. Pedro propôs várias vezes comprar mais terras, mas Bernardo manifestava-se contrário, não queria ficar dependente de administradores fora da família. Dizia Bernardo:

— Primo Pedro, quando você coloca administradores cuidando de seu negócio, a receita cai pela metade e as despesas sobem demais, tornando o lucro muito menor do que deveria ser. Se você acha que, com mais terras, nós vamos obter mais lucros, então aluga algumas fazendas por cinco anos, tempo suficiente de engorda de um garrote, e vamos ter bons lucros. Os proprietários vão ficar felizes e nós também. Então, você contrata administradores para cuidarem do nosso negócio e vamos ver como serão nossos lucros. Faça uma experiência e veremos como ficará, se vale mais a pena comprar ou alugar terras pelos resultados obtidos. Eu acho muito arriscado colocar outras pessoas gerenciando nosso negócio, porque não controlaremos tantas fazendas ao mesmo tempo. Hoje temos três fazendas e já estamos no nosso limite. Temos bons lucros, guardamos muito dinheiro a cada ano que passa. Estou muito satisfeito com a nossa receita financeira.

— Coronel Bernardo, só acho que deveríamos comprar mais terras e termos mais lucros. Não pensei nos homens que teríamos que contratar. Pensei só no negócio. Sob o seu ponto de vista, vejo assim também, mas não acho que os resultados seriam tão diferenciados das nossas três fazendas, porque estes administradores receberiam pelos resultados alcançados.

— Mas eles não teriam o risco sobre suas costas. O risco seria só nosso. Caso haja uma epidemia como a da vaca louca, eles se isentariam do prejuízo e nós teríamos que cobrir. Imagino que o lucro das nossas três fazendas não cobriria nem os salários destes executivos, fora os outros empregados.

Para Pedro, este posicionamento de Bernardo era mais porque ele teria que delegar poderes e ele era um concentrador, mais que isto, ele não queria se sentir desocupado, desobrigado das tarefas de administrar. Pedro tem esta convicção a respeito dele como administrador dos negócios da família. Bernardo quer se sentir engajado, útil, necessário para que os negócios andem, aconteçam. Esta conclusão, Pedro já observava desde o princípio, desde quando foi trazido por seu Mundinho para trabalhar para Bernardo, não obstante "seu" Mundinho ter-lhe dito que ele, Pedro, seria sócio de Bernardo.

As festas de final de ano, quarto ano na fazenda "Ribeirão Preto", foram passadas com muita alegria, muito contentamento. As fazendas continuavam dando lucros muito bons, os animais cresciam em números consideráveis. O número de empregados cresceu também. As crianças cresciam em tamanho e em inteligência, Raquel tinha um menino e uma menina e Miriam tinha dois meninos. Todos os partos foram normais, sem complicações. Jacinta orientava sobre como cuidar das crianças, apesar de nunca ter tido filhos, mas era uma mulher muito observadora e inteligente. Bernardo e Pedro ficaram muito felizes com o nascimento das duas crianças, seus filhos. O farmacêutico passava algumas vezes para examinar, tanto as mães quanto as crianças. O médico da família passou poucas vezes, somente para confirmar que tudo transcorria normalmente.

No quinto ano em que estavam morando na fazenda "Ribeirão Preto", Jacinta vinha sentindo, há alguns meses, muitas dores no peito, seu coração, já cansado, mostrava sinais de enfraquecimento. Em janeiro, Jacinta teve uma crise séria que quase a levou, precisou fazer ressuscitação em seu coração. Por sorte, o farmacêutico estava presente no momento do ocorrido e praticou a ressuscitação. Deste momento em diante, a família ficou aguardando o momento final. A tristeza penetrou firme nas mentes e nos corações dos membros da família Cardoso. Todos tinham um carinho muito especial pela mãezona de todos. No início do mês de fevereiro, Jacinta faleceu. Raquel e Miriam choravam constantemente, a tristeza tomou conta de seus corações. As recordações eram grandes, as lembranças eram imensas, pois as duas tinham, em Jacinta, a mãe que sempre sonharam ter. Jacinta era uma mulher especial, querida por todos.

No começo deste ano, Otávio passou muito mal também. Tossia muito em razão de uma pneumonia que pegou e que não conseguia curar. Desde o mês anterior, fevereiro, Otávio vinha tendo grandes dificuldades em respirar. A infecção pulmonar tirava-lhe as forças, não o deixava sair da cama, pois não conseguia ingerir oxigênio suficiente para obter energia, praticamente passava todo o tempo deitado. O farmacêutico da cidade, Alfredo, ia constantemente à fazenda para cuidar e medicar, tanto de Otávio como de Jacinta, quando estava viva. No final do ano anterior, Alfredo já havia comunicado aos familiares que tanto Otávio quanto Jacinta não teriam muito tempo de vida, que os seus males estavam espalhados por seus corpos. Era um problema de velhice, de órgãos cansados, ambos tinham quase oitenta anos. Alfredo pediu aos familiares para que tomassem as medidas necessárias, pois o tempo de vida deles seria curto, não passaria de dois meses. Foram momentos de sofrimento, tristeza e desconsolo para os familiares, pois os dois eram considerados os patriarcas da família Cardoso. Foram notícias desalentadoras, arrasadoras para o clã dos Cardosos.

Muito embora não apresentasse senilidade intelectual, o Alzheimer não conseguiu se aproximar dele, talvez pela altivez, pela agitação intelectual que Otávio deu à sua vida. Sempre foi um homem ativo, buscava sempre desafios. Com a vinda de Bernardo, sua vida teve uma reviravolta. Bernardo proporcionou-lhe o empreendedorismo que ele sempre sonhava, que sempre queria. A união com Bernardo propiciou-lhe a realização pessoal de seu sonho em ser agente de mudança, autor da realização de sua vida intelectual e profissional. Sua realidade foi totalmente transformada em cento e oitenta graus, mudou a direção de sua vida e passou a ter a autoria dela. Esta união fez Otávio viver ativamente, não esmoreceu em nenhum momento, deu sentido em sua vida. Acompanhava e vivenciava todos os momentos de negociação junto a Bernardo, sua satisfação era inebriante.

Seu passamento ocorreu em uma noite muito quente no final de março. O ar ingerido foi insuficiente para que ele conseguisse oxigenar os pulmões. Grande tristeza abalou a estrutura da família Cardoso. Otávio era uma personagem familiar muito querida, foi, por muitos anos, o alicerce de conhecimento, de congraçamento familiar. Sua palavra era aceita como definição de qualquer tema que viesse à tona. Otávio era o professor que todos queriam ter e tinham, um homem com sabedoria, com conhecimentos dos mais diversos temas. Foi o pilar da família Cardoso. Otávio era a base de sustentação da família Cardoso, homem de personalidade forte, irrefutável, justo e sábio. O professor era o alicerce, a fundamentação, a fundação dos conhecimentos e sapiência da família Cardoso. Ninguém discutia sua opinião porque ele conseguia mostrar as nuances que estavam envolvendo os temas e demonstrava qual era a melhor opção. Grande inteligência e eloquência e, o mais interessante, ele repassava seus conhecimentos aos outros familiares com muita alegria, nunca impôs suas conclusões, apenas argumentava com clareza e discernimento. No mês de março, Otávio faleceu, um mês após o falecimento de Jacinta. Os corações dos Cardosos ainda estavam doloridos pelo passamento de Jacinta e eis que outro acontece. A base, a sustentação, ruíram, desapareceram, implodiram. Muita tristeza e muito choro ocorreram pela casa grande. Todos, sem exceção, choravam e lamentavam as perdas ocorridas. Por todas as fazendas, o choro e a tristeza acorreram nos rostos dos empregados e dos familiares. Os Cardosos andavam cabisbaixos, lágrimas escorrendo mostrando os corações dilacerados e amargurados. Os empregados viam-nos e viravam os rostos para não demonstrarem desrespeito e desconsiderações diante das emoções profundas que abatiam a todos.

O tempo de luto durou mais que um mês, as refeições foram feitas em silêncio. Não havia qualquer decisão a ser comunicada ou tomada. Faltava alguém muito importante para clarear as ideias e os desejos. Faltava alguém para fazer a liga entre o real e o imaginário. Professor Otávio era este mágico, este guia de luz que clareava as ideias, as decisões, os questionamentos, as querelas dos mais diversos naipes. Bernardo não aguentava mais morar na fazenda, tudo lembrava os seus pais adotivos: Otávio e Jacinta. Faltava algo dentro de si que o alijava de novos sonhos, novas lutas, novos desafios, novos horizontes. Para Bernardo, este ambiente não era mais tolerável, tinha que mudar de ambiente para poder respirar, para poder sentir a vida correr novamente diante de seus olhos, em suas veias. Faltava o sol, faltava a cor, faltava a esperança, faltava a fé. Seu mundo e suas perspectivas foram reduzidos a pó, à nulidade. Como seguir adiante em seu caminho, se o fundamentador, o mentor de tudo estava ausente, não voltaria mais ao seu convívio, partira para sempre? Como duas pessoas podiam influenciar tanto a vida de outras pessoas ao derredor, sem ao menos dar a chance de perceberem o poder desta influência? Assim foram Otávio Cardoso e Jacinta Cardoso nas vidas dos filhos e netos de amor.

Bernardo percebeu imediatamente que sua vida mudara cento e oitenta graus, para tanto precisava de novos rumos. Novos projetos deveriam ser elaborados, tracejados, para que pudessem dar sentido à vida, agora alijada de sonhos e vontades de suma importância, que traçaram sua vida desde a juventude. Precisava tomar novos rumos, pois a racionalidade exige clareza de ideias, clareza de objetivos. Bernardo precisa de nova racionalidade, pois a anterior se perdeu, extinguiu-se, tornou-se irrecuperável. Assim é a vida, afinal de contas Bernardo já sentira isso antes, para expressar a verdade, duas vezes. A primeira se deu com as mortes de seu pai José Cardoso e de sua mãe Josefina, seus pais verdadeiros, de sangue. A segunda, quando Raimundo e Mirtes não retornaram, seus pais adotivos de primeira vez. Agora, foi a vez de Otávio e de Jacinta, seus pais adotivos de segunda vez, a dor foi mais pungente, mais aguda, não tinha cabeça para pensar no amanhã, no futuro. Assim, deixou que a vida o levasse, pois não tinha condições de escolher qualquer coisa que mudasse ou não a sua vida, pelo menos, nestes primeiros momentos de depressão.

Este sentimento de perda, de falta de chão, também foi sentido pelos outros membros da família Cardoso. Miriam estava irreconhecível, pois todas as lembranças de criança eram de Jacinta e Otávio como seus guias, seus pais verdadeiros, enquanto sentimentos vivos em seu coração. Não tinha lembrança de Josefina e de José Cardoso, pois era muito pequena para se lembrar. Mas sentia que Jacinta e Otávio eram seus pais de verdade, de amor, de doação e de adoção. Estas duas pessoas eram a sua vida, eram toda a sua vida, eram suas raízes, nada tinha antes e nada vai ter depois. Este sentimento depressivo de falta, de ausência, era o sentimento que Miriam carregava dentro de si, em seu peito, em suas entranhas. Nada, ninguém conseguia despertá-la desta fuga, desta depressão, desta alienação mística que pairava em seu coração, em sua mente. Miriam andava moribunda pela casa, nada tinha mais sentido, faltava alegria nas coisas, nas pessoas. Faltava importância nas coisas ao seu derredor. Miriam carregava grande dor em seu coração dilacerado.

Pedro e Raquel são os dois que menos atordoamentos sentiram. Afinal de contas, suas vidas passadas, comungadas, com Jacinta e Otávio, começaram quando já adultos, já formados. Mas, mesmo assim, suas dores foram pungentes, dilacerantes. Pedro e Raquel tiveram que se esforçar ao máximo para trazerem seus cônjuges para a realidade, para a vida. Os dois pactuaram um acordo de trabalho mútuo, contínuo, para resgatarem seus amados, seus amantes. Precisaram de muitos meses para resgatarem parte da esperança dos dois irmãos amados. Pedro e Raquel cobravam, exigiam, explicavam a volta à realidade; foram meses de trabalho árduo para colocarem os irmãos amados de volta sobre os trilhos da vida. Ainda que não estivessem cem por cento sobre os trilhos, mas a parte recuperada deveria ser grande, ser considerável, o mais perto possível da totalidade. A esperança e a fé voltaram às mentes dos irmãos aos poucos, de forma homeopática. Precisaram de muito encantamento e amor dos seus cônjuges, dos seus amados, para sentirem-se novamente engajados na vida, na realidade.

Dois anos depois, quando o mês de outubro entrou, durante um jantar que não era mais como os jantares de antigamente, quando a família Cardoso estava completa, Bernardo comunicou:

— Primo Pedro e Miriam, tenho pensado muito ultimamente em nossas vidas e no futuro das vidas dos nossos filhos. Nossos filhos já estão frequentando as escolas e, para o ano que vem, decidimos, eu e Raquel, que todos nós vamos morar na cidade de Cabrobó. Meia légua da nossa fazenda "Ribeirão Preto" não é distância para não morarmos lá. Agora que o professor Otávio e "dona" Jacinta não estão mais conosco, não há motivos que nos prendam aqui, muito pelo contrário. Aqui, tudo lembra os meus amados e não consigo me desvencilhar destes sentimentos de tristeza e dor, de perda e ausência. Há muito tempo que quero morar na cidade e chegou a hora. Em janeiro próximo, vou começar a procurar casas para mudarmos para a cidade. Vou começar a olhar duas casas para nós, uma para mim e outra para você, primo Pedro. Lá haverá mais conforto, estamos ficando velhos, muitas coisas não aguentamos mais como antigamente, viajar para lugares longes já me incomodam muito e, mais, será bom também para nossos filhos que estão crescendo e terão novas necessidades que a cidade proporciona.

Pedro respondeu:

— Está certo, coronel Bernardo. Vamos mudar para a cidade. Mira já vem falando sobre isso há algum tempo, desde as perdas de "seu" Otávio e "dona" Jacinta, então vamos satisfazer a vontade dela também.

E Bernardo continuou:

— Como vamos morar em casas separadas, teremos despesas separadas, coisas separadas. Mas nossa fonte de dinheiro continuará sendo a mesma, as nossas fazendas. Como quem controla o nosso caixa e as nossas contas é a Mira, ela deverá partir ao meio, dando uma parte para mim e Raquel e a outra para ela e você.

Enquanto Bernardo e Pedro discutiam o futuro da família, ou melhor da divisão da família, Miriam não se conteve e disse:

— Nada disso! Depois de tantos anos vivendo juntos, agora que estamos com mais de quarenta anos, nós vamos nos separar? Não é melhor comprarmos uma casa grande, com tamanho suficiente para receber todos nós juntos e continuarmos morando como estamos hoje, todos juntos? Acho que meu pai Otávio e minha mãe Jacinta gostariam muito que acontecesse assim, todos nós morando juntos.

Raquel aproveitou a oportunidade e completou:

— Eu concordo com a Mira. Estamos todos tão acostumados a vivermos juntos, a ter uma vida comunitária que, se nos separarmos agora, tudo vai ficar estranho, vai ficar muito ruim. Hoje, vivemos sob o mesmo teto, mas temos nossas vidas separadas, nossos quartos são separados, há privacidade em cada família. Acho que a separação vai causar mais males que benefícios, juntos teremos uns aos outros para nos ampararmos, nos vigiarmos contra doenças e outros males. Juntos não teremos solidão, um apoia o outro. É muito melhor vivermos como uma grande família, pois estamos acostumados a viver assim.

Pedro também opinou:

— Eu concordo plenamente com Mira e "dona" Raquel. Seria muito ruim se tivéssemos que nos separar. Vivermos em comunidade, em unidade, foi o que nos fortaleceu enquanto família. Aprendemos a viver juntos há muito anos, e agora vamos nos dividir, nos separar? Gostaria muito que continuássemos sendo uma família Cardoso, fundada pelo "seu" Zeca e "dona" Fina Cardoso e prosseguida por "seu" Otávio e "dona" Jacinta Cardoso.

Diante das argumentações proferidas pelos membros dos Cardosos, Bernardo sentiu que tinham razão. A base de sustentação de sua família chamava-se unidade, agregação, irmandade. Então, disse:

— Está certo, vocês todos têm razão. Percebo agora a besteira que eu ia fazendo sem consultar vocês, minha família. Todos vocês têm razão absoluta sobre morarmos juntos. Vou procurar uma casa grande que abarque a todos nós. Se não conseguir encontrar uma casa que nos caiba, então vamos comprar um terreno e vamos construir uma grande casa para todos nós.

Todos se abraçaram e riram. O riso foi acanhado, tímido, pois havia algum tempo que este sentimento estava reprimido, quase esquecido. Assim, Raquel falou:

— Minha família! Tenho certeza absoluta que o professor Otávio e "dona" Jacinta, se estivessem aqui, não gostariam de ver o que nossa família se tornou: tristeza, silêncio, desmotivação, depressão. Tenho certeza que nossos pais adotivos e de amor gostariam que continuássemos alegres, motivados, lutadores, unidos sob o mesmo teto. Tenho certeza que nossos pais adotivos gostariam de nos ver com jantares alegres e discutindo negócios, assuntos de família. Proponho que nossos jantares retornem ao que eram antes, quando eles viviam conosco sob este teto. Vamos retomar a nossa alegria anterior, nosso brilho anterior, nossa fortaleza anterior. Eu me proponho a ser a primeira a tornar esta casa alegre, festiva, brilhante. Se vamos mudar, a nossa nova casa será tudo isto que falei. Se não mudarmos, eu vou renovar esta casa, vou alegrar nosso ambiente habitável.

Miriam disse:

— Ôh!, Raquel. Esta é a minha cunhada que conheço e de quem gosto tanto. Eu também me proponho a acompanhar você, também quero sair desta escuridão que se formou sobre nós. O tempo de luto acabou para todos nós. Vamos nos alegrar, nos motivar, nos festejar.

Sim, vamos viver como antigamente. Acabou o silêncio. Acabaram as tristezas. Vamos pôr Deus em nossos corações e vivermos contentes e satisfeitos. Está certo, Pedro e Nardinho?

Os dois se entreolharam e confirmaram. Pedro primeiro, depois Bernardo.

— Está certo.

Ainda em outubro, Bernardo saiu em busca de uma nova casa na cidade de Cabrobó. Procurou por muitas casas que estavam à venda, mas nenhuma o alegrou ou supria suas expectativas. Algumas eram casas pequenas, outras eram muito velhas e precisariam de grandes reformas, outras, ainda, eram casas construídas com muitos desníveis, muitos degraus. Certa noite, durante o jantar, Raquel perguntou:

— Nardinho, você conseguiu achar uma casa para nós?

— Ainda não, Raquel. Tenho encontrado casas sem condições de se morar ou são velhas ou são pequenas ou são casas que precisam de muitas reformas. Não as achei em condições de se comprar. Vou continuar procurando. Tenho procurado em bairros bons, longe do centro e longe do barulho ou de vistas ruins.

Depois de muito procurar, já estava no mês de novembro, quando Bernardo achou uma casa bonita, com um terreno grande, feita conforme as suas necessidades, o seu desejo. Bateu palmas e foi recebido por um senhor, próximo aos sessenta anos.

— Boa tarde, senhor.

— Boa tarde.

— Sou Bernardo Cardoso e estou à procura de uma casa para minha família. Tenho olhado várias casas e elas não me agradaram. Passando agora por sua casa, achei-a do meu gosto. O senhor não estaria disposto a vendê-la?

— A casa não está à venda.

— Nem por um valor razoável, em que o senhor pudesse comprar outra casa e ainda sobrasse dinheiro?

— E quanto seria este valor razoável?

— Não sei. Este valor, quem tem que pôr é o senhor que está vendendo.

— Talvez cem mil réis?

— Bem, por cem mil réis, eu preciso conhecer a sua casa por inteiro. O senhor permite?

— Sim.

Assim que Bernardo entrou, o anfitrião o cumprimentou e disse:

— Sou Francisco Chaves.

— Obrigado, "seu" Francisco, por permitir que eu conheça sua casa. Sou Bernardo Cardoso.

Francisco Chaves disse:

— Já ouvi falar muito de sua pessoa, não obstante eu nunca o ter visto, exceto hoje, neste momento. O coronel Bernardo é muito conhecido nesta nossa cidade, afinal é o maior fornecedor de carne nesta região.

— Obrigado, "seu" Francisco, pela deferência. Não obstante ser esta pessoa que o senhor ouviu falar, não sou nem menor nem maior que a sua pessoa, tudo isto é besteira.

Francisco gostou das palavras de Bernardo, foram alguns pontos ganhos por ele, só por ter dito palavras sábias que os deferissem, os igualassem. Bernardo entrou e vistoriou toda a casa. Viu os defeitos e viu as qualidades. Por fim, disse:

— Eu posso trazer minha família para ver a casa, para ver se está do agrado dela, no próximo sábado?

— O coronel Bernardo fica à vontade. Estarei aqui para receber o senhor e sua família.

Bernardo retornou à fazenda, chegando próximo da hora do jantar. Durante o jantar disse:

— Minha família, tenho uma novidade. Depois de tanto procurar por uma casa na cidade, consegui achar uma que me agradou. Gostaria que fôssemos conhecê-la no próximo sábado. Combinei com o proprietário que iríamos sábado, pela manhã. Posso contar com todos vocês?

Raquel disse:

— A casa é grande, cabe todos nós nela?

Bernardo respondeu:

— A casa é grande, tem cinco quartos, duas salas grandes, uma cozinha boa e tem também cinco banheiros. Tem muitos banheiros, cinco! Três quartos têm banheiros dentro deles, nunca vi isso, banheiro dentro do quarto.

Pedro perguntou:

— E quanto vai custar esta casa na cidade?

— O proprietário pediu cem mil réis.

— Nossa, tudo isso? Podemos negociar?

Bernardo respondeu:

— Sempre podemos negociar. Vamos tentar abaixar o preço. No sábado, vamos todos lá para conhecer e decidir se compramos ou não.

Pedro respondeu:

— Por mim, tudo bem. Posso negociar a compra? Gostaria de

negociar, gostaria de participar de alguma forma da compra desta casa.

Bernardo respondeu:

— Primo Pedro, você é o melhor negociador da família. Não poderia ser outra pessoa a fazer este negócio. Contamos com você nesta negociação.

No sábado seguinte, logo pela manhã, a família Cardoso foi de charrete até a cidade de Cabrobó. As duas charretes pararam diante da casa do Francisco Chaves, antes das nove horas da manhã. Francisco estava esperando os convidados. Assim que os Cardosos desceram das charretes, Francisco disse:

— Bom dia, coronel Bernardo Cardoso. Vejo que sua família se interessou pela casa, pois ela está completa diante de mim.

— Bom dia, "seu" Francisco. Como eu lhe disse nesta semana, hoje estamos aqui para conhecer a sua casa e ver a possibilidade de negociarmos a compra. Quero lhe apresentar minha esposa Raquel e meus dois filhos.    Apresento-lhe, também, meu primo Pedro e sua esposa Miriam, que é minha irmã, e seus dois filhos.

Então, Francisco disse:

— Senhores e senhoras, bom dia. Sejam bem-vindos. Prazer em conhecer vocês todos. Quero apresentar minha esposa Carmem.

Depois de se cumprimentarem com apertos de mão, Francisco disse:

— Por favor, vamos sair da varanda, vamos entrar e nos sentarmos em nossa sala.

Todos entraram e os Cardosos já olhavam a sala com olhos de vistoria. Depois de se sentarem e conversarem a respeito da casa, dos motivos da compra e outros assuntos familiares, Bernardo perguntou:

— "Seu" Francisco, gostaríamos de conhecer toda a casa, assim como a área externa. O senhor pode nos mostrar agora? Estamos com pouco tempo, pois ainda precisamos fazer compras na cidade, nos mercados e em algumas lojas.

Francisco respondeu:

— Claro, "seu" Bernardo. Vamos conhecer a casa. Por favor, todos podem me acompanhar que irei mostrar e responder alguma pergunta que, porventura, venham a fazer.

Enquanto Francisco mostrava cômodo por cômodo, Raquel e Miriam faziam perguntas pertinentes. Enquanto Francisco respondia, Bernardo cochichou com Pedro:

— Esta casa não vale cem mil réis, talvez setenta ou oitenta deva valer. Negocie a nosso favor, mas não perca a compra. Quero esta casa para nós, ela é grande e caberemos todos nós juntos. E não há outra para comprar. Negocie pensando nestas condições, por favor.

Pedro respondeu baixinho:

— Deixa comigo, vamos comprar esta casa de qualquer jeito.

Assim que Francisco Chaves terminou de mostrar toda a casa e os espaços externos, Bernardo disse:

— "Seu" Francisco, muito obrigado pela gentileza em permitir a nossa visita à sua casa. Precisamos partir agora, senão ficaremos sem tempo de chegar em casa com dia ainda. Meu primo Pedro cuidará da negociação da compra da casa. Por favor, disponha-se a negociar com ele, pois ele é o nosso representante, é a pessoa responsável financeiramente da família. Passe bem, o senhor e sua família.

Bernardo e os outros membros da família se despediram de

Francisco Chaves e de Carmem. Somente Pedro permaneceu na casa. Por volta das treze horas, Pedro juntou-se à família, tinha almoçado com o Francisco, enquanto Bernardo e os outros almoçaram em um restaurante familiar. Assim que Pedro reencontrou-se com a família, Bernardo disse:

— Pedro, não comente nada. Fica para o horário do nosso jantar, quando você repassará as informações que estamos ansiosamente esperando, inclusive não comentamos ainda, entre nós, se alguém não gostou ou se gostou e como.

— Claro, coronel Bernardo. Comentarei tudo durante o nosso jantar.

Bernardo e os familiares chegaram à fazenda "Ribeirão Preto" por volta das dezesseis horas. Raquel chamou um empregado da fazenda e disse:

— "Seu" Norberto, por favor, recolha as nossas compras das duas charretes e leve-as para a cozinha que "dona" Assunta vai guardar.

Por volta das dezenove horas, Bernardo e os familiares sentaram-se para jantar. Após todos se servirem e começarem a comer, Bernardo disse:

— Primo Pedro, mate a nossa curiosidade. Você fechou a compra da casa?

— Coronel Bernardo, o "seu" Francisco não é muito chegado à negociação. Não quis espoliá-lo, se eu fosse mau caráter poderia ter pagado por volta de cinquenta a sessenta mil réis. Mas fechei conforme o valor que o coronel me passou, pois o "seu" Francisco é um homem de bem. Compramos a casa por setenta e cinco mil réis. "Seu" Francisco pediu vinte dias para desocupar o imóvel. Como o

Cartório ainda vai providenciar a documentação, concedi este prazo. Segunda-feira, iremos ao Cartório para oficializar a compra, daremos a entrada na documentação e escritura. Combinei vinte mil réis de entrada, que darei segunda-feira mediante contrato de intenção de compra e venda e o restante, quando assinarmos a escritura que terá um prazo máximo de três semanas, o prazo que ele me pediu.

Bernardo disse:

— Obrigado, Pedro. Por isso que deixei tudo em suas mãos, pois você é um negociador digno, é um homem de caráter, de princípios, ético no que faz. Gostei demais de sua negociação, admiro-o muito por todas as qualidades que são inerentes em você. Desde quando te conheci, quando "seu" Mundinho o trouxe para morar conosco, já percebi todas estas qualidades em você.

Raquel falou:

— Bernardo e Pedro, acho que precisamos dar uma pequena reforma na casa. Se queremos mudar para lá antes do Natal, então temos que nos apressar. Sei que as reformas não tomarão muito tempo, mas não podemos protelar muito, senão perderemos este Natal em estarmos na nova casa.

Bernardo falou:

— Raquel, você e Mira fizeram um trabalho muito importante na reforma da casa desta fazenda. Deixo para vocês duas as reformas que querem fazer. Façam o melhor, comprem os móveis também, afinal de contas "seu" Francisco deverá levar os móveis que estão na casa.

E Bernardo continuou:

— Acho que, nos fundos do terreno, podemos fazer um galpão para colocarmos nossas charretes e outros utensílios que deveremos ter. Para os animais, eu conheci um haras perto, talvez pouco mais de um quilômetro de distância, onde podemos deixar nossos animais guardados.

Pedro disse:

— Ótimo, então está tudo bem definido. Não esqueçamos de ver a escola para os meninos também.

Raquel disse:

— Maridos, deixem a casa para mim e para a Mira. Nós daremos um jeito nela, vamos fazer um bom trabalho, para que possamos habitá-la melhor que aqui, nesta casa. Nós também veremos a escola para as crianças.

Miriam disse:

— Vou fazer uma pergunta. Nós vamos ter as duas casas ou só vamos ter a nova casa da cidade?

Pedro respondeu:

— Vamos ter as duas casas. Sempre que quisermos passear na fazenda teremos esta casa à nossa disposição. Eu sempre estarei aqui para acompanhar os negócios das fazendas. Daqui, administrarei as outras também.

Miriam falou:

— Raquel, então vamos comprar tudo novo, móveis novos, roupas novas para a casa, tudo novo, enfim vamos fazer uma lista para não faltar nada.

— Sim, Mira. Vamos combinar e acertar tudo antes. Vamos negociar com o marceneiro e as lojas de tecidos.

A seguir, Bernardo falou:

— Pedro, deixe as duas senhoras cuidando desta casa, mesmo

quando não estivermos aqui. Quero esta casa sempre limpa para nos receber. E quanto à casa da cidade, Raquel vai cuidar dos empregados também.

— Sim, marido. Pode deixar isso comigo que tomarei as providências necessárias.

As três semanas seguintes, depois da saída do dono anterior, Francisco e sua família, Raquel e Miriam planejaram as mudanças que queriam, contrataram pedreiros na cidade de Cabrobó para reformarem as partes de alvenaria. Contrataram o marceneiro, Tião, já com um projeto de construção de vários móveis, com ampliação dos empregados da marcenaria, com objetivo de entregar, pelo menos, os móveis mais necessários, pois a mudança estava prevista para a última semana, antes do Natal. E assim ocorreu. Raquel disse ao Sr. Sebastião:

— "Seu" Tião, trouxe trinta e oito móveis para serem feitos. Aqui tem todos os desenhos dos móveis. Fica o senhor encarregado de construí-los antes da semana do Natal, pois vamos mudar nesta semana. Por favor, faça as estampas muito bonitas para os armários, assim como você fez para os da fazenda.

— "Dona" Raquel, consegui muitos moldes novos na capital. Vou separar vários deles para a senhora escolher. Cada um mais bonito que o outro. A senhora vai gostar deles. Vou caprichar e fazer a seu gosto. Vou contratar uns marceneiros para ajudar a construir dentro deste prazo.

— Obrigada, "seu" Tião. Assim que os móveis forem terminados, por favor entregue-os na nova casa. Os outros móveis não urgentes, o senhor entrega até o dia quinze de janeiro. Está certo?

— Assim farei, "dona" Raquel.

— Pagarei o seu trabalho por quinzena e em quatro parcelas. Está bem para o senhor?

— Claro, "dona" Raquel. Como a senhora quiser.

Tião identificou as madeiras que queria junto à fazenda "Ribeirão Preto", madeiras de lei, madeiras próprias para construção de móveis. Em dois dias, conseguiram derrubar oito árvores frondosas, grossas o suficiente para terem condições de serem transformadas em tábuas, em caibros e em vigas. Sebastião contratou um caminhão velho, próprio para transporte de madeira que carregou tudo até a marcenaria. Este transporte ocorreu em apenas um dia. Assim que as madeiras foram transportadas, Tião e sua equipe começaram a manipulá-las, já entraram em processo de construção dos móveis. Tião contratou vários empregados que tinham conhecimento das técnicas de marcenaria, para tanto recorreu a alguns profissionais, seus conhecidos, das cidades vizinhas. A equipe de trabalho, que estava sob a responsabilidade dele, era composta por quinze bons profissionais contratados para o fabrico destes móveis requisitados por Raquel e Miriam. Ele tinha apenas três semanas para deixar prontos os móveis que Raquel e Miriam haviam solicitado com urgência, como guarda-roupas, camas, mesas e cadeiras, armários, assim como prateleiras. Para tanto, Raquel e Miriam descreveram quais móveis eram mais necessários para que suas famílias mudassem antes do Natal. Enquanto uma equipe ia preparando as madeiras, outra ia recortando, outra montando, outra vernizando. Assim que os móveis iam ficando prontos, Tião ia entregando na nova casa dos Cardosos.

Quando findou a última semana antes da semana do Natal, Tião havia entregado quase todos os móveis que Raquel e Miriam haviam requisitado como os mais urgentes. Ainda no fim desta semana, Bernardo e toda a sua família mudaram para a nova casa, a casa da cidade. Levaram tão somente algumas peças do vestuário de cada um, pois até roupas Raquel e Miriam haviam comprado. Bernardo disse:

— Raquel, você comprou roupas novas para mim!!??

— Claro, Bernardo. Casa nova, roupas também novas. Eu e Miriam compramos roupas para todos nós. Estamos com enxoval novo também, roupas para as camas, as mesas e os banheiros.

— Muito bem, Raquel. Ambiente novo no todo. Você deve ter gastado uma fortuna para comprar tudo isso.

— Bernardo, gastei menos que o valor que você estipulou para a casa. Ainda sobraram alguns trocados que vou gastar depois. Kkkk.

Bernardo perguntou:

— E o resto dos móveis, quando o Tião vai trazer?

— Tião vai trazer assim que os móveis forem feitos, terminados. Acredito que ele terminará tudo ainda no mês de janeiro, talvez até a metade deste mês. Ele contratou muitos empregados para trabalharem em nossos móveis.

— Raquel, pague bem a ele. Tião merece uma recompensa.

— Bernardo, vou compensar bem o "seu" Tião. Realmente, ele merece nossa consideração.

— Raquel, no jantar da véspera do Natal, vou fazer algumas comunicações. Claro que vamos festejar bem, pois estamos com novo estilo de vida, mas também estamos todos juntos, isto é o que há de mais importante. A família Cardoso totalmente unida.

— Sim, Bernardo. No sábado que vem é a véspera de Natal.

Vamos fazer uma linda comemoração. Vamos conversar de tudo como antigamente, como se "seu" Otávio e "dona" Jacinta estivessem conosco. Talvez sobre novos projetos possamos conversar, discutir. Miriam e Pedro estão muito felizes com a nova casa.

— Sim, Raquel. Estamos felizes por estarmos aqui agora. Precisamos caminhar para a frente.

# CAPÍTULO 14 — A CONSTRUÇÃO DO FRIGORÍFICO CARDOSO

Na festa de véspera de Natal, já na nova casa na cidade, Raquel e Miriam prepararam um bom jantar, gostoso, porém simples. Não havia nenhuma novidade, como era comum nas festas de antigamente. Foi um jantar simples, com poucas opções culinárias, mas também foi agradável a todos da casa. Durante o jantar, Miriam falou dos números dos animais, das compras e das vendas, dos sucumbidos e dos em pé, falou de cada uma das três fazendas, depois fez o balanço geral unindo todas, englobando os números. Miriam falou também do dinheiro que estava em caixa, quanto havia sobrado da compra da casa e das compras que fizeram para mobiliar e decorar a casa nova. Eram os números grandiosos que Bernardo sempre quis chegar, números representativos que podiam garantir financeiramente a sua vida e as vidas de toda a sua família, incluindo os filhos e os futuros netos. Bernardo disse:

— Obrigado, Miriam. Obrigado por nos dizer os números dos nossos animais que estão nas fazendas. Fico muito satisfeito com estes números, pois sempre almejei chegar a eles. São números grandes, temos apenas que mantê-los para continuarmos a viver neste padrão que vivemos. Acho que o primo Pedro também ficou satisfeito, estou certo, Pedro?

— Sim, coronel Bernardo. Estou muito satisfeito com estes números. Trabalhamos com afinco, com coragem e disposição para chegarmos a eles. Todos nós tivemos parte importante na formação deles. Todos nós estamos de parabéns, pois o trabalho foi de todos, sem exceção. Não obstante, acredito que, para os próximos anos, nosso caixa estará muito mais representativo, pois os investimentos serão somente para reposição e acréscimo, não há previsão de investimentos novos, em projetos novos.

Nos anos seguintes, os números continuaram a crescer, ainda que a curva fosse menos acentuada, mas ainda era ascendente e, tudo isto, satisfazia a Bernardo que tinha lutado muito para alcançar este patamar de negócios, de produção. Mas, algo crescia em sua mente, algo fora percebido e estava remoendo seus pensamentos, ruminando em sua cabeça.

Três anos se passaram e, também, em uma comemoração de Natal, a família Cardoso estava toda reunida, quando Bernardo tomou a palavra e disse:

— Família, acabamos de ouvir a Mira e a Raquel expondo os nossos números de fim de ano, são números muito bons, continuamos a crescer desde o ano passado, não poderia ser diferente. Não obstante a tudo isto, a grandiosidade de nossos números, de nossos rebanhos, vou mudar de assunto. Estive pensando, nestes últimos meses, sobre um assunto de grande relevância e gostaria de apresentá-lo a vocês hoje, agora, neste nosso jantar de véspera de Natal. Tenho observado que nossos clientes têm tido algumas dificuldades em disponibilizar as nossas carnes junto aos consumidores finais. Vou falar minuciosamente sobre o assunto para que vocês tenham uma ideia mais clara do que quero falar. Nossos clientes, principalmente dos povoados, mas também os das cidades vizinhas, têm dificuldades em manter uma estrutura de preparação das nossas carnes junto aos consumidores, tanto nas mercearias como nos pequenos mercados, mercados estes que estão se alastrando pelas cidades e povoados em razão do crescimento de suas populações, pois está havendo uma fuga das fazendas e dos sítios. Pensando sobre isto, fiquei analisando os prós e os contras e a possibilidade de construirmos um frigorífico para as nossas carnes. Se pudermos vender nossas carnes já preparadas para os mercados e mercearias, acho que poderemos aumentar nossas vendas em, pelo menos, três vezes ou mais. Nosso frigorífico teria uma gestão própria. Ele compraria os animais de nossas fazendas e de outras também, dissecaria os animais, prepararia as peças de carnes em condições de armazenamento, depois venderia para os mercados colocarem em suas prateleiras, isto é, em embalagens próprias para sua conservação. Destarte, venderia para os mercados já em condições de qualidade para o consumo final. Estaríamos disponibilizando mais uma etapa, não só da industrialização, como também para o intermediário final. Assim, estaríamos excluindo os pequenos frigoríficos e matadouros de animais sem condições de proporcionar qualidades nos produtos. O que vocês acham do assunto?

Pedro falou:

— Bernardo, quem você colocaria para cuidar deste frigorífico?

— Pedro, estou colocando a ideia de construirmos um frigorífico. Se a ideia for boa, então vamos pensar sobre como vamos fazer acontecer. Hoje, não temos o professor Otávio para nos orientar, então vamos decidir por etapas. Primeiramente, vamos analisar a ideia de construir o frigorífico, depois vamos analisar como efetivar a construção e seu funcionamento. Respondendo à sua pergunta de maneira simples, podemos contratar profissionais competentes para gerenciar, controlar e administrar. Podemos, nós mesmos, assumir a administração. Gostaria de discutir a ideia principal, depois vamos analisar as outras etapas, por consequência. Gostaria de ouvir a opinião de todos.

Pedro voltou a dizer:

— Coronel Bernardo, acho a sua ideia muito boa, muito interessante. Realmente, já havia percebido que não conseguimos vender mais por causa dos matadouros sem estruturas, sem higiene, sem pessoas qualificadas para operar com as carnes que ocupam este espaço de fornecimento. Os dois frigoríficos, para os quais vendemos, também compram animais de nossos grandes concorrentes, que é o caso do coronel Frondoso. Se aprovarmos a ideia, acho que o coronel Bernardo deveria encabeçar o projeto do frigorífico. O coronel deveria visitar os frigoríficos mais modernos que há, como os das cidades grandes, mesmo os da capital do estado e levantar custos, fornecedores e pessoas qualificadas para formar nosso frigorífico, isto é, informações úteis de como funciona um grande frigorífico e como fazer para instalá-lo. Acredito no projeto porque a ideia é muito boa, é interessante.

Bernardo disse:

— Muito bem, primo Pedro. Vamos ouvir agora as mulheres.

Miriam respondeu:

— Concordo com tudo o que Pedro disse. Acho a ideia do frigorífico muito boa, afinal venderemos a carne industrializada e com qualidade e não mais os bois. Vamos ter um incremento de receita muito grande. Também concordo que Bernardo deva pesquisar e analisar melhor sobre a construção deste frigorífico, para tanto, deverá pesquisar junto aos grandes frigoríficos da região e, principalmente, da capital. Enfim, acho que a opinião do Pedro é muito boa, estou de acordo com ele.

Bernardo retomou a palavra e disse:

— Raquel, dê a sua opinião a respeito do frigorífico.

— Bernardo, acho a sua ideia muito interessante. Acho que os frigoríficos que temos aqui, nesta cidade, são bem pequenos, são acanhados e apresentam pouca qualidade. E, também, não têm feito muito esforço para melhorar a qualidade e crescer a quantidade. Por isso, temos tantos matadouros por aqui, empreendimentos rudimentares. Acho, também, que você deve pesquisar junto aos frigoríficos mais famosos, principalmente, os da capital, assim você terá uma ideia mais clara de como deve ser o nosso frigorífico. Acho, também, que você deva encabeçar tudo isso, pois a ideia é sua, logo você está mais capacitado para discutir e formular a construção dele. No mais, concordo com a Miriam e o Pedro.

Bernardo disse:

— Agora que ouvi todos da família e todos concordaram com a minha ideia, vou falar sobre o que estou planejando, também vou falar por partes, por consequências. Primeiramente, vou conversar com os nossos clientes principais, os donos dos mercados, das mercearias e, também, vou pesquisar junto a outros potenciais clientes, como restaurantes, hospitais e hotéis, as prefeituras e as empresas estatais e particulares que possuem restaurantes para fornecimento de refeições aos seus empregados, que consomem muita carne, para ver a viabilidade de construirmos o nosso frigorífico. Se a resposta for positiva, se a receptividade destes clientes for compensatória, então vou pesquisar junto aos maiores frigoríficos como devo proceder para construir o nosso. Só vamos começar a construir depois de termos pesquisado o suficiente e termos uma ideia muito clara de como construir, onde construir, quanto vamos gastar com a estrutura física, com máquinas e equipamentos, quantos funcionários precisamos ter, quais vão ser nossas as despesas fixas, enfim quanto vamos gastar para instalarmos. Só depois de ter feito uma varredura completa é que vamos dar partida ao projeto. Até lá, vamos pesquisar a viabilidade de construir, nada mais.

Pedro disse:

— Se, no final, decidirmos construir, quero que o coronel Bernardo seja o administrador principal. Uma vez sendo o administrador principal, então o coronel emprega outros profissionais para tocar o frigorífico. O frigorífico principal da nossa cidade é pequeno, não tem uma estrutura para atender com qualidade e quantidade. Existe apenas porque não tem concorrente, porque tem servido para os pequenos comerciantes de carnes e lá não tem muita gente mandando, somente três ou quatro pessoas estão na administração, que é a família Pereira. Os irmãos Pereiras não têm tido bom desempenho, deixam muito a desejar não só pela qualidade da carne, mas, também, pelo atendimento pessoal aos seus clientes. Sua carne não tem qualidade, pois o processo de dissecação é precário, sem máquinas e equipamentos, muito manual. Muitos dos nossos clientes têm reclamado da qualidade das carnes. Acho que não vamos ter problemas de concorrência, muito pelo contrário, vamos construir um frigorífico de grande porte, capaz de fornecer carnes para o estado todo, com qualidade e quantidade de alto percentual, de alto padrão. Assim é que vejo o nosso frigorífico. Coronel Bernardo tem outra visão diferente desta minha?

Bernardo pensou por alguns instantes e depois respondeu:

— Meu primo Pedro, você foi muito feliz na sua visão. Sim, também tenho a mesma visão, se é para construirmos um frigorífico, que ele forneça a melhor carne no mercado nacional. Quero um frigorífico que venha a ser referência no mercado em qualidade, que não fique restrito apenas à nossa região, ao nosso estado. Quero que este frigorífico forneça carnes para o país todo, que tenha qualidade e quantidade suficientes para suprir o mercado nacional. Há uma grande oportunidade que está acontecendo, está em fase de construção a nova capital do país. Como a quantidade de pessoas na construção é muito grande, vamos ser fornecedores de carnes para as empresas que estão construindo a nova capital. Nosso frigorífico tem tudo para dar certo. Irei também a Brasília, onde estão construindo a cidade e vou contatar as empresas e os mercados da região. Sei, também, que há grandes fornecedores de carnes para eles, mas vamos contar com qualidade, quantidade e condições especiais de entrega e pagamento para nos diferenciarmos deles, para não sermos mais um, mas aquele que faz a diferença.

Raquel disse:

— Bernardo, você está enxergando longe demais, está querendo ser fornecedor de carnes na nova capital! Isto é muito interessante, nosso frigorífico vai ter de ser muito grande para poder ter chances com estas empresas. E como você vai levar estas carnes até lá?

Bernardo respondeu:

— Hoje, as carnes são transportadas por caminhões especiais, caminhões que têm refrigeradores em suas carrocerias, carrocerias fechadas e feitas de metal, de ferro ou alumínio. Já vi estes caminhões circulando em Cabrobó, parecem com os caminhões que levam leite para a nossa capital do estado, só que de formato diferente, não carregam tanques, como os de leite, mas são carrocerias grandes, totalmente fechadas como os grandes baús. Ou compramos este tipo de caminhões ou teremos que alugar tais caminhões. E aí teremos que pesquisar onde tem estes caminhões. Mais uma coisa que terei de pesquisar. Farei pesquisas de tudo isto, portanto deverei viajar e demorar muito tempo para obter todas as informações que precisamos.

Pedro disse:

— Gostaria muito de estar presente com você, coronel Bernardo.

Bernardo respondeu:

— Pedro, as fazendas precisam de sua supervisão. Como vamos administrar as fazendas se você estiver comigo? Deverei demorar mais de três meses pesquisando tudo o que tenho de ver.

Pedro respondeu:

— Miriam e Raquel têm condições de controlar as fazendas. Afinal de contas, as fazendas já andam sozinhas. Hoje eu mais oriento que comando os nossos capatazes. Então, elas têm como cuidar das fazendas, enquanto nós dois fazemos as pesquisas. Acho que a minha companhia e participação vão ser importantes para você, estarei junto opinando e colhendo informações para agregar mais dados às investigações que faremos. Acho que serei mais útil participando destas investigações que administrando as nossas terras. Claro que se você não tiver algo a obstar à minha participação.

Bernardo disse:

— Raquel e Miriam, o que vocês acham desta possibilidade?

Miriam disse:

— Bernardo, eu não tenho clareza do que fazer nas fazendas, mas se Pedro orientar-me e à Raquel, acho que podemos dar conta do trabalho. Claro que não tão bem como se fosse o Pedro. Mas daremos o melhor de nós para suprir a ausência dele. Sobre a presença dele junto a você, acho que Pedro tem muito talento para estar junto, tanto opinando quanto decidindo ou pesquisando. Afinal de contas, Pedro tem demonstrado competência na administração das fazendas e nos outros negócios da família. Você vai ter um companheiro para conversar, para questionar, para poder ter outra visão de um ângulo, enfim Pedro vai somar.

Bernardo disse:

— Raquel concorda com a Miriam sobre administrar as fazendas?

Raquel disse:

— Acho que a Miriam tem condições de controlar. Também acho que posso ajudar a Miriam no que ela precisar. Concordo com o parecer da Miriam sobre a participação de Pedro na viagem.

Bernardo disse:

— Então, Pedro vai comigo e vocês duas controlam as fazendas. Partimos na primeira semana do ano novo. Até lá, eu e Pedro vamos pesquisar os mercados da nossa cidade de Cabrobó, depois vamos para as cidades próximas para ver a viabilidade de eles comprarem de nós. Depois, partimos para a nossa capital e vamos pesquisar todos os tópicos para viabilizar a construção do nosso frigorífico. Vamos conhecer alguns fornecedores de carne junto ao mercado consumidor e, também, alguns empresários para tomar conhecimento da forma de gestão destes frigoríficos. Vamos em algumas Universidades na capital para colher melhores informes sobre gestão de frigoríficos. Caso precisemos viajar para São Paulo, partiremos de lá mesmo, pois tenho a impressão que somente em São Paulo poderemos ter fornecedores de máquinas e equipamentos modernos para estruturar um frigorífico. Mas, na nossa capital teremos melhor ideia de como será. Assim sendo, ficam vocês duas, Raquel e Miriam, controlando as vendas e os capatazes. Na minha opinião, vocês duas não terão dificuldades em controlar as três fazendas e suas vendas, pois vocês sempre estiveram ao nosso lado e viram como temos feito. Tenho certeza que as duas cuidarão bem dos nossos negócios, pois nossas fazendas já estão bem estruturadas, vocês precisam tão somente orientar nossos capatazes, isto quando eles tiverem alguma dúvida, no mais, eles tocam as fazendas. Acho que vocês duas precisam centrar apenas nas vendas, ter um controle maior sobre as vendas e o recebimento delas, o resto anda por si só. Estou certo, primo Pedro?

— Sim, coronel Bernardo. As duas têm total condição de levar adiante os nossos negócios. Se tudo der certo com a construção do frigorífico, também quero participar da administração dele junto com o coronel. Mas acho que a Miriam e a Raquel também devem fazer parte da administração, pois vamos precisar de pessoas qualificadas e de total confiança. Acho que elas preenchem estas condições. O coronel diz o quê sobre o assunto?

— Acho que teremos somente a família Cardoso na administração do frigorífico, isto se as nossas esposas quiserem fazer parte dela. Por mim, tudo bem, fico até muito satisfeito se elas puderem participar junto a nós.

Miriam respondeu:

— É uma boa ideia, mas vamos devagar com o andor. Vamos ver como vamo-nos sair com a administração das fazendas, depois disso, decidimos se vamos participar ou não. A princípio, deixo claro que gostei muito da ideia do Pedro, seria muito interessante se todos nós, a família, pudéssemos estar sempre juntos.

Raquel completou:

— Acho que a Mira disse tudo o que eu penso. Vamos ver depois de tudo passar, no momento oportuno. Também tenho vontade de participar dos nossos negócios com mais afinco, mas não quero prejudicar por falta de habilidade e capacidade. Vamos ver.

Na semana entre o Natal e o ano novo, Bernardo e Pedro foram visitar os mercados e os seus clientes de compra de bois e cabritos, assim como porcos. Bernardo havia preparado um questionário com dezoito perguntas pertinentes a clientes de produto de carnes para poder, depois, analisar as respostas. Preparou, também, outro questionário com vinte e oito perguntas pertinentes à construção de frigorífico, que deveria fazer quando estivessem na capital junto a outros frigoríficos, junto às Universidades e possíveis fornecedores. Para cada tipo de entrevista, de entrevistado, havia um questionário previamente elaborado a ser respondido individualmente, de maneira que pudessem ter clareza para decidir sobre o novo investimento, o novo projeto.

Já adentrado o ano novo, Bernardo e Pedro partiram para a capital do estado e pesquisaram os vários frigoríficos, principalmente aqueles mais renomados, que estavam unidos junto a grandes empresas fornecedoras de produtos de carnes. Diante das perguntas respondidas pelos grandes frigoríficos, viram a necessidade de viajar a São Paulo em busca dos fornecedores de máquinas e equipamentos voltados aos frigoríficos. Conheceram as várias máquinas e equipamentos dos grandes frigoríficos de Recife e, também, da cidade de São Paulo. Recolheram vários prospectos destas máquinas e equipamentos, telefones dos fabricantes, assim como deixaram fechados alguns pré-acordos com alguns destes fornecedores fabricantes, deixando os preços e as datas de entrega dependendo somente de um telefonema de confirmação para o faturamento.

De São Paulo, viajaram para Brasília em busca de grandes clientes que tinham necessidades de grandes fornecedores. Para tanto, contataram vários mercados, vários restaurantes de empresas e de outros sem vínculos com empresas, mas que tinham alto consumo de carnes. Fizeram vários acordos para fornecimento de carnes para o próximo ano, isto é, para o ano seguinte, pois este ano seria totalmente comprometido com a construção do frigorífico e para os clientes menores da região. Para o transporte das carnes, contataram três grandes transportadoras e deixaram para fechar os acordos tão logo estivesse o frigorífico em operação. Uma transportadora era de Recife e duas de Brasília.

Depois de cinquenta e cinco dias em viagem, Bernardo e Pedro retornaram a Cabrobó, com muitos papéis, muitos projetos, muitas ideias. Tudo estava guardado em uma bolsa própria para isto. Assim que chegaram, verificaram que suas esposas não estavam presentes, as empregadas tomavam conta da casa e das crianças. As empregadas eram mulheres que estavam junto à família havia mais de quinze anos, logo não havia qualquer nuance de desconfiança. Assim que chegaram, Pedro mandou um dos empregados ir em busca das esposas para que retornassem ao lar.

Ao final do dia, as mulheres retornaram às suas casas, pois o empregado as localizou na fazenda "Ribeirão Preto". O reencontro foi festivo, muitos carinhos e beijos. Os assuntos de negócio seriam tratados durante o jantar, como era de praxe entre os familiares. Então, durante o jantar Miriam perguntou:

— Bernardo, fala para nós como foi a viagem de vocês, como viram a possível construção do nosso frigorífico?

Pedro disse:

— Miriam, primeiramente, queremos saber como vocês duas se saíram aqui, tocando os nossos negócios.

Raquel respondeu:

— Sabe, Pedro. Tivemos muitos problemas no começo.

Pedro perguntou:

— Problemas!!?? Como assim, problemas? Tudo estava certo, não havia possibilidade de terem problemas.

Raquel continuou:

— Pedro, você pode me deixar informar a vocês?

Diante do silêncio dos homens, Raquel continuou:

— Pois é, nós tivemos muitos problemas. De alguns clientes nossos, tivemos que cancelar o fornecimento ou mudar nossa forma de receber. Eles estavam transferindo seus problemas financeiros para nós e não aceitamos este tipo de coisa. Enfim, excluímos uns dez clientes, clientes pequenos, com problemas financeiros e a outros aumentamos nossas vendas com pagamentos à vista e com descontos concedidos. No final, estamos com os mesmos números de vendas e com exclusão de alguns clientes faturados. Para estes só estamos fornecendo com pagamento à vista, sem crédito. Os valores recebidos cresceram um pouco, por causa do recebimento à vista daqueles que tivemos problemas e os novos acordos. No mais, tudo está bem. Nossas fazendas estão controladas, nossos empregados estão correspondendo às nossas expectativas. Enfim, tudo está bem. Mais alguma coisa que vocês querem saber?

Bernardo e Pedro estavam espantados, como podiam elas terem problemas com clientes antigos, que nunca tiveram qualquer tipo de insolvência? Estes fatos precisavam ser analisados com mais calma, mais vagar. Em seguida, Bernardo começou a relatar a viagem que fizeram. Começou desde o princípio, desde Recife. Falaram sobre os questionários que haviam preparado, as respostas dadas, o compilatório das respostas, tanto dos possíveis clientes como dos possíveis fornecedores. Falaram das estadas em São Paulo e em Brasília e os assuntos tratados nestes lugares. Foi considerada pelos viajantes como uma viagem auspiciosa. Por fim, Raquel falou:

— Mas ainda não entendi direito, vamos construir ou não este frigorífico? Vocês falam tanto de perguntas, de respostas, de dados, de valores, de fornecedores, de clientes e não falam se vamos construir ou não. Qual é a definição de tudo isto? Vamos ou não vamos construir nosso frigorífico? Não estou conseguindo visualizar se a construção do frigorífico é viável ou não?

Bernardo respondeu:

— Raquel, estamos respondendo às suas perguntas, só que estamos respondendo detalhadamente. Item por item, dado por dado. Sim, vamos construir nosso frigorífico e vamos construir com grande escala de produção. Para isto, precisamos ver quanto temos em caixa para ver se vamos construir tudo de uma só vez ou em partes. Vamos construir para abater quinhentos animais por dia ou se vamos abater mais que isto. Esta é a questão que precisamos colocar na mesa, primeiramente. Miriam, quanto temos guardado para investirmos?

— Bernardo, estamos com um milhão e trezentos e oitenta mil réis. Dá para comprar três grandes fazendas de duzentos alqueires. Este valor vai dar?

Bernardo respondeu:

— A princípio vejo que vai dar, mas como a inflação está grande, então não sabemos o que vai acontecer em um ano. Mas, de qualquer maneira, vamos dar andamento à construção do nosso frigorífico. Vamos construir por etapas, isto é, vamos construir um frigorífico para abater até duzentas cabeças por dia e vamos ampliando na medida das novas necessidades. A estrutura predial ou o galpão vai ser grande, mas as máquinas e equipamentos serão para abater até duzentas cabeças por dia. Para estas duzentas reses, nós temos compradores certos e depois vamos construindo segundo as novas perspectivas. Como vamos ter espaço físico, é só comprar mais maquinário e empregar mais pessoas e abater mais animais. Eu e Pedro vamos pesquisar um bom terreno para comprar e construir nosso frigorífico, de preferência próximo à rodovia que vai escoar nossa carne para a capital Recife e para a capital Brasília.

Pedro disse:

— Sim, Bernardo. Você está certo, mas primeiro vamos conversar com o nosso prefeito para que possamos ter um bom acordo com a Prefeitura, afinal de contas a Prefeitura vai ser uma sócia nossa. Vamos pagar muitos impostos para a Prefeitura, nada mais justo que ela nos ajude a construir nosso frigorífico. Caso o prefeito fique contra nós, então construiremos em outra cidade, desde que nos apoie no nosso frigorífico.

Bernardo respondeu:

— Bem pensado, Pedro. Eu havia me esquecido da Prefeitura. Sim, precisamos fazer um bom acordo com o prefeito para melhorar nossas condições. Vamos conversar com o prefeito ainda esta semana, vamos agendar com o nosso amigo vereador, Diniz, para conseguir esta reunião.

Miriam disse:

— Fico muito contente que vocês dois conseguiram dar condições de construirmos nosso frigorífico. Agora tenho esperança que ele seja construído. Pelo andar da carruagem, eu e Raquel vamos ter mesmo de participar da administração do frigorífico e das fazendas. Ontem, na fazenda, eu estava conversando com a Raquel a respeito de nossa participação na administração e achamos necessária a nossa participação, pois a experiência que tivemos com o controle das fazendas nos despertou para a nossa participação na administração em tudo da família.

Raquel perguntou:

— Bernardo, como vai se chamar o frigorífico?

Bernardo respondeu:

— Não tenho um nome definido. Aceito sugestões. Aliás, vamos definir em família. Alguém tem sugestão?

Pedro respondeu:

— Podemos chamar de Frigorífico Cardoso.

Miriam sugeriu:

— Podemos colocar as iniciais de nossos pais Otávio e Jacinta, então ficaria OJ Cardoso Frigorífico.

Raquel acrescentou:

— Podemos colocar as nossas iniciais: B de Bernardo, P de Pedro, M de Miriam e R de Raquel. Ficaria assim BPMR Frigorífico.

Bernardo disse:

— Não tenho sugestão, mas gosto mais de Cardoso Frigorífico. Podemos votar?

Na votação foi escolhido o nome sugerido por Pedro e Bernardo. Semana seguinte, Bernardo e Pedro falaram com o prefeito e este acolheu bem a proposta deles por causa da quantidade de empregados que o frigorífico teria, assim como os impostos a serem recolhidos. Tudo isto encheu os olhos do prefeito que ofereceu um terreno da própria Prefeitura por um preço abaixo do mercado para a sua aquisição. Isentou, também, por vinte anos, o imposto territorial do terreno e do prédio a ser construído.

Bernardo e Pedro foram visitar o prefeito, Dr. Deocleciano Braga. Bernardo disse:

— Caro Prefeito, Dr. Deocleciano. Estamos com grande projeto de construirmos um frigorífico neste município de Cabrobó. Como é um projeto que prevê uma grande área de construção e maior ainda deverá ser a área para a recepção e guarda dos animais, vamos dizer assim, um grande depósito, onde os animais ficarão retidos para posterior abate, então estamos à procura de um imóvel destas proporções e de preferência junto à rodovia que leva à capital do estado, pois precisamos ter facilidades de escoamento dos nossos produtos e de mobilidade dos caminhões, assim estes não precisariam trafegar nas vias urbanas da cidade. O prefeito tem alguma área desta proporção e que possa nos disponibilizar? Prefeito, estamos falando em um terreno de dois alqueires, por baixo.

Dr. Deocleciano Braga respondeu:

— A Prefeitura tem várias áreas que pode disponibilizar para a construção do seu frigorífico, inclusive junto à rodovia. Posso repassar os endereços aos senhores para que seja escolhido um do vosso agrado. Caso venham a gostar de qualquer um deles, podemos fechar um acordo muito interessante para ambas as partes.

Bernardo disse:

— Por favor, Prefeito. Passe-nos os endereços que, ainda hoje, os visitaremos.

O prefeito, Dr. Deocleciano, respondeu:

— Meu Secretário vai passar os endereços a vocês. Depois das visitas, por favor, retornem aqui que faremos um bom acordo comercial.

Bernardo disse:

— Assim esperamos, Sr. Prefeito.

Bernardo e Pedro visitaram vários terrenos oferecidos pelo prefeito. Alguns eram muito íngremes, em outros havia morros internos, por outros não passavam rios, em outros havia grandes pedras de meteoritos, outros ficavam longe das rodovias, porém dois terrenos apresentavam condições favoráveis, sendo que num deles havia um rio em condições de receber o esgoto da fábrica. Este esgoto contaria com resíduos de carne que alimentariam peixes e outros animais. As lavagens das máquinas, equipamentos, móveis e pisos conteriam muito sangue e resíduos de carne dos animais abatidos que iriam alimentar estes animais. Não obstante, estes resíduos ocasionarem muito cheiro da decomposição, Bernardo decidira colocar filtros para aliviar a quantidade de resíduos jorrados no rio, de maneira a amenizá-lo. Este terreno não era totalmente plano, mas o desnível não provocaria o seu descarte, muito pelo contrário, apenas vinte por cento dele apresentava esta pequena elevação e estava numa extremidade, nos fundos, vendo da via principal. Bernardo e Pedro escolheram este terreno e, no retorno à Prefeitura, definiram com o prefeito a sua compra e firmaram o contrato de intenção de compra e venda. O terreno ficava junto à rodovia para a capital do Estado, contendo três alqueires, aproximadamente. Após a assinatura do contrato de intenção, Bernardo pagou o valor estipulado da entrada do investimento, com parcelamentos anuais em cinco anos para quitação, conforme combinado com o prefeito. O prefeito também ofereceu, gratuitamente, os tratores para terraplenar o terreno onde seria construído o prédio, com início imediato, pois as máquinas estavam paradas, sem uso, visto que as obras deveriam começar em breve.

Assim que Bernardo assinou o documento de intenção de compra do terreno junto ao Cartório, imediatamente contatou uma empresa construtora, que havia acordado quando de sua viagem de reconhecimento, para construir o prédio, com prazo de finalização das obras em seis meses. A construtora imediatamente mandou seus profissionais graduados: engenheiros, arquitetos e de administração, assim como as máquinas e equipamentos necessários para as obras. No prazo de uma semana já estavam contratando mão-de-obra para trabalhar na construção, aproveitando os empregados da região. Tudo foi levado a toque de caixa, pois o prazo de término era exíguo.

Contatou também os fornecedores das máquinas, equipamentos e aparelhos eletroeletrônicos e os ferramentais para o frigorífico, assim como os balcões e armários. Tais fornecedores também haviam sido acordados quando de sua viagem. Acertou que os prazos de entrega de tudo isto seriam quando o prédio estivesse pronto, isto é, os fornecedores deveriam acompanhar o andamento das obras para não atrasarem as suas entregas. Bernardo pagou os valores de entrada para que seus fornecedores pudessem iniciar a montagem destes equipamentos que ainda não estavam disponíveis, de maneira que não houvesse atraso ou impossibilidade de entrega. Assim que terminou a construção do prédio, passava já de seis meses, as empresas começaram a instalar os equipamentos, as máquinas, os ferramentais, assim como os mobiliários todos.

Quando estava faltando um mês para completar toda a instalação, Bernardo contratou os três executivos que deveriam fazer parte da administração e gerência. Estes executivos já estavam acordados quando da viagem de Bernardo a Recife, ficando certo que, quando a fábrica estivesse pronta, eles seriam contratados e deveriam assumir seus postos, imediatamente. Estes profissionais deveriam contratar os outros empregados de menor hierarquia e os empregados rasos, assim como orientar e ensinar o manejo das máquinas e equipamentos e outras tarefas pertinentes. O frigorífico terá, no máximo, quarenta empregados no início, com as funções já detalhadas e especificadas.

Quando o frigorífico estava para funcionar em quinze dias, isto é, na penúltima semana de agosto, Bernardo determinou este prazo para que a contabilidade providenciasse todos os documentos oficiais, tais como as licenças, as autorizações e outros afins para início de suas atividades.

Bernardo e Pedro acertaram que os animais seriam fornecidos pelas próprias fazendas da família. Depois, eles voltaram a viajar, agora já fechando o contrato de fornecimento das carnes. Pedro ficou encarregado das cidades do estado de Pernambuco, enquanto Bernardo encarregou-se das cidades de Brasília e arredores, assim como de Goiás e Bahia, clientes que tinham sido contatados por eles, quando da primeira viagem.

Pedro retornou junto à transportadora de carnes de Recife para fechar o contrato de locação de doze caminhões com baús refrigerados para transportar as carnes. De imediato, Pedro percebeu que doze caminhões seriam insuficientes para suprir todos os clientes, assim combinou com outra transportadora, de Brasília, que também já havia acordado, para mais cinco caminhões, pois a primeira transportadora não tinha mais caminhões à disposição. O frigorífico deveria iniciar suas atividades no dia primeiro de setembro, então Pedro fechou três caminhões por dia a princípio e dentro de trinta dias de iniciadas as atividades, conforme as necessidades, passariam a ser de até seis caminhões por dia. E depois deste prazo, a quantidade de caminhões seria conforme as necessidades do frigorífico. Para tanto, havia outra transportadora, de Brasília, que poderia ser contratada, conforme acerto feito na primeira viagem a esta cidade.

Assim, no final da segunda quinzena de agosto, todas as máquinas e equipamentos já estavam instalados e testados, tudo estava pronto para a inauguração do frigorífico. No dia trinta e um de agosto, Pedro encaminhou noventa bois para serem abatidos, para tanto, havia uma das áreas junto ao prédio, onde os animais seriam guardados e alimentados, área suficiente para receber duzentos e cinquenta a trezentos animais por dia. Esta área estava subdividida em muitas outras menores que poderiam receber cinquenta animais cada.

Pedro estruturou outra área, bem maior, que estaria à disposição para a guarda de animais, mas a previsão era que só estaria sendo usada quando o frigorífico estivesse a pleno vapor, isto é, quando estivesse abatendo mais de quinhentos animais por dia.

Pedro combinou com seus capatazes que suas fazendas deveriam fornecer, a princípio, cem bois e trinta cabritos para o frigorífico diariamente e se, por acaso, houvesse problemas no fornecimento, eles deveriam comunicar imediatamente para que ele pudesse comprar de outros fazendeiros. Para o transporte destes animais, da fazenda para o frigorífico, Pedro contratou três caminhões particulares, para este tipo de transporte, de moradores da cidade de Cabrobó, era uma forma de aumentar o vínculo do frigorífico com a população. Sua previsão era que, por dois meses, não haveria falta de animais, visto que as vendas seriam pequenas, no início, e aumentariam à medida que seus clientes fossem contatados e realizadas as vendas.

Sua equipe de vendas era composta de três vendedores internos e três externos, inicialmente, e, no prazo máximo de seis meses, seria de dez vendedores externos, profissionais experientes da área. Para estas contratações, seu gerente de vendas possuía esta equipe de vendas que conhecia o mercado muito bem, eles eram profissionais de outro frigorífico perto da capital e foram contratados por Bernardo e Pedro quando decidiram, efetivamente, construir o frigorífico. O gerente de vendas, Sr. Matias Freitas, não estava contente com o retorno financeiro tanto seu e de sua equipe, quanto do próprio faturamento do frigorífico. Com a sua contratação pelo Frigorífico Cardoso, ele sentiu novas perspectivas, nova oportunidade de mudar sua vida profissional. No frigorífico em que trabalhava, tinha muitas amarras administrativas e financeiras que o impediam de se desenvolver. Com este novo emprego, acordou total independência na sua área, pois sua vontade era ser o maior e o melhor gerente de vendas. Bernardo e Pedro concordaram com as suas reivindicações, pois também eram desejos da diretoria do Frigorífico Cardoso ser o maior e melhor frigorífico nacional, mas Bernardo amarrou, também, que toda inadimplência caberia ao Gerente de Vendas resolver, caso contrário, seria debitado da comissão a haver.

Todos os animais que eram vendidos para outros clientes antigos tiveram suspensão temporária, para que houvesse uma melhor avaliação da quantidade de animais disponíveis para o frigorífico. Esta medida teve muita repercussão junto aos seus clientes pequenos que ficaram à mingua, ficaram desprovidos de animais para seus abates. Para sanar este impasse com seus clientes tradicionais, Pedro acordou que o Frigorífico Cardoso forneceria as carnes já preparadas, o boi já esmiuçado e embalado em embalagens apropriadas, prontas para a venda ao consumidor final. Esta forma de resolver o conflito com os clientes antigos foi muito bem aceita pela maioria destes, que deixaram de ser micro frigoríficos e passaram a comprar as carnes prontas para o consumidor final. Eles não precisavam mais investir em equipamentos e empregados para estas funções, assim reduziriam seus custos e, com a aquisição da carne já pronta, haveria ganhos consideráveis. Tornaram-se, desta maneira, distribuidores de carnes a seus clientes fiéis.

O abate de cem cabeças iniciais mostrou-se insignificante diante das vendas efetuadas já no primeiro momento, isto é, nos primeiros quinze dias de funcionamento e Pedro aumentou para o dobro, pois seu gerente de vendas reclamou muito em razão da pouca oferta de algumas peças bovinas muito requisitadas pelos restaurantes grandes. No frigir dos ovos, Pedro percebeu que precisava recorrer aos outros fazendeiros para suprir sua matéria-prima, os animais, pois suas fazendas não teriam condições de fornecimento, visto que havia muitos animais com menos de treze arrobas e ele não queria sacrificá-los. Para tanto, saiu a campo e acordou com cinco fazendeiros o fornecimento dos animais, principalmente bovinos, pois as vendas eram expressivas para um início de funcionamento com previsão acanhada. Tudo isto era um grande aprendizado para Pedro que ficou encarregado dos fornecedores. Pedro passou a comprar de todos os fazendeiros grandes, pequenos ou médios, independente de quantidade de gado disponível. Para tanto, empreitou mais cinco caminhões de transporte de gado da cidade, aumentando ainda mais o vínculo do frigorífico com a região, empregando muitos caminhoneiros e ajudantes.

Bernardo e Pedro promoviam reuniões diárias, ao fim do dia, para avaliação das vendas e das entradas de animais, para que não houvesse descasamento entre estas duas partes, pois a produção do frigorífico correspondia às expectativas. No começo de janeiro, o gerente administrativo contratou mais um terço do contingente para sanar a falta de produção para aproximar mais ainda das vendas realizadas, criando assim o segundo turno de trabalho. No começo de funcionamento do frigorífico, houve migração de funcionários de outras grandes cidades, pois Cabrobó não disponibilizou açougueiros qualificados para contratação. Com isto houve divulgação da falta destes profissionais e muitos vieram de outras cidades em busca de trabalho. Para divulgação destas vagas, Bernardo fez contato com as rádios da região de Cabrobó. Estas rádios divulgavam diariamente as vagas disponíveis, pois assim, aumentava a audiência delas. Não só as vagas de açougueiros foram divulgadas, mas outras vagas também como proprietários de caminhões de transporte de gado e de descarte de outros produtos não vendáveis, profissionais administrativos, vaqueiros para cuidar dos animais em reclusão e outras funções.

Ainda neste mês de janeiro, o frigorífico contava com seis caminhões baús diários, com possibilidades de ter de aumentar em razão das vendas para cidades mais longínquas, para outros estados. Às vezes, um caminhão demorava três a quatro dias para retornar, pois as entregas eram em cidades longínquas, ocasionando uma necessidade de preenchimento com outro caminhão ainda não agrupado.

Para melhor gerenciamento dos trabalhos do frigorífico, a família Cardoso se reuniu após o jantar de domingo e Bernardo disse:

— Pessoal, estamos batendo nossas cabeças dentro do frigorífico. Vejo que estamos nos atropelando, nos esbarrando porque não montamos as gerências dos departamentos corretamente. Vamos definir quatro grandes gerências ou diretorias: fornecedores, operacional, administrativa e marketing. Vamos definir qual diretoria cada um de nós vai cuidar, de maneira que não tenhamos que interferir em áreas diferentes. Como já está mais ou menos definido, vamos clarear agora. Pedro já está controlando os fornecedores. Tudo o que for fornecedores, vamos centralizar com o Pedro. Vou ficar com o Marketing e Propaganda e Projetos. Miriam ficará com o Administrativo, o Financeiro e a Contadoria, visto que ela tem perfil muito específico, ela sempre cuidou do caixa e dos livros das fazendas, então ela está muito bem acostumada e capacitada. O nosso Gerente Administrativo, Sr. Jarbas Ferreira, estará abaixo dela, responderá a ela. Raquel cuidará do Operacional, do processo produtivo, do estoque da carne já preparada e não despachada, assim como do transporte para nossos clientes. Para tanto, Raquel deverá solicitar ao Gerente Administrativo a contratação de um Gerente Operacional para ajudá-la, assim como formar uma equipe operacional. Acredito que, assim, seremos mais eficientes em administrar nosso frigorífico.

Pedro falou:

— Coronel Bernardo, quando pensamos em criar nosso frigorífico, não tínhamos ideia de como é complexa uma empresa. Agora que estamos vendo as nossas necessidades e estamos providenciando o preenchimento das lacunas e das vacâncias com maior rapidez possível, vejo como estávamos despreparados para tamanha missão.

Bernardo disse:

— Primo Pedro, quando de nossa visita aos frigoríficos da capital, verifiquei como era a estrutura operacional e administrativa deles, então já comecei a ter uma ideia mais esclarecedora do frigorífico. Não estávamos despreparados para estas necessidades, pois eu já sabia que iriam ocorrer. O problema é que nosso frigorífico cresceu muito em pouco tempo, pegando-nos desprevenidos. Usar toda esta estrutura que construímos estava previsto para dois anos ou próximo a este prazo, mas nosso Gerente de Vendas, Sr. Matias Freitas, vem fazendo um trabalho muito bom. Simplesmente, ele está cumprindo sua promessa quando o contratamos, ele quer ser o maior fornecedor de carnes no estado e vai conseguir com o ritmo que está trabalhando. O faturamento previsto para um ano, no meu entendimento, ele já está fazendo com dois meses de funcionamento. Por isso que precisamos departamentalizar nosso frigorífico, antecipar em muito a criação destas diretorias, de maneira que cada um dos diretores terá a visão necessária de como efetivar seu departamento. Assim, não podemos permitir qualquer desequilíbrio em nossa gestão. Faremos uma ou duas reuniões mensais de diretoria para desenhar e projetar cada departamento, para não incorrermos nos mesmos erros dos outros frigoríficos fracassados. Claro que muitos não tinham capital de giro para manter o negócio, outros porque os sócios descapitalizaram suas empresas. Estes não serão motivos para nós sucumbirmos, mas em má gestão podemos incorrer. Vamos tomar todas as medidas gerenciais para não termos consequências graves de gestão.

Miriam disse:

— Para a minha Diretoria Administrativa-Financeira e Contadoria já tenho um projeto idealizado, pois temos muitas dificuldades em efetivar os pagamentos e controlar os recebimentos. Tudo está muito bagunçado. Vou montar uma equipe de quinze a vinte profissionais e depois, talvez daqui a seis meses, vou à capital para visitar algumas empresas grandes para tomar conhecimento de como funciona a minha Diretoria. Também acho que a Raquel deveria montar uma equipe para sanar seus problemas mais urgentes, talvez com o mesmo número de empregados que eu. Nós duas precisamos visitar estas empresas grandes da capital para vermos como funciona lá. O que podemos implantar em nosso frigorífico são as metodologias e os controles que eles praticam. Não podemos ficar do mesmo jeito que estamos, senão ficaremos loucas aqui dentro, não podemos ter tudo em nossas cabeças, é muita coisa.

Raquel disse:

— Muito boa ideia, Miriam, não percebi como a minha Diretoria é grande, pois nunca trabalhei nesta tarefa. Pensando agora no que você falou e como não tenho conhecimento, quero me juntar a você nestas visitas e quero que você me ajude a montar a minha Diretoria. Sei, também, que o nosso Gerente Administrativo, Sr. Jarbas Ferreira, poderá nos ajudar em muito, pois ele tem conhecimento e experiência da minha área. Pedro tem me ajudado muito, porque sou continuação da parte dele, do processo produtivo. Se não fosse por ele, eu estaria perdida no processo; ele clarifica os passos para mim.

Pedro retomou a palavra:

— Acho que a Raquel tem razão, assim como a Miriam. Vamos utilizar os conhecimentos do Sr. Jarbas para montarmos os nossos Departamentos. Também precisarei de seus conhecimentos para montar o meu, pois há muitas variantes que precisamos conhecer e gerenciar.

Bernardo disse:

— Família, acho que estamos começando a ter uma ideia muito clara do nosso empreendimento. Nosso frigorífico não é coisa pequena, para amador. Precisamos estar preparados para gerenciar uma empresa grande. Precisamos não só sair em busca de conhecer outros frigoríficos, mas, também, outras empresas diferentes para podermos construir uma grande empresa. Quando eu e Pedro fomos à Universidade na capital em busca de informações, vimos que há alguns cursos universitários que poderiam nos ajudar. Precisamos voltar à escola para aprender como administrar uma grande empresa. Nossos filhos ainda são pequenos, mas, aos poucos, vamos indicar quais profissões eles deverão seguir para, depois, cuidar deste frigorífico e das fazendas. Por enquanto, empregamos profissionais qualificados, com cursos universitários, mas seria interessante nós mesmos fazermos estes cursos para nos ajudar em nossas decisões.

Miriam disse:

— Bernardo, meu irmão. Não tenho condições de cursar uma faculdade, não tenho nem o básico, imagina uma faculdade.

Pedro disse:

— Mira, Bernardo disse que precisamos fazer uma faculdade para nos tornarmos preparados. Claro que temos que cursar antes os cursos anteriores, caso contrário não podemos ingressar na faculdade. Também vejo que nossos filhos precisam estar preparados para nos substituir quando tiverem idade suficiente. Afinal de contas, os nossos negócios ficarão para eles cuidarem.

As festas de Natal chegaram e a família Cardoso estava mais que unida. A família comemorou na fazenda "Ribeirão Preto" as festas de véspera Natalina, com a presença dos empregados e jagunços, exceto aqueles que ficaram tomando conta, por segurança. Estavam presentes também muitos amigos da família. A alegria foi geral, contagiante.

Teve a presença do folclórico Papai-Noel e uma banda de músicos que tocou as músicas conhecidas natalinas e folclóricas da região.

Para os funcionários do frigorífico, a família Cardoso comemorou com um grande churrasco no antepenúltimo dia da véspera do Natal, com a presença maciça dos empregados e suas famílias, clientes e fornecedores, assim como de algumas autoridades e amigos da cidade. A festa de congratulações foi em um grande salão de festas na cidade. O Gerente Administrativo, Jarbas Ferreira, contratou um grupo de jovens para promover entretenimentos às crianças dos empregados. Enfim, foi um dia muito festivo, com entrega de brindes e prêmios. Miriam e Raquel se enturmaram com este grupo de jovens e participaram de todas as brincadeiras promovidas. A esposa de Jarbas, Helena, assim como Miriam e Raquel, também engrossaram nas brincadeiras, incentivando e puxando as esposas dos empregados para participarem de muitas danças e cantorias folclóricas da região. A festa foi muito contagiante, com a quase totalidade dos convidados, exceto as idosas, participando ativamente das brincadeiras, danças e cantorias. Bernardo e Pedro contemplavam suas esposas, seus filhos e os empregados com muita alegria em seus corações, pois a perda dos pais, Otávio e Jacinta, ainda tinha profundas marcas.

Depois de quatro meses de funcionamento do frigorífico, início de fevereiro, durante o jantar de sábado na casa dos Cardosos, Bernardo disse:

— Família, vamos conversar sobre o andamento do nosso frigorífico. Se ainda sobrar tempo, podemos falar também das fazendas. Gostaria que Mira falasse sobre nossos números.

Miriam, tomando a palavra, disse:

— Não sei bem o que você, Bernardo, quer saber exatamente, mas tenho alguns dados de memória, então vou repassar estes dados. No início das atividades, depois de dez semanas de funcionamento, o frigorífico abateu sete mil e trezentas cabeças, entre bovinos e caprinos. Do começo até o final de dezembro, o frigorífico abateu a quantia de quarenta mil cabeças de bovinos, mais oito mil caprinos e passamos de cem mil frangos. O abate destes animais vem crescendo, dia-a-dia. Começamos com cinquenta cabeças diárias e agora estamos chegando a quatrocentas cabeças de bovinos, estamos com oitenta cabeças de caprinos por dia e estamos abatendo mais de mil frangos por dia. Estamos trabalhando em dois turnos por dia e estamos no limite de nossa capacidade produtiva. Se tivermos que aumentar a nossa produção, então vamos ter que aumentar mais um turno, o noturno, e o frigorífico vai trabalhar vinte e quatro horas por dia ou vamos ter que ampliar nossas instalações, urgentemente. Se considerarmos que estamos mais centrados nas vendas para Brasília, assim que outras cidades começarem a aumentar suas vendas, como nossa capital, Recife, que tem grande consumo de carne bovina e de frango, nós teremos um incremento muito bom, logo teremos que tomar estas medidas que informei.

Bernardo cortou a exposição de Miriam e disse:

— Miriam, todo fim de ano acontece um incremento nas vendas em todo o mercado, pois as festas de fim de ano promovem um maior consumo de tudo, inclusive do consumo de carne. Acredito que, a partir deste mês de janeiro e os dois seguintes, as vendas terão redução em razão deste ajuste de consumo. Mas não podemos ficar parados, estou fechando alguns acordos com restaurantes e supermercados da capital paulista já para o meio do ano e, também, estou em tratativas com alguns possíveis clientes do Rio de Janeiro. A partir do próximo semestre, teremos aumento de vendas em razão destes dois mercados, os melhores do país. E Pedro também tem novidades com exportação.

Em seguida, Pedro tomou a palavra e disse:

— Antes de falar sobre exportação, quero informar sobre as novas granjas que construímos. Atualmente estamos com cinco viveiros em cada granja de um total de dez granjas, com quinhentas galinhas e quinhentos frangos por viveiro, embora nem todas as granjas estejam completas com frangos. Nossos custos com vacinas e inseticidas, assim como alimentação, têm crescido muito, pois temos aumentado o número de aves, mas ainda muito insuficiente para fazer frente às nossas necessidades. Temos comprado dos maiores granjeiros da região, mas vejo que teremos que ampliar nosso parque granjeiro. Por enquanto, estamos enquadrados na previsão de vendas atuais, mas só irei ampliar quando chegarmos próximos ao limite, afinal de contas, construir viveiros é rápido e não podemos nos descapitalizar neste momento de início de atividades. A compra dos outros animais é mais impactante em nosso financeiro.

E continuou:

— Mudando de assunto, no início desta semana, tivemos a visita de um rabino. Ele representa a religião judaica da capital do Estado, Recife. Ele queria ver como o nosso frigorífico disseca os animais. Deu-me um livro para ler onde explicita as condições de dissecação que o seu país exige. Caso o nosso frigorífico tenha condições de cumprir suas determinações, eles quererão comprar de nós, isto é, teremos que exportar para o país dele uma quantidade de carne muito considerável. Provavelmente será o nosso maior cliente, será um valor muito considerável, não podemos desconsiderar esta possibilidade, mas só fecharemos com o rabino quando tivermos condições de acrescentá-lo como nosso cliente, isto é, primeiramente vamos ganhar nosso mercado interno e só depois definiremos os externos. Como este assunto está na Diretoria do coronel Bernardo, fica ele responsável por analisar e decidir se faremos ou não.

Raquel fez um aparte:

— Pedro, não podemos perder esta oportunidade de fornecer carne para exportação. Será uma grande oportunidade de nos prepararmos para ganhar outros mercados externos, pois vamos ter experiência em exportação, vamos adquirir conhecimento em como devemos produzir para mercados mais exigentes que o nosso. Se conseguirmos ser fornecedores para este rabino, poderemos ser fornecedores de qualquer país ou comunidade. Vamos priorizar este possível cliente para efetivarmos as vendas.

Bernardo retomou a palavra e disse:

— Família, estou sentindo que estamos vislumbrando crescimento muito rápido, talvez quebremos as pernas por querer andar muito rápido. Precisamos de grandes investimentos para aumentar nossa capacidade de produção que ainda não temos. Lembremos que os investimentos que fizemos para a instalação do frigorífico foram para o abatimento de quinhentos animais/dia e que já passamos deste número porque dobramos o turno de trabalho. Estou percebendo que, abraçando tudo isto que estamos falando, vamos abater mais de dois mil animais por dia. Isto seria quadruplicar nossa capacidade de produção prevista.

Miriam falou:

— Bernardo, estamos guardando muito dinheiro com as vendas no frigorífico, pois temos vendido muito à vista em razão dos descontos que temos promovido. Somente os grandes mercados têm alongado os prazos, mesmo sabendo que poderiam ter descontos apreciáveis. Quero dizer com isto que podemos e devemos começar a pensar em executar as ampliações que temos de fazer. Não podemos perder mercado, temos que aumentar nossas vendas, caso contrário outro frigorífico vem e leva tudo. Precisamos investir em nossa estrutura para abater mais animais.

Bernardo retomou a fala e disse:

— Mira, concordo plenamente com você, isto é certo e definido. Mas precisamos analisar bem a situação do mercado de carnes no Brasil. Estamos apenas começando a produzir, fizemos um levantamento muito preciso sobre o mercado e trabalhamos estes números com muita atenção e precaução. Não podemos negligenciar este levantamento, pois podemos quebrar a cara e perder tudo de uma só vez. Vamos analisar e promover o nosso crescimento segundo orientações reais do mercado. Sabemos que temos muito espaço a ocupar no mercado interno, precisamos primeiramente abocanhar este espaço ou, pelo menos, grande parte deste espaço, para depois partirmos para o mercado externo. Claro que podemos fazer ao mesmo tempo, mas sinto que o mercado interno está muito propício para nós, vejo que os grandes frigoríficos não conseguem suprir nosso mercado. Estamos apenas ocupando este espaço deixado por eles, ainda não chegamos a competir com eles, mas precisamos ter condições competitivas de qualidade, quantidade e preço para, assim, ganharmos mercado representativo. Antes de mais nada, vamos aumentar nosso parque produtivo para aumentar nossas produção e vendas.

Pedro tomou a palavra:

— Só para lembrar, os rebanhos das nossas fazendas não estão conseguindo suprir as necessidades do frigorífico já há algum tempo. Estamos comprando, das fazendas da região, mais da metade do nosso abate, situação prevista para o prazo de um ano de funcionamento. Isto levou ao aumento dos nossos custos com matéria-prima. Mas não afetará tanto o nosso lucro porque o preço da carne industrializada tem aumentado mais ainda, em maior percentual que o preço do boi em pé. Sobre a ampliação defendida pela Mira e sobre o mercado defendido pelo coronel Bernardo, acho que podemos chegar a um meio-termo, isto é, ampliaríamos o frigorífico com cautela, em um passo mais lento, sem perder a oportunidade de aumentarmos nossas vendas, pois não existe coisa pior que não atender o bom cliente ou desapontá-lo. Podemos crescer seguindo as necessidades do mercado, sem ideias mirabolantes. Caso o mercado dê um retrocesso, paramos de investir imediatamente, assim não teríamos um desastre financeiro. Quanto ao mercado externo, no caso específico do rabino, vamos deixar mais para o futuro, pois se centrarmos nele a nossa venda e o rabino cancelar nosso contrato no futuro, perderemos tudo o que investimos em termos de carteira de clientes. Seria a ruína imediata. Outra coisa muito importante, podemos e devemos considerar os turnos de produção, se as vendas aumentam nós aumentamos os turnos, se as vendas diminuem, diminuímos os turnos. Temos este recurso para controlar a produção com as vendas a nosso favor. É uma questão de lógica administrativa. Esta é a minha opinião.

Miriam disse:

— Acho que o ponto de vista de Pedro está muito pertinente. Acho que sua análise está perfeita. Sou a favor da opinião do Pedro.

Raquel também opinou:

— Estou com a Miriam. A análise do Pedro é a melhor, por enquanto.

Por fim, Bernardo concluiu:

— Também concordo com a análise do Pedro. Vamos segui-la e colocar em prática. Na semana que vem, vou contatar a construtora para fazermos um novo projeto de ampliação. Deixo para a Miriam fazer o levantamento financeiro para viabilizarmos o projeto de ampliação do frigorífico.

Miriam disse:

— Bernardo, se nosso custo ficar em até trinta por cento do que gastamos para montar o que temos, então não precisamos nos preocupar, pois temos guardada uma quantia maior que esta previsão. E como teremos mais seis a oito meses de construção, não precisamos nos preocupar com o valor a investir.

Bernardo disse:

— Puxa, Mira. Estamos tão bem assim financeiramente? Não tinha ideia de como estamos bem. Fico muito contente com a nossa administração. Mostra-nos que estamos sendo eficientes no nosso frigorífico. Acho que tenho desprezado tanto a parte financeira em favorecimento do Marketing que não tinha ideia de como estamos indo bem em sua Diretoria, Mira. Realmente o Marketing me encanta, passo horas e horas buscando ampliar nosso leque de possíveis clientes.

Depois da reunião familiar, Bernardo e Pedro saíram para dar uma volta na redondeza, a pedido de Bernardo. Este disse:

— Pedro, como estão indo as compras dos animais? Você tem comprado dos pequenos e médios fazendeiros?

— Coronel Bernardo, tenho cinco caminhões de transportes de gado de moradores da região. Eles transportam diariamente somente destes fornecedores pequenos. Às vezes, os motoristas passam em duas fazendas para completar a carga, tenho um responsável para comprar destes pequenos e acredito que estamos satisfazendo estes fornecedores, pois o número deles tem aumentado em muito. Sinto que temos de aumentar o número de caminhões para não ficarmos muito defasado. Hoje, o tempo de espera é de uma semana e precisamos abaixar para até três dias para recolhimento.

— Ótimo, primo Pedro. Precisamos dos grandes fornecedores, mas aos pequenos precisamos dar atenção, dar prioridades porque fazemos diferença para eles. Não há mais frigoríficos na região para eles desovarem seus animais, então precisamos ajudá-los a se desenvolverem. Não precisamos discriminar nossos fornecedores, temos condições de ajudar a todos. Se estamos crescendo, então vamos ajudar os pequenos a crescerem conosco. Hoje, eles são pequenos, amanhã serão médios e depois de amanhã serão grandes, juntos a nós.

— Coronel, concordo plenamente com sua política de agregar negócios na região, formar um círculo de negócios onde todos se desenvolvem, todos crescem juntos. Admiro muito seu senso de responsabilidade de fortalecimento da região, das pessoas menos favorecidas.

# CAPÍTULO 15 — AMPLIAÇÃO DO FRIGORÍFICO

Na semana seguinte, Bernardo contatou o engenheiro civil responsável da construtora Recifense que construiu o frigorífico e acertou a ida do executivo para discutir as ampliações necessárias. Após a visita do engenheiro, ficou acertado o início das obras para o meio do ano, com o prazo de quatro meses para a entrega final das obras. Com a ampliação, o espaço produtivo triplicará, se utilizarem o mesmo maquinário e equipamento em uso. Assim, o frigorífico ficará dividido por tipo de animal e haverá um galpão para animais bovinos, outro para animais caprinos e porcos e o último para as aves. Tão logo assinaram o contrato da ampliação da estrutura do frigorífico, Bernardo e Pedro viajaram para São Paulo para a compra de máquinas e equipamentos.

No jantar, em final de março, Bernardo disse:

— Pedro, viajaremos a São Paulo na próxima segunda-feira. Vamos comprar as novas máquinas e os novos equipamentos. O sr. Rogério Santos disse que tem muitas novidades no nosso segmento. Ele viajou aos Estados Unidos e à Europa e trouxe muitas novidades. Disse-nos para prepararmos o talão bancário porque vamos gostar muito das novidades.

Pedro retrucou:

— Se as novidades de máquinas e equipamentos forem interessantes, por que não vamos comprar? Precisamos sempre de máquinas que proporcionem qualidade e produtividade em nosso produto. Para a produção, quanto menos funcionários puserem as mãos e mais dependerem das máquinas e equipamentos, melhor será nossa qualidade e nossa produtividade. Se o caso é este, vamos comprar com muito prazer e satisfação. Não podemos trabalhar com máquinas e equipamentos defasados, precisamos sempre investir para termos qualidade e redução de custo da produção. Máquinas novas e modernas proporcionam maior produtividade e melhor qualidade na carne.

Bernardo retomou a palavra:

— Pedro, você está se saindo melhor que a encomenda. Você tem crescido muito profissionalmente. De todos nós, você é o profissional melhor preparado. Confio muito no seu entendimento do mercado. Cada dia que passa, você me surpreende mais. Tenho aprendido muito com suas opiniões e isto muito me alegra.

— Bernardo, você está me superestimando. Sou o mesmo primo Pedro de sempre. Apenas, tenho observado melhor o nosso negócio e os negócios dos outros que tenho visitado. Acho que todos nós temos evoluído muito e o sucesso do nosso frigorífico espelha muito bem esta nossa capacitação. Nosso professor Otavinho nos deu condições de evoluirmos, procuro sempre seguir os seus ensinamentos naquilo que estou estudando, analisando. Seus conselhos foram muito importantes para a minha percepção, para o meu entendimento do que estamos passando. Acho que todos nós temos seguido seus ensinamentos, por isso tenho clareza no que digo e faço. Simplesmente, estou seguindo os conselhos do professor.

Em seguida, Raquel disse:

— Concordo plenamente com vocês dois. Para tanto, eu tenho orientado nossos filhos para a formação deles. Tenho exigido muito empenho e desempenho na escola. Todos os quatro têm tido notas boas, mas, melhor que isso, eles têm demonstrado potencial de entendimento muito bom. Os nossos filhos maiores estão indo bem no colégio e, ano que vem, estarão na Faculdade, assim como os menores ingressarão no colégio. Logo eles trabalharão conosco no frigorífico. Acho que as nossas discussões os têm incentivado a esta desenvoltura no aprendizado.

Miriam disse, em seguida:

— Raquel, você tem feito um ótimo trabalho com os quatro no desempenho escolar deles. Fica aqui registrado o meu obrigada pela parte que toca aos meus filhos. Considero os quatro como meus filhos. Tenho certeza absoluta que eles vão estar bem preparados para tocarem nossos negócios quando chegar a vez deles. Assim que terminarem a faculdade, eles deverão empossar-se em nossos negócios para dar continuidade.

Pedro disse:

— Mira tem toda a razão, não podemos perder de vista o futuro dos nossos filhos. Eles vão dar continuidade aos nossos negócios e, para tanto, deverão ter condições de administração.

Na primeira semana de junho, a construtora iniciou seus trabalhos com muita força, muita disposição, porque o prazo do término era exíguo. Para tanto, empregou muitos trabalhadores da região como fora da outra vez, pois a estrutura simplesmente iria triplicar o tamanho do que já existe. Apesar do prazo de entrega ser de quatro meses, Bernardo solicitou que fizesse um esforço maior para antecipar o prazo. De antemão, o engenheiro civil responsável considerou que havia grande possibilidade de cumprir num prazo menor, afirmando que em três meses a ampliação seria entregue, desde que se empregassem mais trabalhadores. De fato, o engenheiro cumpriu a sua previsão e, no final de setembro, suas máquinas e equipamentos estavam sendo retirados.

— Dr. Salomão, preciso que a obra seja terminada em um prazo menor. Estou com problemas sérios de produção, estou com uma demanda crescente e não estou conseguindo atendê-la no prazo previsto. Portanto, peço encarecidamente o encurtamento do prazo de entrega.

— Dr. Bernardo, tenho condições de entregar em um prazo menor se eu empregar mais trabalhadores e se meus fornecedores entregarem as estruturas pedidas, antecipadamente. Nosso contrato estipula estas condições. Se o doutor financiar estes custos a mais e meus fornecedores entregarem antes, eu garanto entregar em menos tempo.

— Quantos trabalhadores o Dr. Salomão precisa empregar, qual é seu custo financeiro e qual o tempo reduzido?

— Para entregar em três meses, preciso de mais trinta trabalhadores e o custo deve ser em torno de dois mil réis.

— Dr. Salomão, pode contratar os trabalhadores que pagarei os dois mil réis, com antecipação em um mês.

— Neste caso, Dr. Bernardo, vou ligar imediatamente aos meus fornecedores para antecipar as entregas das estruturas e demais ferragens, assim como aumentar o nosso quadro de mão de obra.

— Dr. Salomão, por favor, faça deste novo prazo antecipado o prazo final para a entrega. Assim, resolverei uma grande necessidade do Frigorífico.

No início de setembro, as máquinas e equipamentos comprados por Bernardo e Pedro estavam chegando e sendo montados. Máquinas e equipamentos moderníssimos, automáticos, com muito maior grau de eficiência que as antigas. Isto aumentaria em muito o beneficiamento das carnes, pois reduziriam consideravelmente o emprego de mão de obra de açougueiros para mão de obra de técnicos em equipamentos. A nova estrutura produtiva ficou pronta em trinta dias, mas assim que as máquinas eram montadas, Pedro já as colocava para produzir. A diferença de eficiência era muito grande em relação às antigas. Poucos operários técnicos para controlá-las. Assim que terminou a montagem de todas as máquinas e equipamentos, um turno da nova estrutura correspondia à produção de três turnos da antiga. Esta condição melhorou sensivelmente a produtividade do frigorífico, que possibilitou ampliar em muito as vendas, a carteira de clientes. A princípio, Bernardo reduziu um turno da estrutura antiga, pois não havia necessidade de sua manutenção. Tinha-se a previsão de três anos para ampliação de nova reestruturação do frigorífico em termos de máquinas e equipamentos produtivos, pois a estrutura predial estava já construída. Prazo não correspondido pela realidade.

Com a instalação de novas máquinas e novos equipamentos modernos, precisou Pedro contratar pessoas capacitadas para os seus manuseios. Recorreu ao Gerente Administrativo para selecionar e contratar os novos funcionários. Em alguns casos, transferiu empregados da antiga unidade que tinham maior experiência. Nos outros casos, utilizou de novos empregados contratados. Para tanto, no primeiro momento, orientação e instrução das empresas fabricantes das máquinas e equipamentos para a preparação profissional dos empregados. Os cursos foram ministrados diretamente com o tempo operacional do trabalho, de forma que, qualquer mau uso dos equipamentos, os técnicos corrigiam e ajustavam o trabalho.

Com o aumento considerável na produção, o Gerente de Vendas, Matias Freitas, ficou satisfeitíssimo, pois poderia ampliar as vendas, pois teria produtos para entregar. O estoque final do frigorífico ficou abarrotado de produtos de pouca saída. Então, Pedro disse ao Matias Freitas:

— Sr. Matias Freitas, acabamos de ampliar nossa base produtiva. Além de ampliar em muito nossa instalação predial, ampliamos também o parque industrial com novas máquinas e equipamentos de última geração, com grande poder de produção. Creio que agora podemos disponibilizar qualquer quantidade que seu Departamento venha a querer. Estamos buscando cumprir nosso acordo de trabalho, fazendo com que suas condições sejam de fato cumpridas.

— Sr. Pedro, tenho muita alegria em trabalhar com os senhores. A Diretoria do frigorífico tem feito de tudo para me ajudar nas vendas e sinto que tenho trabalhado com afinco para cumprir as determinações do meu contrato de trabalho. Não tenho nada a reclamar quanto ao nosso acordo.

— Por outro lado, Sr. Matias Freitas, estamos com estoque muito grande de carnes de pouca saída. Ou o senhor concentra na venda destas carnes para novos clientes ou reduzirei a entrada de animais no matadouro. Não posso mais ficar deste jeito. Se estou ajudando seu Departamento com as carnes de primeira e segunda que têm muita saída, preciso que o senhor me ajude na outra ponta. Não posso continuar nesta situação.

— Sr. Pedro, o senhor tem toda razão. Vou fazer uma promoção grande para desovarmos este estoque. Vou fazer um planejamento e vou orientar os meus vendedores para incrementar nossas vendas destes produtos estocados.

— Por favor, Sr. Matias. Faça uma boa propaganda, uma boa promoção para desocuparmos o estoque. Temos feito algumas doações destas carnes, mas é insuficiente para baixar os estoques. Vamos focar nesta promoção, talvez a venda casada ou outra promoção qualquer.

— Vou conversar com a minha diretoria e vamos resolver este estoque em até uma semana, Sr. Pedro.

Na semana seguinte, Matias Freitas orientou seus vendedores para uma grande promoção. O frigorífico daria dois por cento de descontos nas carnes de primeira e de segunda, se os clientes levassem as miudezas estocadas. Desta forma, o estoque começou a baixar bem, mostrando que, o que realmente faltava, era indisposição do Departamento de Vendas para colaborar com o Departamento Produtivo. Pedro foi até o Departamento de Logística e conversou com a Raquel:

— Diretora Raquel, conversei com o Gerente de Vendas, Sr. Matias, para desovar as carnes estocadas. A responsabilidade do estoque é de sua diretoria, logo fica a diretora incumbida de controlar o estoque destas carnes. Chama o Sr. Matias no canto e pressione-o a acabar com este estoque.

— Diretor Pedro, já havia falado com ele, pelo menos duas vezes, mas ele não fez um trabalho continuado. O estoque foi reduzido e depois subiu de novo. Acho que ele precisa de beber algo mais forte para melhorar seu entendimento. Darei a ele esta bebida mais consistente.

— Diretora Raquel, sinto que a diretora está afinando na gestão de sua diretoria. Fico contente que podemos contar com sua inteligência e trabalho em prol do frigorífico.

Tanto Bernardo quanto Pedro continuaram trabalhando na divulgação do frigorífico, principalmente na região de São Paulo, Rio de Janeiro e Minas Gerais e, também, na região sul do Brasil. Todas as viagens que Bernardo fazia, Pedro acompanhava tanto para ter ciência do que estava sendo negociado como assessorar com suas opiniões e entendimento. Vários contratos de fornecimento foram assinados por empresas que consumiam muita carne, principalmente os grandes mercados e os grandes restaurantes, estes com várias filiais. Bernardo conseguiu entrar no mercado público, isto é, começou a fornecer seus produtos para as Prefeituras, os Estados e mesmo o Governo Federal, principalmente para as escolas e empresas públicas. Diante de um cenário muito favorável ao consumo de carne, os Cardosos começaram a planejar abrir outros frigoríficos em estados de maior consumo, como forma de ficarem mais próximos dos clientes consumidores, assim teriam redução nos custos de distribuição. No final do terceiro ano, em um jantar em família, Pedro disse:

— Primo Bernardo, praticamente estamos comprando todo o gado da região de Cabrobó. Até das cidades vizinhas, seus animais estão vindo para nós. Estamos matando quase dois mil bovinos por dia, fora os cabritos e porcos e galinhas. Nossa produção das fazendas representa muito pouco das nossas compras. Se tivéssemos comprado terras lá na época que eu queria, talvez os nossos lucros estivessem bem maiores. Mas não adianta falarmos agora daquilo que não fizemos, mas tão somente do que fizemos. Temos ocupado uma fatia do mercado muito considerável, principalmente aqui no nosso estado de Pernambuco e da região do Nordeste.

Então, Raquel disse:

— Pedro, você tem dito palavras sábias, palavras de bom entendimento da realidade. Mas, sobre a compra de fazenda àquela época, eu ainda acho que Bernardo tinha e tem razão. Não era o momento de comprarmos mais terras e, naquele momento, foi comentado que estas terras estariam sendo administradas por outras pessoas fora da família. Temos exemplos agora das nossas fazendas. Quantas vezes você teve de visitar nossas fazendas por causa de gerenciamento, mesmo tendo você um administrador geral nelas. Isso mostra que Bernardo tinha razão. Quanto aos lucros, hoje temos lucros em consequência das necessidades dos mercados que trabalhamos.

Miriam disse:

— Concordo plenamente com as palavras de Raquel. Aquele momento não era propício à compra de mais terras, nem hoje seria um bom negócio. Não vamos nos descapitalizar para comprar imóveis. É mais lucrativo comprarmos dos fazendeiros da região que ter de criar mais animais. Nosso foco, hoje, é a produção de carnes industrializadas e o retorno financeiro é espetacular. Não vamos remoer o passado para dizer que isso ou aquilo poderia ter dado mais certo. O que fizemos deu certo e isso basta para mim.

Bernardo tomou a palavra e disse:

— Tomamos as medidas certas e no momento certo. Fomos precavidos quando o mercado exigia atenção e fomos agressivos quando o mercado estava propício ao incremento. Estamos ganhando mercado. Semana passada, recebi um convite para ir a Belo Horizonte e a Curitiba para discutir os termos para fornecimento de carnes para aquelas regiões. Isto é muito bom, pois no sul do país temos grandes concorrentes de carnes e, mesmo assim, recebemos convites para sermos fornecedores. Isso mostra que estamos indo pelo caminho certo e vamos andar neste caminho com precaução e atenção ao que o mercado diz. Estamos matando mais de três mil animais por dia, sem considerar as aves e logo mataremos cinco mil animais por dia. Quando começarmos a exportar e a vender para estes dois mercados internos, nossas vendas vão subir muito, vamos passar de cinco mil cabeças, rapidamente. Acho que os investimentos que fizemos não vão suportar os três anos previstos. Antes deste prazo, já aumentaremos nossas bases produtivas novamente. Se realmente isso acontecer, então vamos abrir filiais em outras regiões, como São Paulo, Brasília e outras cidades, pois nossos mercados maiores de consumidores estão nestas regiões. Vamos começar a pensar neste assunto.

Depois de alguns instantes em silêncio, Bernardo continuou:

— Lá no começo, eu dizia que não estaríamos fazendo frente aos grandes concorrentes, pois havia um espaço grande que os grandes concorrentes não haviam ocupado. Este espaço foi ocupado por pequenos e médios frigoríficos, assim como com a importação de carnes específicas. Nós ocupamos este espaço, ganhamos de pequenos frigoríficos. Mas, hoje, posso dizer com certeza que estamos incomodando os grandes concorrentes, estamos abocanhando clientes destes grandes. Isto mostra que nosso frigorífico fornece carnes com qualidade e em quantidade. Os consumidores finais estão satisfeitos com os nossos produtos. Claro que praticamos preços menores que estes grandes, mas como vamos ganhar mercado se não temos um diferencial importante aos olhos dos consumidores?

Pedro acrescentou:

— Acho esta análise do coronel Bernardo muito conclusiva. Realmente, vejo que é exatamente isto o que está acontecendo conosco. Coronel Bernardo foi muito feliz no seu comentário, na sua análise. Vejo, também, que chegou a hora de abrirmos o mercado externo, pode ser com os rabinos, mas acho o mercado da América do Sul muito propício. Nossos grandes concorrentes nacionais têm ocupado os espaços nos países latinos, então vejo que podemos entrar neles também. Precisamos achar a pessoa certa para fazer esta intermediação. Como o Departamento de Divulgação e Propaganda faz parte da Diretoria do coronel Bernardo, fica este Diretor encarregado de analisar e buscar estes mercados.

Bernardo disse:

— Pedro tem razão. Precisamos expandir nossos horizontes, porque é muito importante ganhar outros mercados, pois se houver uma crise no mercado interno, nós teremos o mercado externo para nos manter e vice-versa. Para tanto, gostaria que Pedro me acompanhasse nesta missão. Podemos ir a Brasília e conversar com o Ministro do Comércio e Indústria e o Ministro das Relações Exteriores. Vejo, também, que temos muita chance de ampliarmos nossos clientes. Pedro tem visão mercadológica muito bem aguçada.

Estou contente que Pedro nos alerte para crescermos.

# CAPÍTULO 16 — VISÃO GERAL DOS NEGÓCIOS

ais um ano se finda e as festas Natalinas e de fim de ano foram passadas na fazenda "Ribeirão Preto", juntando todos os familiares, inclusive dos empregados e dos amigos. A comemoração foi de congraçamento, pois os negócios estavam de vento em popa. As fazendas não conseguiam abastecer nem um terço das necessidades do frigorífico. Com a nova estrutura, muitos problemas de fornecimento de carne foram sanados. As amizades tornaram-se maiores, visto que os clientes do frigorífico eram muito diferentes dos clientes das fazendas. Eram pessoas mais sociáveis, que se relacionavam com mais amiúde e com maiores interesses pessoais e financeiros. Os filhos de Bernardo e de Miriam estavam mais crescidos, já tinham mais relacionamentos de amizades, tanto das faculdades e das escolas como da própria cidade de Cabrobó.

No jantar de sábado, entre o dia do Natal e do Ano Novo na fazenda, Pedro comentou:

— Primo Bernardo e prima Raquel, eu e Mira temos conversado muito sobre as nossas famílias. Nossas crianças estão crescendo muito rapidamente e nós não temos tido condições de acompanhar melhor. Prima Raquel tem desprendido mais tempo a elas, o que agradecemos de coração, mas nossos negócios nos têm tomado tempo e disponibilidade. Nossos filhos maiores estão cursando a Faculdade e não podemos negligenciá-los. Gostaria muito que os dois maiores, tanto Lucas, vosso filho, quanto Daniel, nosso filho, pudessem trabalhar meio período do dia no frigorífico. Acho que, assim, eles não teriam condições de serem desvirtuados. Afinal de contas, as amizades influenciam em muito o comportamento dos jovens. Tenho visto alguns comportamentos deles e não gostei. Acredito que este meio período de trabalho vai ajudar na formação educacional e moral deles. Estou convicto que responsabilidade é o melhor remédio para os vícios. O que os primos acham?

Imediatamente, Raquel respondeu:

— Pedro, você tem toda razão. Tenho também me preocupado com esta situação e não consegui visualizar uma solução que não os prejudicasse e fosse benéfica. Sua sugestão é a solução. Aprovo, totalmente, esta sua análise e conclusão. Só para completar sua ideia, acho que temos que empregar todos os quatro nos nossos negócios. Assim, os outros dois também estarão bem encaminhados e não vamos presenciar falta de respeito e consideração dentro de casa.

Miriam acrescentou:

— Concordo plenamente com o Pedro e a Raquel. Também estou a favor desta solução.

Por fim, Bernardo disse:

— Peço desculpas a vocês todos, mas não acompanhei os comportamentos de nossos filhos. Falhei com vocês e com eles. Também concordo plenamente com a solução apresentada pelo primo Pedro e pela Raquel.

Raquel retomou a palavra:

— Tanto concordo com a análise e a solução apresentadas pelo primo Pedro que já podemos efetivá-la. A partir do começo do ano, os quatro deverão trabalhar no escritório do frigorífico à tarde, porque eles estudarão de manhã na faculdade e no colégio. Assim aprenderão as nossas tarefas e nos aliviarão. Ótima solução. Quando eles precisarem estudar, poderão faltar. Mas somente para estudar para as provas. Será de grande valia para a formação do caráter deles e, também, para o futuro profissional deles e para o frigorífico.

No começo do ano, Raquel ingressou os dois filhos maiores, Lucas e Daniel, nas atividades do escritório do frigorífico. Cada um recebeu tarefas específicas, diferentes entre si, em Departamentos diferentes, mas com acompanhamento diário de coordenação e supervisão. Como o tempo de trabalho era de meio período, só na parte vespertina, após o horário da faculdade, as tarefas também eram pertinentes ao tempo disponível. Com o passar do tempo, após seis meses de ingresso, Raquel começou a dar novas funções, acrescidas às anteriores e cobrava empenho e dedicação. Ambos os jovens correspondiam às expectativas dos pais, pois também eles começaram a participar da mesa dos jantares, onde os assuntos eram discutidos e definidos. Ambos também opinavam sobre os diversos assuntos tratados. Toda a família dos Cardosos estava satisfeita com o desempenho dos filhos maiores, tanto no rendimento escolar quanto no desempenho profissional. Assim, também, como nas opiniões e discussões dos negócios da família que aconteciam durante os jantares de fim de semana. Raquel disse a Lucas:

— Lucas, a partir deste começo de ano, você trabalhará em meu Departamento de Operações. Você fará parte da equipe de controle de estoque de produtos produzidos, durante três meses. Depois destes três meses, você fará parte da equipe de distribuição, vai conferir os produtos despachados pelos caminhões. Assim, a cada três meses, vou transferindo você de equipe e, dentro de dois anos, você deverá conhecer todas as minhas equipes. Depois destas fases, você ficará assistindo o Gerente de Operações, conhecerá todo o trabalho que ele faz com controle de qualidade, controle de estoque, controle da distribuição, controle de matérias-primas, controle de embalagens e assim por diante. Só depois de ter percorrido todas estas fases de aprendizado é que vou analisar e avaliar se te dou um cargo de chefia. Apresenta resultado, mostra esforço e desempenho para que eu possa ter condições de pleitear um cargo em comissão para você. Seu salário será de acordo com a equipe em que estiver trabalhando. Concorda com as condições?

— Sim, mãe. Vou obedecer a seu esquema de trabalho. Acho que todos aqui tiveram, de um jeito ou de outro, passado por um processo avaliativo. Estou ciente e vou dar o meu melhor para corresponder às expectativas. O primo Daniel também passará pelo mesmo esquema?

— Sim. Daniel também participará do mesmo esquema. Trabalhará em cada setor do Financeiro e Administrativo e será avaliado em cada etapa. A diferença é que naquele Departamento há mais setores a percorrer. Talvez três anos ele terá para fazer a avaliação final. De qualquer maneira, os dois terão que conhecer os pormenores, as particularidades gerenciais de seus futuros Departamentos.

Os filhos menores trabalharam no Departamento Administrativo sob a gerência de Miriam. No começo, iniciaram com trabalhos de pouca relevância, sempre tendo algum supervisor que os acompanhasse. De qualquer maneira, seus superiores os tratavam como um funcionário qualquer, sem privilégios ou vantagens ou imunidades. Durante os próximos dez anos, os frigoríficos da família Cardoso abraçaram um percentual representativo do mercado nacional de carnes e assemelhados de forma muito eficiente. Eram considerados um dos maiores fabricantes nacionais de carnes, competiam com os grandes frigoríficos nacionais e internacionais. Como o mercado interno não conseguia consumir toda a produção destes frigoríficos, a solução para eles foi o mercado internacional. Para tanto, os Cardosos conseguiram firmar contrato com o governo israelita para fornecimento de carnes, segundo as exigências daquele governo, assim como os governos sírio e egípcio. Bernardo e Pedro construíram frigoríficos moderníssimos, em termos de máquinas e equipamentos, exclusivos para estes mercados, próximo ao porto de Vitória, no Espírito Santo. Dali eram exportadas as carnes produzidas, segundo condições muito especiais, de forma especificada nos contratos daqueles países. Do total das exportações, pelo menos trinta por cento tinham o destino de Israel.

No décimo ano de existência, o Frigorífico Cardoso contava com cinco frigoríficos. A sede foi transferida para Brasília, pois era o frigorífico com grande demanda, perdendo somente para o de Campinas. O frigorífico de Vitória ficou exclusivamente para exportação. Os outros frigoríficos ficaram responsáveis por abastecer os mercados mais próximos, como o de Cabrobó, que abastecia parte do Nordeste e parte do Norte. O de Brasília abasteceria as regiões Centro-Oeste e parte do Norte. O frigorífico de Governador Valadares abasteceria parte do Sudeste e parte do Nordeste. O frigorífico de Campinas cobriria toda a região Sudeste, menos a parte abastecida por Governador Valadares e todo o Sul. A abertura de várias filiais teve ganho de mercado e de custos, pois os animais eram supridos pela própria região jurisdicionada, acarretando redução de despesas de transporte, assim como redução nos custos de distribuição das carnes já produzidas.

Nas festas de Natal do décimo quinto ano da vigência dos frigoríficos, a família Cardoso alugou um grande buffet na cidade de Brasília, onde ficava a sede administrativa do grupo. Convidou clientes e fornecedores para participarem desta comemoração natalina. Muitos representantes de governo estavam presentes, pois o Governo, nas três esferas, Municipal, Estadual e Federal, era considerado um grande cliente de consumo de carnes. Na mesa dos Cardosos, estavam somente os familiares e Raquel disse:

— Família, nossas empresas estão em ótimas condições financeiras, os lucros são consistentes e fortes, estamos acumulando grandes valores financeiros, mês a mês, e isto nos fortalece em muito. Todos os Cardosos estão na Administração dos frigoríficos, assim como no Conselho Administrativo. Todos os nossos quatro filhos estão conosco e eles estão angariando posições de destaque na administração. Nossas fazendas também estão dando ótimos resultados financeiros. Não temos do que reclamar em nossa situação. Só temos que agradecer a Deus por nos ter dado tudo isso.

Miriam continuou o assunto:

— Tudo o que possuímos foi fruto do nosso trabalho e da nossa coragem em abrir novos negócios. Pedro e Bernardo souberam aproveitar a ocasião, ou melhor, eles tiveram o discernimento, a coragem e a competência, no momento exato, para investir em novos negócios, de maneira que, hoje, estamos em um patamar que pouquíssimos brasileiros conseguiram, raríssimos brasileiros têm um império igual ao nosso. Tudo fruto desta competência dos Cardosos, em que um dos nossos familiares deu o grande passo, diria até deu o fundamento para que tudo isto pudesse acontecer, tornar realidade, esta pessoa foi o nosso querido professor Otávio Cardoso, homem de visão, homem que fez tudo para nos tirar da miséria, da pobreza, da mesmice. Professor Otávio foi aquele que nos empurrou ao precipício para que nós nos renovássemos, para que nós enxergássemos grandes possibilidades de negócios, para que nós nos preparássemos para enfrentar os nossos sonhos com coragem, com afinco e determinação. Devemos tudo o que somos hoje ao nosso querido professor Otávio Cardoso, nosso querido pai e avô.

Diante de tantas palavras carinhosas de Miriam, Bernardo disse:

— Sou o que sou porque professor Cardoso me ensinou tudo. Ele me instigava a olhar para a frente, a buscar empreender em tudo o que eu sonhava. Fizemos o que fizemos porque o professor nos ensinou a encarar as tempestades com coragem e determinação, sem olhar para trás. Ensinou-nos que nossos sonhos deveriam ser perseguidos e alcançados com afinco, com o trabalho diário, com produção. Ele sempre nos dizia que não procurássemos por defeitos, mas buscássemos alcançar as qualidades, os acertos, que os resultados viriam automaticamente. Fizemos o que temos porque conseguimos entender e agir conforme seus ensinamentos. Ele foi e é o fundamento do nosso negócio. Devemos tudo a ele porque foi ele que nos preparou para o que somos hoje.

Pedro também disse:

— Para mim, o professor Otávio é o mais importante de todos nós.

Há muitos anos, em um dos nossos jantares de fim de ano, eu já dizia isto, o professor é o Cardoso mais importante. E, hoje, vejo todos afirmarem a mesma coisa que eu disse lá atrás. Fico muito comovido que todos nós reconheçamos o papel importante que o professor teve em nossas vidas. Sempre penso nos seus ensinamentos, nos seus conselhos, quando eu ia ao seu encontro com dúvidas e aflições, ele clareava todas as possibilidades diante da minha dúvida. Respondia às minhas dúvidas com perguntas pertinentes e eu procurava respondê-las até que ele concluía a resposta. Homem muito sábio. Devemos tudo a ele. Saudades dele e de "dona" Jacinta, esta com sua simplicidade era exemplo de retidão e harmonia. Tivemos grandes pais para nos ensinar e dar exemplos.

Logo em seguida, Lucas disse:

— Lembro-me muito pouco do nosso avô querido. Tenho algumas lembranças do seu jeito manso de falar, estava sempre atento e perto de nós. Sempre estava afagando meus cabelos. Quando eu brigava com o Daniel, ele vinha e apaziguava nossos entreveros. É assim que lembro do meu avô.

Bernardo retomou a palavra e disse:

— Aos Cardosos. Que Deus sempre nos abençoe, mostrando como devemos fazer as coisas certas, com respeito, com harmonia com a natureza e com a humanidade. Procuro sempre orar pedindo a Deus que nos guie no caminho correto, buscando sempre a sua PAZ.

# SOBRE O AUTOR

Paulista da cidade de Oriente, nasceu em 05/05/1954. Viveu sua infância, até os 9 anos, em um sítio na cidade de Pompeia. Em seguida, mudou-se para a capital paulista. Cursou o primário e o colegial em escolas públicas. O ginásio teve bolsa total. O autor cursou 3 anos de Filosofia na USP, não finalizando em razão das condições de seu emprego. Fez sua segunda faculdade na USCS – Universidade Municipal de São Caetano do Sul, no curso de Administração. Aposentou-se, em junho de 2007, de seu emprego junto ao Banco do Brasil. É casado, tendo dois filhos e três netos.

Iniciou sua carreira de escritor em fevereiro de 2016 pela insistência de sua família que lhe deu apoio e motivação para escrever. O livro: *A Saga da Família Prado* é a terceira obra do autor e foi escrita em setembro de 2016.